宿命

しゅくめい

東野圭吾
張智淵 譯

宿命

Contents

005 總導讀 由不屈的堅持所淬煉出的奇蹟 林依俐
011 序章
019 第一章 命運之繩
065 第二章 箭
117 第三章 重逢
181 第四章 吻合
219 第五章 唆使
273 第六章 破案
321 終章
343 解說 以宿命爲名 凌徹

由不屈的堅持所淬煉出的奇蹟

總導讀　林依俐

如果你問我，東野圭吾是位什麼樣的作家？

我會回答你，他是位不幸的作家。

你一定會覺得奇怪，光是以《嫌疑犯X的獻身》（二〇〇五）一書，便幾乎囊括了二〇〇六年日本推理文學相關獎項，同書在日本的銷售量更是打破五十萬大關的「暢銷作家」東野圭吾，怎會有什麼不幸可言？

在說明之前，請讓我先簡單介紹一下東野圭吾這位作家。

東野圭吾一九五八年生於大阪，大學畢業後進入汽車零件製作公司擔任工程師。由於希望在工作以外，也能在私生活之中有個較爲不同的目標，所以開始著手撰寫推理小說，投稿日本推理文學代表性的公開徵選長篇小說獎「江戶川亂步獎」。

這並不是東野第一次寫推理小說。早在他十六歲的時候，由於看了小峰元的作品《阿基米德借刀殺人》（一九七三，第十九屆江戶川亂步獎作品）大受感動，之後又讀了松本清張的《點與線》（一九五八）、《零的焦點》（一九五九）等作品。一頭推理熱的他便曾試著撰寫長篇推理小說，而且第一作還是以重大社會問題爲主題。然而由於完成於大學時期的第二作被周遭朋友嫌棄，「寫小說」這件事便從他的生活之中消失了好一陣子。

而獲得亂步獎的夢想讓東野重拾筆桿。在歷經兩次落選後，他的第三次挑戰——以發生在女子高中校園裡的連續殺人事件爲主軸展開的青春推理《放學後》（一九八五）——成功奪下了第三十一屆江戶川亂步獎。之後他很快地辭了工作，前往東京致力於寫作。自從一九八五年《放學後》出版以後，東野圭吾幾乎是每年都會有一到三部甚至更多的新作問世。他不但是個著作等身的多產作家，其筆下的內容也橫跨了推理、幽默、科幻、歷史、社會諷刺等，文字表現平實，但手法卻絲毫不拘泥於形式，多變多樣。

看到這裡，如果你對於近年的日本推理有一定程度的了解，或許你會聯想到宮部美幸——多采的文風、平實的敘述、充滿令人訝異的意外性；但是在兩者之間卻又有著決定性的不同。

那就是——相對於宮部美幸出道約二十年來，陸續囊括高達十項的日本各式文學獎，筆下著作本本暢銷；東野圭吾卻是一直與日本的各式文學獎項擦肩而過，且眞正開始被稱爲「暢銷作家」，也是出道後過了十多年的事。

實際上在《嫌疑犯X的獻身》同時獲得直木獎與本格推理大獎，並且達成日本推理小說三大排行榜——「這本推理小說了不起！」、「本格推理小說ＢＥＳＴ10」、「週刊文春推理小說ＢＥＳＴ10」——前所未有的三冠王之前，東野出道二十年來所寫下的六十本小說（包含短篇集）裡，除了在一九九九年以《祕密》（一九九八）一書獲得第五十二屆日本推理作家協會獎之外，其他作品雖然一再入圍直木獎、吉川英治文學新人獎等獎項，卻總是鎩羽而歸。

在銷售方面，他也不是那種只要出書就大賣的暢銷作家。在打著「江戶川亂步獎」招牌的出道作《放學後》創下十萬冊的銷售紀錄之後（江戶川亂步獎作品通常都能賣到十萬冊），整整歷經了十年，東野才終於以《名偵探的守則》（一九九六）打破這個紀錄，而眞正能跟「暢銷」兩字確實結緣，則是在《祕密》之後的事了。

或許是出道作《放學後》帶給文壇「青春校園推理能手」的印象過於深刻，東野圭吾本人雖然一直想剝下這個標籤，過程卻不太順利。書評家們往往不是很關心他在寫作上的新挑戰。這也難怪，在東野出道後兩年，也就是一九八七年，以綾辻行人等年輕作家爲首，提倡復古新說推理小說的「新本格派」盛大興起。從文風與題材選擇看來，東野圭吾作品用字簡單，謎題不求華麗炫目，內容既不夠社會派又不像新本格，自然不會是書評家們熱心關注的對象。

就這樣出道十餘年，雖然作品一再入圍文學獎項，卻總是未能拿到大獎；多少有機會再版，卻總是無法銷售長紅；傾注全力的自信之作，卻連在雜誌的書評欄都占不到個像樣的位置。

所以我才會說，東野圭吾是個不幸的作家。說眞話這何止是不幸，實在是坎坷，簡直像是不當的拷問。

在獲得江戶川亂步獎後，抱著成爲「靠寫作吃飯」之職業作家的決心，東野圭吾辭去了在大阪的穩定工作來到了東京。這個決定使得他沒有退路，不管遭遇什麼樣的挫折，都只能選擇前進。於是只要有機會寫，東野圭吾幾乎什麼都寫。

二〇〇五年初，個人有幸得以見到東野圭吾本人並進行訪談時，曾經談到關於他剛出道不久時，在推理小說的範疇內不斷挑戰各式題材時期之心境。他是這麼回答的：

「那時的我只是非常單純地覺得自己必須持續寫下去，必須持續地出書而已。只要能夠持續出書，就算作品乏人問津，至少還有些版稅收入可以過活；只要能夠持續地發表作品，至少就不會被出版界忘記。出道後的三、五年裡，我幾乎都是以這種態度在撰寫作品。」

不過畢竟是背負著亂步獎的招牌出道，畢竟是身處日本泡沫經濟蓬勃、推理小說新風潮再起的八〇年代後半至九〇年代，向其邀稿的出版社當然也都希望東野圭吾能夠以「推理」爲主題書寫。配合這樣的要求，以及企圖擺脫貼在自己身上那「青春校園推理」標籤的渴望，東野嘗試了許多新的切入點，使出渾身解數試著吸引讀者與文壇的注意。於是古典、趣味、科學、日常、幻想，在他筆下似乎沒有什麼題材不能入推理，似乎沒有題材不能成爲故事的要素。或許一開始只是爲了貫徹作家生活而進行的掙扎，但隨著作品數量日漸累積，曾幾何時也讓東野圭吾在日本文壇之中，確實具備了「作風多變多樣」這難以被輕易取代的獨特性。

是的，東野圭吾是位不幸的作家。但也因此我們才得以見到，那些誕生於他坎坷的作家路上，由歷經幾多挫折仍不屈的堅持所淬煉而成，在簡素之中卻有著數不清面貌的故事。以讀者的角度而言，能與這樣的作家共處同一個時代，還眞是宛如奇蹟一般的幸運。

在推理的範疇裡，東野圭吾從不吝惜挑戰現狀。從初期以詭計爲中心的作品，漸漸發展出許多具有獨創性，甚至是實驗性的方向。其中又以貫徹「解明動機」要素（WHYDUNIT）的《惡意》（一九九六）、貫徹「找尋兇手」要素（WHODUNIT）的《其中一個殺了她》（一九九六）、貫徹「分析手法」要素（HOWDUNIT）的《偵探伽利略》（一九九八）三作，可說是東野在踏襲傳統推理小說元素之下，卻又充分呈現了屬於現代風貌的鮮麗代表作。

而出身於理工科系的背景，也讓東野在相較之下，比其他作家更擅長消化並駕馭以科技爲主軸的題材。像是利用運動科學的《鳥人計畫》（一九八九）、涉及腦科學的《宿命》（一九九○）和《變身》（一九九一）、生物複製技術的《分身》（一九九三）、虛擬實境的《平行世界戀愛故事》（一九九五），還有之後以湯川學爲主角展開的「伽利略系列」裡，東野都確實地將自己熟悉的理工題材，在分解組合後以最簡明的方式呈現在讀者眼前。

另一方面，如同「處女作是作家的一切」這句俗語所述，高中第一次寫推理小說便企圖切入當時社會問題的東野圭吾，由《以前我死去的家》（一九九四）中牽涉兒童虐待的副主題爲開端，對於社會人心的描寫，似乎也成了他作家生涯的重要課題。例如以核能發電廠爲舞臺的《天空之蜂》（一九九五）、試探日本升學教育問題的《湖邊凶殺案》（二○○二）、直指犯罪被害人及加害人家屬問題的《信》（二〇〇三）和《徬徨之刃》（二〇〇四），都在在顯露出東野對於刻畫社會問題與人性的執著。

東野圭吾這種立足於推理，進而衍生至科技與人性主題上的寫作傾向，在發表於二〇〇五年的《嫌疑犯X的獻身》中，可說是達到了奇蹟似的調和，也因爲這部作品，在二〇〇六年贏得各種獎項，讓東野圭吾正式名列「家喻戶曉的暢銷作家」之列。加上這幾年來，東野作品紛紛電視電影化，他的不幸時代成爲過去，並站上前人未達之高峰。二十年來的作家生涯開花結果，創造了日本推理文壇近年來難得一見的奇蹟。

好了，別再看導讀了。快點翻開書頁，用你自己的眼睛與頭腦，去感受確認東野作品中理性與感性並存，而又如此引人入勝的獨特魅力吧！那將會勝於我在這裡所寫的千言萬語。

本文作者介紹

林依俐，一九七六年生。嗜好動漫畫與文學的雜學者。曾於日本動畫公司GONZO任職，返國後創辦《挑戰者月刊》並擔任總編輯，現任全力出版社總編輯，另外也負責線上共享閱讀平台ComiComi（http://www.comibook.com/）的企畫與製作總指揮。

序章

勇作上小學前一年的秋天，紅磚醫院的早苗去世了。告訴他這件事的是親切的鄰居阿姨。

紅磚醫院是附近小孩子亂取的名字，其實那是一間紅磚建造的大醫院，位在通往住宅區的緩坡坡頂，建築四周種植著山毛櫸和柞樹，從圍牆外看去，整棟醫院就像一座西洋城堡。

或許是經營者心胸寬大，即使不是來看病的患者，進入醫院的庭園也不會挨罵，所以勇作經常跟著附近比他年長的孩子們來這裡抓蟲、採栗子。

早苗總是在醫院寬廣的庭園內散步，白色三角頭巾和白色圍裙是她的招牌裝扮。膚色白皙的她長得像洋娃娃，看不出多大歲數，勇作都喊她作「姊姊」，但實際年齡說不定足以當他母親了。

早苗常遠遠望著勇作他們嬉戲。炎炎夏日，她也曾帶來裝著麥茶的水壺。她的圍裙口袋總是裝著糖果和牛奶糖，只要孩子們向她要糖，她就會高興地拿出來分給大家。

孩子們都不知道為什麼早苗會待在紅磚醫院裡，或許不是值得在意的原因，也不曾聽她本人提起。

只不過勇作他們也知道，早苗和一般大人不一樣。最明顯的差異就是她說話方式很怪，她會以小女孩般的語調說話，而且不光是對勇作他們說話時這樣，連面對前來醫院的人也一樣，因此初次和她講話的人一定會感到錯愕而迅速遠離她。

此外，早苗經常抱著一個娃娃，也讓人覺得她有點異常，勇作曾好幾次見到她把娃娃當成自己的孩子，對著它說話。

「姊姊好像這裡有問題。」有一天，某個較年長的孩子指著自己的頭，對勇作等一群孩子說道：「所以她才會待在這裡，爲了讓醫師治好她。」

勇作一聽，覺得很震撼，他從未想過早苗病了。

自從這個謠言開始流傳，孩子們便不太去醫院的庭園玩了，因爲聽到謠言的父母們自然不准孩子接近她。

然而，勇作還是經常一個人跑去醫院，每次早苗都過來問他：「大家呢？」聽到勇作回答：「他們有事不能來。」她便會說：「是喔，好寂寞哦。」

勇作最常玩的遊戲就是爬樹，而他在爬樹時，早苗就在一旁拔拔草、澆澆花，等他玩累休息時，又不知從哪裡變出西瓜來招待他。

和她在一起，勇作總會覺得心情非常平靜。她經常唱歌，對勇作而言，聽她唱歌也是一種樂趣，但她不是唱日文歌，而是外國歌曲。勇作曾問她：「那是什麼歌？」早苗卻回答：「不知道。」

這些事情都發生在夏天。

然後到那年秋天，早苗去世了。

聽聞早苗噩耗的那天傍晚，勇作獨自前往紅磚醫院，在泛紅的落葉喬木下尋找她的身影，卻不見平日總會待在那裡的她。

勇作蹲在夏天爬過的樹下，哭了好久。

勇作的父親興司是警察，但勇作從沒看過父親穿制服。興司都是穿著淺褐色衣服，和一般的父親一樣出門上班。

勇作知道父親在調查早苗的死因，常見他帶著年輕男子回家長談至深夜。勇作在一旁聽他們講話，得知早苗果然是醫院的病患，還有她是從醫院窗戶墜樓摔死，但他不清楚父親他們究竟想調查什麼。

早苗的死也成了孩子們的話題，他們一群孩子一起來到醫院附近，有人告訴勇作說，早苗是從哪扇窗戶摔下來的。他仰望窗戶，想像她摔下來，只覺得胸口發悶，暗自吞了好幾次口水。

然而大概過了一個星期，孩子們對早苗的死便失去了興趣，他們的注意力被其他更刺激的事吸引，很快便沒人再提起早苗了，唯有勇作還是像以前一樣獨自到醫院去，眺望著她墜樓的窗戶。

父親興司依舊在調查早苗的死因，連著好幾天晚歸，有時甚至不回家。這種時候，鄰居阿姨都會來家裡爲勇作準備吃的，大概是興司打電話請鄰居幫忙的吧。

後來又過一星期左右，興司的上司上門拜訪了。這個禿頭的胖男人，看上去比興司年輕，但從兩個人的遺辭用句聽來，就連還是孩子的勇作也曉得，父親是這個男人的屬下。

上司來訪似乎是打算說服興司什麼。勇作隔著紙拉門聽見胖上司軟硬兼施地講個不停，興司一味頑強抗拒，不久，上司氣得臉頰微顫，非常不高興地離去了，而興司也很不開心。

之後過了幾天，家裡來了別的客人。這次是一名衣裝整齊的紳士，不像前幾天那位上司那麼跋扈，打招呼時也很客氣。

興司與男士聊了好一陣子，而兩人在談話的這段時間，勇作被寄在鄰居家裡。等到興司來接勇作，父子倆一走出鄰居家大門，剛好那名男士要離去，他發現了勇作，便定定地盯著他說：「你要乖乖聽爸爸的話哦。」說完又摸摸勇作的頭。男士的瞳孔是淺咖啡色的，眼神很溫柔。

從那天之後，興司恢復了原本的生活。他不再晚歸，電話中也不再提到早苗的事了。

有一天，興司帶著勇作去掃墓，那是全墓園中最氣派的墳墓。勇作雙手合十拜完後，問道：「這是誰的墓啊？」興司微笑地回答：「早苗小姐的墓呀。」

勇作吃了一驚，仔細端詳墓碑後，再度合掌。

勇作終究一無所知早苗之死的內情。事隔多年後，他才稍微有了進一步的了解。快上小學時，勇作去了久違的紅磚醫院一趟，倒也沒有特別的目的，只是自然而然地信步而至。

勇作看到醫院的停車場內停著一輛大型黑頭轎車，經過車旁時，他伸長了脖子往車內瞧，只見一身藏青色制服的司機正枕著盤起的雙臂打盹。

勇作離開車旁，步入林間。他走在林子裡，想起了早苗拿竹掃帚掃落葉時弄出的聲響、牛奶糖的甜味，還有她的歌聲。

勇作撿起一顆落在地上的栗子，拍掉泥土，放進短褲口袋裡。那是一顆又圓又大的栗子，只要插上火柴棒，就成了一顆上好的陀螺。是早苗教他這個陀螺製作法的。

他抬起頭正要邁開步伐，卻看到正前方站著一個人，於是停下腳步。

那是和勇作差不多年紀的男孩子，身穿紅毛衣，圍著灰圍巾，白襪子長及膝蓋下方，勇作所認識的同齡同伴當中，沒有一個打扮得這麼漂亮的。

兩人不發一語地對看了好一會，或者該說互瞪比較恰當，至少勇作對這個陌生男孩不抱好感。

這時某處傳來女人的呼喊，勇作循聲望去，一名一身和服的女人在方才那輛黑頭轎車旁揮手。

於是這名與勇作互瞪許久的男孩朝和服女人走去，女人似乎是男孩的母親。

勇作以樹作掩護，稍微靠近窺視他們，但那名和服女人發現了他。

「是你的朋友嗎？」她問男孩。男孩看也沒看勇作一眼，兀自搖了搖頭。

沒多久，司機下車來打開後車門，待和服女人和男孩依序上車之後，以恰到好處的力道關上車門。

黑頭轎車發動引擎的同時，勇作從樹後走出來，只見轎車吐出淡灰色的煙緩緩離去。

勇作目送著車子離去，就在車子即將駛出大門時，勇作發現那個男孩回頭看著他。這一幕就像一張照片，深深烙印在勇作的腦海裡。

第一章
命運之繩

1

美佐子看著病房窗戶射進來的陽光，心想，爲什麼偏偏在這種日子，天氣特別好呢？光線經過白牆反射，將室內映得更加明亮，然而相較於此刻病房內的氣氛，這明亮卻顯得太過刺眼。

看到瓜生直明躺在病床上的身影，美佐子不由得聯想到掛在肉鋪前、羽毛被拔得一根不剩的雞隻。幾年前她嫁進來時，公公的身形還頗爲豐腴，但是當公公覺得身體不適、入院接受手術之後，身上的肉就像是被削掉一般，整個人明顯日漸消瘦。瓜生直明罹患食道癌，雖然沒人告訴他實情，但他自己似乎早已感覺到了。

「老伴。」亞耶子蹲在病床旁，握著瓜生直明布滿細紋的手喚著他。不知是不是聽到了妻子的聲音，瓜生直明的頭稍微偏了一下。兒子弘昌見狀，喊了一聲：「爸！」旋即向前跨出一步，女兒園子也立刻趨身向前。

見瓜生直明的嘴微張，亞耶子馬上將耳朵湊上去，「嗯？你說什麼？」聽完後，亞耶子看向美佐子說：「他在叫晃彥。」

於是美佐子和亞耶子交換位置，坐到病床旁，湊上面無表情的老人家耳畔說道：「爸，我是美佐子，要我轉告晃彥什麼嗎？」

美佐子不確定瓜生直明是不是聽得見她的聲音，但就算聽得見，也沒人能保證此刻的瓜生直明是否還認得美佐子。幾秒鐘後，瓜生直明再度開口了，美佐子全神貫注，試圖聽清楚他發出的微弱聲息。

「晃彥……」瓜生直明氣若游絲地說完了一些話。而這些話，在場就屬美佐子聽得比較清楚。雖然是平凡無奇的話語，但父親留給兒子的遺言居然是這樣的內容，美佐子有些意外。

「美佐子，他說了什麼？」亞耶子問道。

美佐子還沒來得及回答，園子突然喊道：「爹地！」只見瓜生直明宛如睡著似地閉上眼，亞耶子和弘昌連忙湊近病床。

「老伴，你睜開眼啊！」亞耶子隔著毛毯搖晃丈夫的身子，骨瘦如柴的瓜生直明卻沒有反應，只有頭無力地跟著左右搖晃。

「他走了。」爲瓜生直明把脈的醫師宣布死訊，聲音有些顫抖。亞耶子先是一愣，然後開始嚎啕大哭，園子也哭了起來。

美佐子感到眼眶發熱，眼前旋即變得模糊，瓜生直明灰色的臉龐顯得扭曲。幾年前兩人初見面時的情景，鮮明地浮現她的腦海。

妳眞是飛上枝頭變鳳凰了呀！——婚事決定時，美佐子的朋友都這麼對她說，那是距今五年又十個月前的事了。

美佐子舊姓江島，娘家雖然不算貧窮，但絕對稱不上富裕。美佐子本身既不是特別出眾的女孩，也沒有什麼特長。

進入UR電產股份有限公司，讓她和瓜生家攀上了關係。

UR電產是日本數一數二的電機廠商，在全國擁有六座工廠，其中四座在縣內，可說是這一帶規模最大的企業。

美佐子隸屬公司的人事部，負責人事業務，但部內各員工並非全待在人事部辦公室內，而是必須接受派遣至各個工作單位，有的人在生產現場，也有人在公關課。

美佐子收到的人事命令上寫著：「董事室特別助理」，這意謂她必須打點董事身邊的大小事。同期進公司的人當中，只有她一人被派到這份工作。

「江島小姐，妳眞是太厲害了，這可是萬中選一的機會呢！」

人事部的資深員工語氣亢奮地告訴她，原來新人被分派到董事室是非常罕見的事。

她的辦公桌位在專任董事的辦公室裡。第一天上任的早上，人事部主任帶著她前去打招呼，專任董事還特別起身，笑容可掬地說道：「我等妳好久了，請多指教。」

「也請您多多指教。」美佐子難掩緊張，連忙低頭致意。

這就是她與瓜生直明的初次見面。

瓜生直明的身高不高，恰到好處的贅肉顯示他的威嚴，一張國字臉，五官略微集中，從外表便看得出他良好的出身背景與沉穩的個性。

事實上，瓜生直明在職場上一直是超級菁英分子，年紀輕輕便當上專任董事，因爲他的父親瓜生和晃在昭和（*1）初期成立精細零件製造公司之後，事業領域逐漸擴大至電氣製品，正是今日UR電產的前身，所以當時雖然瓜生直明的頭銜只是專任董事，所有人都很清楚他肯定是下任社長的唯一人選。

和瓜生直明獨處，並不如想像中地令人喘不過氣。他總是多方設身處地爲美佐子著想，語氣溫柔，話題也很豐富。一些在其他專任董事或常任董事底下做事的資深員工曾對美佐子說，有些董事會讓人覺得很有壓迫感，但瓜生直明卻完全不會讓人有那種感覺。

美佐子進到公司一年左右，接受了瓜生直明的私下邀約。瓜生直明問美佐子下班後要不要一起用餐，見她面露猶豫，瓜生直明微微一笑道：「妳不用擔心，我沒有不良意圖。其實是我有個朋友，他的法國料理店今天開張，我想去捧個場，我太太和兒子也會來。妳平常幫了我很多忙，我想藉這個機會好好請妳吃頓飯。」

接著瓜生直明拿出那家店的宣傳單。美佐子聽到他的家人會來，又猶豫了，卻不是擔心瓜生直明心懷不軌，而是害怕與家世背景迴然不同的人們共處，說不定只會讓自己自慚形穢。

但最後美佐子還是答應了邀約，因爲她覺得要是強硬拒絕也不太禮貌。

*1 昭和：西元一九二六年至一九八九年。

於是那天晚上，美佐子見到了瓜生直明的妻子亞耶子與長男晃彥。

亞耶子年輕貌美，鳳眼和尖細的下顎給人些許冷酷的印象，年紀大約三十七、八，但肌膚依然非常有彈性，看上去宛如二十多歲的年輕女子，其實當時的她已經有兩個就讀小學的孩子了。

晃彥是瓜生直明前妻的孩子，二十五歲的他體態又高又健壯，臉形小巧，銅鈴般的大眼配上單眼皮炯炯有神。瓜生直明介紹美佐子給家人時，晃彥始終直勾勾盯著她瞧，害她幾乎喘不過氣來，不由得低下了頭。

菜肴上桌後，他們一面用餐一面交談。

令美佐子意外的是，沒想到晃彥仍留在大學的醫學院裡做研究。她還以爲晃彥理所當然地會像瓜生直明繼承前任社長的位子一樣，也任職於UR電產。

瓜生直明語氣輕鬆地說：「這傢伙從來不聽父母的話，還刻意選了一個和我的工作最沒有關聯的職業啊。不過，倒是好過那些仰賴父母庇蔭的第二代就是了。」

「而且能夠就讀統和醫科大學，眞是太厲害了。」美佐子老實地說出心中感想，統和醫科大學在地方上可是公認的最高學府。

聽到她的誇讚，晃彥問道：「妳覺得哪一邊比較好呢？」

「什麼哪一邊？」美佐子問。

於是晃彥又問了一次：「妳覺得醫師和企業人，哪一邊比較好？換句話說，就是我這種人和我父親這種人，妳會選哪一邊？」

「呃……，這個……」

美佐子頓時語塞。如果這是輕鬆的玩笑話，她還有辦法帶過，可是晃彥的語氣卻帶有莫名的認眞。她怔怔拿著刀叉，一句話也答不上來。

「你別亂問江島小姐怪問題，嚇到人家了啦。」瓜生直明含笑說道。亞耶子也跟著圓場：「我覺得哪邊都好呀，反正兩種人都很棒嘛。」

瓜生直明聽了一笑，美佐子嘴角緊繃的線條也才和緩了下來。尷尬氣氛化解，晃彥也不好再追問了，但還是不忘補了一句：「那麼，我改天再問嘍。」

美佐子也微笑以對。

但老實說，美佐子沒想到當時晃彥說的「改天」竟然眞的來臨。原本以爲那只是客套話，晃彥卻在四天後打電話到辦公室找她。

「妳喜歡聽音樂，還是看運動比賽呢？」晃彥報上姓名之後，立刻問了這個問題，美佐子有些措手不及。

「怎麼突然這麼問……」

「我在問妳的興趣是什麼。既然要約妳，去妳喜歡的地方應該比較有趣吧。」

「呃……」美佐子這才發現晃彥在邀約，同時心跳開始加速，她也知道自己臉紅了。

她往瓜生直明的方向偷看一眼，瓜生直明正在位子上看資料。

「我跟父親說過了，說我會再約妳。」晃彥彷彿看穿她內心的不安似地，「所以妳不必擔心。妳明天晚上有空吧？」

「是。」她猶豫之後回道。

「那麼，請容我再次問妳，妳喜歡什麼樣的約會呢？」

「嗯，我都好。」因爲瓜生直明就在身邊，美佐子不禁壓低音量。

晃彥稍微想了一下之後說：「那麼就去看音樂劇吧。那樣的話，之後用餐時也比較有話聊。請妳六點在公司前面等著，我去接妳。」

「啊，好……，我知道了。」

放下話筒後，美佐子依然心情激動。她看了瓜生直明一眼，但瓜生直明似乎沒發現她神情有異。

隔天晚上，美佐子和晃彥並肩而坐欣賞音樂劇，接著一起用餐。晃彥和瓜生直明說話的方式不同，但都很會說話。晃彥會將一件小事講得精采萬分，話題像樹枝向外延伸般不斷擴展，但無論話題朝哪個方向發展，都能展現他廣博的知識，和一般有錢人家少爺給人的印象非常不一樣。

此外，晃彥不光是自己口若懸河，也很擅長引導美佐子暢所欲言。美佐子平常是不太講話的人，不過在晃彥面前，她覺得自己好像也變得很會說話。

晃彥詳細地詢問美佐子孩提時代和家人的事，關於她的健康情形更是問得深入。美佐子說：「我沒別的長處，就是身體最健康。」心裡邊想，當醫師的果然會對這方面特別感興趣。

吃完飯後，晃彥說要送美佐子回家。雖然美佐子婉拒，晃彥卻說：「我父親吩咐我一定要送妳回家。」

換句話說，瓜生直明根本就知道他們今天晚上的約會。

此外，晃彥在開車送美佐子回家的路上對她說道：「醫師和企業站在敵對立場。」他的口氣斬釘截鐵，美佐子察覺這是上次那個話題的延續。

「企業對人體並不感興趣，他們無視人體的健康，只顧追求發展，結果醫師就得拚命幫企業擦屁股，這就像是把被推土機踐踏的幼苗再一根一根重新種到活回來似的。」

「我懂。」美佐子說：「所以你選擇當醫師？」

「是的。」晃彥沉默了一會兒，繼續說：「但是比起推土機，最可怕的還是農藥，它不但會改變地貌，還會改變地質。無論擁有多麼強大的權勢或財力，有些領域是絕對不能夠碰觸的。」

美佐子不懂他話中的含意，不知該應什麼，但他似乎也沒期待美佐子回應。

就這樣，美佐子和晃彥的第一次約會結束了。

之後，晃彥每隔一個月左右就會約美佐子，有時是一起看電影或舞臺劇等具體的活動，有時則是單純吃個飯。

如此交往了一年左右，晃彥向美佐子求婚了。他在他們經常去的咖啡店裡，一副像是邀她打網球似的口氣說：「對了，妳願不願意嫁給我？」

美佐子倒不是沒料到晃彥會求婚，只是自己怎麼也無法把這件事當作現實的事情思考，畢竟他們實在是門不當戶不對。雖說晃彥選擇了自己的人生，但依舊改變不了他是瓜生家繼承人的事實。不管怎麼說，自己家裡經濟狀況和家世都低於一般水準，和晃彥完全不登對，她早就有所覺悟，覺得兩人的關係總有一天會畫下休止符。

因此，晃彥的求婚讓她有些迷惘。「請給我一點時間考慮。」那天他們就先各自回家了。但結婚不是兒戲，並不是給了時間就能決定的。

從客觀的角度來看，再沒有比這更好的姻緣了，美佐子卻感到不知所措。讓她困惑的最大原因就是，自己對晃彥抱持的情感根本稱不上是愛情。當然，她不討厭晃彥，而且非常尊敬他，可是自己卻不曾因爲和他在一起而感到沒來由地雀躍，或是彼此不發一語也能心靈相通。既然要結婚，這種心心相印的感覺不正是最重要的嗎？

美佐子有個打從心底深愛的男子。和那人談戀愛的當時，她還是高中生，或許是因爲心智尚未成熟，那種刻骨銘心的情感對她而言是第一次，也是最後一次。雖然終究和那名男子因爲種種因素而無法結婚，但美佐子認爲，愛上一個人就該是當時的那種心情，相較之下，對於對方的廣博知識感到驚歎或是對於行動力感到佩服，根本不是愛情。

然而，她最後還是接受了晃彥的求婚。並沒有什麼決定性的原因，只是許多一言難盡的因素模糊成形，使得被求婚的一方逐漸覺得答應這樁婚事也不錯。這些因素當中，包含了主張「戀愛和結婚是兩回事」的朋友、沒有說出口但希望美佐子點頭答應的雙親，以及世上一般的婚姻情形。所以如果要準確地形容她最後點頭時的心境，那就是「沒有理由拒絕」。

大家都說，美佐子是飛上了枝頭變鳳凰。

瓜生直明嚥下最後一口氣後，過了三十多分鐘，晃彥才趕到醫院。當時病房裡不見亞耶子的身影，只剩下美佐子和晃彥的弟弟弘昌與妹妹園子。

瓜生直明和之前一樣躺在病床上，毛毯蓋得好好的，只是此刻臉上蓋著白布。

園子依舊跪在地上，趴在父親的病床旁哭泣。弘昌坐在離病床稍遠的椅子上，頹然地低垂著頭。美佐子站在門邊，神情恍惚地望著他們兩人。

晃彥靜靜地打開門，走進病房內，看到躺在病床上的父親，霎時呆立原地。他當然已經知道了瓜生直明的死訊，但親眼見到遺體時所受到的打擊，和想像終究不能相提並論。

聽到有人進來的聲響，園子停止哭泣回過頭，哭腫的雙眼瞪著長兄。

「大哥……，你到底在忙什麼？爹地一直在等你耶，你居然只顧工作……」

「弘昌。」晃彥沒理會妹妹的怨言，喊了弟弟，「你能不能帶園子出去一下？」

弘昌默默點頭起身，園子卻搖頭反抗：「我不要。我不要離開這裡。」

「別鬧脾氣啦，妳要體諒大哥的心情。」弘昌抓住她的手臂拉她站起來。

「為什麼？大哥還不是都不聽爹地的話！」

「這種時候別提那種事好嗎？」弘昌強行將園子拖了出去。

等到不見兩人的身影，晃彥閉上眼，深呼吸一口氣之後，才緩緩走到病床旁，掀開父親臉上的白布。

「爸嚥氣的時候有受苦嗎？」

「沒有，」美佐子說：「他像是睡著似地……走得非常安詳。」

「是嗎？那真是太好了。」他將布蓋回去，兩手插進白袍口袋，望向窗外。太陽的位置好像比剛才傾斜了一些。

「爸有話要轉告你。」美佐子說。

晃彥一聽，只是稍稍偏過頭，「要妳轉告我？」

「爸臨終的時候叫你，可是你不在，所以我就代你聽爸說了。」

「他說了什麼？」

美佐子潤了潤脣，告訴晃彥當時聽到的話。「爸說……『晃彥，真的很抱歉。一切就拜託你了。』」

晃彥的表情明顯有了變化。只見他緊緊蹙起眉頭，頻頻眨眼，然後閉上眼輕輕點了個頭。「是嗎……。『真的很抱歉』，爸是這麼說的啊……」

「我不懂他這話是什麼意思……」

「嗯，沒什麼意思吧，一定是他臨終時意識不清之下說的，妳不用放心上。」晃彥仍望著窗戶，但他的語氣有些吞吞吐吐，很不像平常的他。

「爸說完這些，就嚥下最後一口氣了。」

晃彥依然背對著她，只是簡短地應了一聲。美佐子覺得晃彥的背影彷彿在拒絕自己。

「我去幫媽的忙。」說完，美佐子便離開了病房。

美佐子開始考慮和晃彥離婚，並不是最近的事。她對這場婚姻苦惱不已，一直希望能找出解決之道，而在錯誤中一路摸索至今。但到了現在，她還是不確定自己的心意。

當年他們兩人一決定要結婚，瓜生家的腹地內就蓋好了一棟別館給他們夫妻倆，那是一棟四十坪左右的兩層樓木造建築，對兩人生活而言實在太過寬敞，他們結婚後，美佐子的朋友到家裡來玩，還感歎道：「這種房子就是賺一輩子也買不起呀。」非常羨慕美佐子的好命。聽到朋友這麼說，美佐子覺得自己的確很幸運，也就教自己別想太多，過著一般的新婚生活。

但結婚一年後，她的內心開始不安。

問題出在她自己身上，她發現結婚那麼久了，她還是無法感覺到自己對晃彥的愛。她和婚前一樣，對晃彥抱持相當程度的好感，尊敬他、信任他，但僅止於此。

她不認爲這是生理上的問題。她覺得他們夫妻的性生活應該算和睦，自己也能感受到相當程度的快感，但要說晃彥對她而言是否無可取代的存在，她覺得似乎也不是那樣。

爲什麼無法愛他呢？

從客觀的角度來看，晃彥完美無缺。婚後的他也和交往時一樣，會設身處地爲她著想；只要是她想要的，他幾乎都會滿足她；他也不曾踰越夫妻之禮，侵犯她的個人隱私，不像許多男人一旦結婚，就會變得神經大條、粗魯無禮。就這點而言，晃彥可說是個理想的丈夫。

但美佐子認爲，這些應該不算是愛一個人，至少自己不是如此，她需要的是能夠了解對方的內心。

自己了解晃彥嗎？

回答是否定的。一起生活一年了，她對他的事情卻一無所知。不論是他此刻的煩惱、希望還是夢想，她都不知道。她只知道他喜歡吃什麼、討厭吃什麼，還有每天的部分行程。

美佐子自認很努力要了解晃彥，卻怎麼也無法碰觸到他的內心。原因很簡單，因爲晃彥不願對她敞開心胸。

「妳說什麼？」晃彥皺起眉頭問道。事情應該是發生在某天吃完早餐、晃彥在看報紙的時候。

「所以我拜託你，請你告訴我。」美佐子抓著圍裙裙襬說道。

「告訴妳什麼？」

「一切，所有你隱藏在心中的事情。」

「妳在說什麼莫名其妙的話。」晃彥將報紙摺好放到茶几上，「妳倒是說我隱瞞了什麼？」

「我不知道，我只知道你隱瞞了事情，會告訴我的淨是一些無關緊要的小事，眞正重要的事情你都瞞著我。」

「我沒有隱瞞妳任何事情。」

「你騙人！不要敷衍我。」說著說著，淚珠滾了下來。想到兩人得這麼對話，美佐子覺得非常悲哀。

「我沒有瞞妳，也沒有敷衍妳。」晃彥不悅地起身，把自己關回房裡。

那次的對話，讓美佐子覺得自己第一次接觸到了晃彥的內心。晃彥不曾如此狼狽，同時，她確信他一定隱瞞了什麼。

從那時起，美佐子待在主屋的時間變多了，因爲她認爲多花點時間和晃彥的家人相處，說不定多少能塡補自己和晃彥之間的鴻溝。雖然晃彥希望過著完全獨立於主屋的生活，但他知道美佐子去主屋似乎可以消除一些壓力，也就任由她去了。

和瓜生家一起生活，既不如想像中那樣令人喘不過氣，也不無趣。美佐子沒想到自己和年輕的婆婆很合得來，晃彥的弟弟妹妹也很敬重她。

但是，即使美佐子和瓜生家家人交情更深，仍然無法進一步了解晃彥，那也是當然的，因爲亞耶子也不了解晃彥。

「晃彥的內心？我也拿他沒轍。」有一天，美佐子和亞耶子在閒聊，亞耶子說著舉起雙手，「碰上他，我也只能投降呀。自從我以繼室的身分來到這個家，晃彥從不曾對我敞開心胸，對弘昌和園子也是一樣，雖然會盡兄長的義務，但我不認爲那是手足之愛。」

「這種狀態持續好幾年了嗎？」

「好幾年嘍。」亞耶子說：「大概今後也一直是那樣吧，晃彥只對妳公公敞開心胸。我原本以爲妳會是第二個讓他放心相待的人，看來還是沒辦法啊。」

「爲什麼呢？」

「不曉得……」亞耶子聳聳肩，輕輕地搖頭。「我不知道。我一開始也努力地想讓他認我當母親，卻是白費工夫。他雖然會叫我『媽』，但那不過是形式上的稱呼罷了，他不會像對待自己的母親一樣對我撒嬌的。」

美佐子點點頭。確實如亞耶子所說，美佐子自己和晃彥也僅止於形式上的夫婦關係，兩人每天都像在扮演一對相敬如賓的夫妻。

後來美佐子又花了好長一段時間，試圖多了解晃彥，努力去多愛他一些，然而她覺得她愈是焦急，兩人之間的鴻溝只是愈深。

這陣子，美佐子開始思考另一件事，晃彥爲什麼要選自己爲妻？他的家世身分足以讓任何女人點頭下嫁，實在沒有理由選擇自己這個一無是處、平凡無奇的女子。

美佐子心想，該不會是因爲那條看不見的命運之繩吧？這世上果然存在著命運之繩，操控著自己至今的人生。

2

美佐子初次感受到「命運之繩」的存在，已經是十多年前的事了。

當時，父親江島壯介在電力公司的外包廠商工作，長年承接當地的電氣工程，收入並不多；母親波江雖然個性溫和，在錢的方面卻管得很緊，也多虧了這一點，一家三口才不必舉債度日。身爲獨生女的美佐子，對這樣的家庭倒也沒有特別不滿。

美佐子念高二的時候，江島家遭逢劇變。父親壯介在工程中發生意外，當時他在大樓外牆作業，不愼腳下一滑，從七、八公尺高的地方摔下來，不但腿骨折，頭部還因強烈撞擊而引致腦震盪。

壯介被抬進最近的綜合醫院，治療了腿部傷勢之後，還請腦外科醫師診視頭部。

壯介對妻女說病情不要緊，美佐子和波江也就沒有太擔心，然而當腿部骨折快痊癒時，病情卻有了轉變。壯介突然得轉到別家醫院。

「醫生說頭部得多做幾項檢查才行。」壯介夫妻對女兒這麼解釋。雖然從夫妻倆的表情看不出事態嚴重，但美佐子心中的不安沒有消失。

「可是，在現在這家醫院也能做檢查吧？」

「是沒錯，不過每家醫院都有擅長和不擅長的領域呀，換家專門醫院罷了，沒事的。」

「沒問題的啦，妳不用擔心。」夫妻倆開朗地說道。美佐子總覺得哪裡不對勁，但父母看起來又不像在隱瞞父親的病情。

壯介轉到了上原腦神經外科醫院，這家醫院有著紅磚建築外觀，不難感受到典雅的格調與悠久的歷史。

壯介在這家醫院裡遇到了舊識——院長上原雅成。美佐子並不知道詳細情形，但上原院長似乎是壯介年輕時的友人。上原院長看上去比壯介年長許多，舉止卻是謙和有禮，從他身上完全看不見資深醫師特有的傲氣。

壯介在這家醫院住了兩個月左右。直到如今，美佐子還是不清楚父親爲什麼要住院住那麼久，也不知道他究竟接受了什麼樣的檢查與治療。她幾乎每天都去探病，但父親的狀況卻不見任何變化。

更令她懷疑的是，住院那麼久，壯介和波江卻完全沒把住院費放心上。波江的解釋是：「沒有接受什麼複雜的治療，所以費用不高啦。」但就連當時還在念高中的美佐子也知道，連續住在個人病房兩個月，住院費用肯定相當可觀，即使上原院長與父親是舊識，也不可能如此通融。

總之，兩個月過後，壯介出院了，一切又回到了從前的生活，只有一件事情不同，那就是壯介換了工作。上原院長考慮到壯介的年齡和體力，幫他介紹了新工作。

那是一家叫做UR電產的公司，據說工程部剛好在找做過電氣工程的人。聽到這件事時，美佐子完全難以置信。

畢竟UR電產是當地最大的企業。說到這一帶最令人稱羨的出路，就是進入UR電產工作了。四十多歲的壯介怎麼可能進到那樣的公司工作？別說美佐子了，任誰都會不由得對此事感到懷疑。

但壯介似乎依然抱持平常心，開始到新的職場上班，不但工作比想像中輕鬆，也不常加班。美佐子原本擔心父親說不定會被指派繁重的工作，事實卻消弭了她的擔心。

這時，她開始覺得有什麼不對勁。一切未免太順利了，她有種不祥的預感，總覺得可能在哪個地方有陷阱，但之後並不曾發生什麼怪事。

令人難以置信的幸運降臨江島家，讓他們一家三口得以過著安穩的生活。一年後，美佐子進入當地大學的英文系就讀。

她的大學生活平凡無奇，沒發生什麼令人印象深刻的事情就過去了。壯介依然每天準時上下班，美佐子也漸漸淡忘這起數年前的幸運事件，她大四時才又再度想起。

她的夢想是成爲英語教師，然而當她畢業時，當地的高中教師供過於求，能夠以兼任老師的身分任教都算是好的了。另一方面，一介大學畢業生要進入一般企業也非易事，當時四年制大學畢業女性的就業市場接受度遠不及今日。

當她爲就職煩惱不已之際，壯介問她要不要去考考看ＵＲ電產，美佐子以爲父親在開玩笑。

「別說那種天方夜譚了，考了也是白考。」

「怎麼會白考呢？就算考不上妳也不會少一塊肉，能考就考考看呀！」

「一定考不上的啦。」

然而在壯介的強力勸說之下，美佐子在參加其他公司考試之後，決定順便前往ＵＲ電產一趟。她到百貨公司買了一套灰色的兩件式套裝，穿著那套衣服，一共參加了四家公司的考試。

結果三家公司寄來不錄取通知，唯一錄用她的是ＵＲ電產。

美佐子覺得自己像在作夢，壯介和波江很爲她高興，但她眞正的感想卻是一股沒來由的恐懼。接著她又想，這件事背後一定有蹊蹺。

自從壯介遭逢意外以來，幸運便接二連三地到江島家報到。但她覺得，這些事情不光是「好運」兩個字就能解釋得清的。她強烈地感覺到，有一股強大的力量隨時隨地監視著自己和家人，操控著他們的命運。

收到錄取通知的那天晚上，美佐子告訴父母她的感受。當然，兩人都否定了她的想像。

「妳說的那種感覺是有可能的。」聽完女兒的話，壯介淡淡地說道：「一旦好事接連發生，人就會相信神明的存在。爸爸也曾經有那樣的感覺。」

「不是的，我感覺到的不是神明那種不確定的東西，而是更具體的某種力量。」美佐子很堅持。

「妳想太多了啦。」波江說道：「再說，我不認爲我們家有那麼走運。妳看，妳眞正想當的是老師吧？沒能當成才去考企業，所以能考上UR電產，只是靠著妳自己的實力呀。」

美佐子搖著頭。她就是知道自己有幾兩重，才會覺得冥冥之中有一股看不見的力量。

隔年四月，美佐子開始到公司上班，隸屬人事部。對於沒有數字概念的美佐子來說，她無法勝任會計相關工作，而她也不擅長需要與人來往的業務，所以她覺得人事部還挺適合自己的。但是不管怎麼想，她都不覺得自己是一塊適合待在董事室裡負責人事業務的料。

後來沒多久，她遇見了瓜生直明。

遇見這個人，是否也是受到「命運之繩」操控的結果呢？——每當美佐子對自己和晃彥的婚姻產生疑問，就會想起當年的事。

3

美佐子打開玻璃窗，盡情地做了一個深呼吸。徐徐微風從庭園的林間拂過，吹進房內，攤開的書本翻動了兩、三頁。

「了不起，這眞是太了不起了！」

背後傳來話聲。美佐子回頭一看，舊書商片平正抬頭望著比他身高還要高上許多的書櫃驚歎道：「每一本都是珍品，這是教人從何選起呀！」

「那麼，你願意全部帶走嗎？」晃彥卻是完全不當一回事地說道：「那樣我比較省事。麻煩你訂個適當的價格，我會盡量配合你的期望。」

「這樣啊……」片平又抬頭看了一次書櫃，沉思了好一陣子之後開口說：「這裡的藏書量相當龐大，能不能讓我稍微考慮一下，兩、三天之內我再跟您聯絡。」

「好吧，那就等你聯絡。如果我不在，你告訴內人一聲就行了。」晃彥稍微轉向美佐子的方向看了一下。片平對她輕輕點頭致意。

瓜生直明死後已過了四十多天，晃彥決定要在七七前，處理掉瓜生直明的大量藏書和藝術品。帶舊書商片平過來的，是從剛才就在書庫裡不斷東張西望的尾藤高久。他是瓜生直明的祕書，有著一張線條柔和的臉，大概是因爲這樣，他的年紀明明三十六、七了，卻有人覺得他比晃彥還年輕。

晃彥之所以能夠任意處理瓜生直明的遺物是有原因的，根據葬禮後公開的遺書，瓜生直明幾乎將名下的所有財產都給了長男晃彥。

美佐子依然能夠清晰想起律師宣讀遺書時的情景──弘昌和園子既驚訝又失望的表情、亞耶子木然的眼神，眾人當中只有晃彥面不改色，彷彿這件事和自己毫無關係。

「對了，我從剛才就一直很好奇。請問那個保險櫃是？」片平望向屋內一角。

「保險櫃？噢，那個啊。」那是一座黑色的舊式保險櫃，高度及腰，正面煞有介事地裝設著一個轉盤式密碼鎖。保險櫃擺在這間書庫裡，的確與周遭的事物顯得很不搭調。

「那是我父親愛用的舊東西，一文不值啦。」晃彥回答。

「裡面裝了什麼？」

「不值錢的東西，看了也只會覺得掃興吧。」

「別這麼說，我很感興趣呢。」

片平一副現在就想打開來看的模樣，晃彥卻像是沒聽見他的話，從安樂椅站起，伸出右手說：「謝謝你今天百忙之中抽空前來，那些書就麻煩你了。」

「哪裡的話。」片平也只好識相地放棄保險櫃，與晃彥握手道別。

送舊書商到玄關，目送他離去之後，夫妻倆在一樓的客廳稍歇。女傭內田澄江幫他們沖了紅茶，美佐子將茶端到茶几上。澄江已經在這個家工作超過二十年了，平常只有她一個人，忙的時候，還有一位叫水本和美的年輕女孩會來幫忙。

「接下來是藝術品了。藝術商什麼時候會來呢？」晃彥詢問尾藤，一邊將大量的牛奶倒入紅茶中。

「預定下星期過來。」尾藤回答：「瓜生社長是他們的老客戶了，我想他們應該會出滿不錯的價錢買下。」

「價錢好壞不要緊，只要能幫我處理掉就行了。」晃彥冷淡地說。

尾藤不知該如何接口，拿起茶匙往茶杯裡攪拌，接著問道：「剛才那個保險櫃，也要交給藝術商處理嗎？」

晃彥撇起嘴笑了。「我不是說了那東西一文不值嗎？那個不賣，我自己留下。」

「要搬去別館那邊嗎？」美佐子驚訝地問。

「應該沒那麼礙事吧？我打算放在我的房間裡。」晃彥說完啜了一口奶茶。

沒多久，亞耶子出現了，客氣地問美佐子這邊是否告一段落了，美佐子點頭。

「那麼，尾藤先生，方便借一步說話嗎？」

亞耶子的語調顯得很客氣，大概是顧慮到晃彥在場吧。但晃彥只是一臉事不關己。

「好的。」尾藤從沙發起身。

「關於七七的準備事宜，有很多事情必須跟尾藤先生討論一下。」亞耶子解釋道。

但晃彥還是不發一語。於是美佐子出聲了：「不好意思，都讓媽妳在忙。」

「沒關係啦，本來就是我的分內事。」亞耶子微微一笑。

待兩人離開客廳，晃彥才開口：「妳不用顧慮媽啦。她要是無愧於心，就沒必要陪笑臉特意解釋了，堂堂正正地說要準備七七的事不就成了。」

「也許吧……」美佐子把話吞了回去。

「噢，回來得眞不是時候啊。」晃彥隔著露臺望向大門的方向說道。美佐子聽言，也朝那兒一看，只見亞耶子和尾藤正要走出大門，而一身藏青色學校制服的園子剛好回來了。美佐子也暗自嘀咕，確實很不湊巧。

園子低頭站在門柱旁，讓父親的前祕書和母親先出門，然而兩人並沒有默默地與她擦身而過，而是在她跟前停下腳步。亞耶子對園子說了些什麼，見園子簡短回了話，但依然低著頭。

亞耶子和尾藤坐上車後，園子朝主屋跑了過來。

「哎呀，誰回來了呢？」澄江聽見粗魯地開關玄關門的聲響，從廚房出來打算迎接。

「是小公主呀，不過現在最好別接近她哦。」晃彥笑著拿起報紙。

美佐子留晃彥在客廳，打算出門購物。經過佛堂前時，看見園子仍是一身制服，正在佛壇前合掌。聽亞耶子說，園子這陣子下課回來都會先去佛堂再回自己房間。美佐子放輕腳步朝玄關走去，以免打擾到園子。

大概是因爲晚年得女，瓜生直明生前很溺愛園子。美佐子不曾見過瓜生直明責備園子，對她幾乎是有求必應，美佐子覺得，瓜生直明寵愛園子的方式與其說是父親疼女兒，更接近祖父疼孫女，說得再直接一點，就像是老人家在疼愛小貓似的。

瓜生直明視園子爲掌上明珠，呵護備至，所以瓜生直明的死顯然讓園子大受打擊，她從守靈夜到葬禮都不發一語，在火化場撿骨時，還傷心到昏厥過去。

更令她傷心的是那封遺書。美佐子忘不了律師宣讀遺書內容時，園子那一臉慘白。

「其實啊，我在乎的不是錢。」葬禮結束後不久，園子對美佐子坦白。園子沒有姊妹，所以常和美佐子天南地北地聊。「反正我就算得到巨額的財產，也不知道該如何處理，而且我想晃彥大哥不會丟下我們不管的。」

「那倒是。」美佐子說。

「可是，我很氣爹地留下那樣的遺書。」園子似乎無法原諒瓜生直明的遺書中完全沒有提到她。不止她，次子弘昌也一樣。「我覺得爹地好過分。我並不是想爭什麼，但他既然要寫遺書，至少該留下一、兩句關心女兒未來的話吧。」

「這麼說也是。」美佐子稍微想了想，繼續說：「會不會是因爲，爸覺得遺書不過是個形式上的手續呢？就算沒有留下隻字片語，他最放心不下的一定是妳呀。」

但美佐子話才講到一半，園子便搖了搖頭。

「才沒有呢，爹地是刻意忽視我和二哥的，直到臨終時都這樣。妳看，爹地在病床上最後喊的還是晃彥大哥啊，不是嗎？」

關於這一點，美佐子也無言反駁。「不過，爸又沒道理忽視妳呀。」

「是嗎？我倒覺得有，因爲爹地發現了媽咪給他戴綠帽！」園子像是要將積在心裡的不滿一吐爲快似地，語氣強硬地說：「美佐子，連妳都看出來了吧？爹地不可能不知道的。」

「園子……」面對小姑的氣勢洶洶，美佐子不知該如何接口了。

美佐子早就察覺亞耶子和尾藤似乎有一腿，而時間差不多就在瓜生直明倒下前後。所以美佐子也覺得，瓜生直明不太可能沒察覺到。

「我總覺得能了解爹地在立遺囑時的心情。」園子的語氣一轉，平淡地說：「爹地一定是認爲，妻子眼見丈夫大限不遠了還和其他男人亂搞，那自己也沒必要按照法律將遺產留給這樣的女人，說到底自己的孩子還是只有晃彥一個……。所以我們就被爹地……遺棄了，我們是背著他偷人的女人的小孩，對他而言，身上流著那女人的血液的人，都是憎恨的對象……」大概是愈說愈激動，園子掩面哭了起來。

「妳想太多了啦。」美佐子試圖安慰，卻沒有效果。

過了一會兒，園子紅著眼眶，抬起頭來說：「美佐子，有一件事我很懷疑。」

「什麼事？」美佐子有一種不好的預感。

「爹地那時，是眞的病到沒救嗎？」

「園子，不可以講這麼……」美佐子慌了，但園子似乎不是在胡言亂語。

「我一直覺得很奇怪。爹地說他身體不舒服，然後住院接受手術，之後他的身體狀況就急轉直下。一開始接受精密檢查的時候，醫師是說癌細胞已經擴散了，可是真的是那樣嗎？」

「晃彥也說食道癌通常很晚才發現，而且癌細胞擴散的速度很快啊。」

「可是也有很多人獲救吧？」園子露出挑釁的眼神，年輕的漂亮女孩露出這種表情，給人非常強的壓迫感。「我在想，爹地發現媽咪和那個人的關係，精神上一定受到了相當大的打擊，而那種壓力應該會對身體帶來負面影響吧？我在書上看到過，特別是消化系統的疾病，心理狀態對生理狀態的影響尤其顯著。所以，要是真的是那種事影響到爹地的病情，等於是那兩個人殺死爹地的！」

「妳絕對不能那樣想！」美佐子告誡園子，但園子似乎沒聽進去。

「如果眞是那樣，我不會原諒那兩個人的！」

美佐子看到園子那貓眼般的雙眼睜得老大，不禁背脊發寒。

4

瓜生直明的七七這天令人心情鬱悶，綿綿細雨從早就下個不停。

在眞仙寺做完法事後，瓜生家在一樓大廳準備了酒菜。雖說是讓親戚齊聚一堂的告別宴，到場的除了在瓜生直明倒下後接任新社長的須貝正清，全是UR電產的高級主管，所以與其說是法事，更像是在召開幹部會議。

美佐子和亞耶子忙著招呼賓客，晃彥則和弟弟妹妹坐在角落席位，默默動著筷子。

「那篇報導寫得眞是好，大大提升了社長您的形象呢。」扁平臉的常務董事邊爲須貝正清斟酒邊大聲地說，聲音傳進了美佐子的耳中。

這個男人是須貝正清的妹婿，美佐子聽晃彥說過，這個人老愛巴著須貝正清拍馬屁。

「照片上的您顯得很年輕，而且給人一種重人情的印象哦。」

「就只是隨他們拍罷了，誰知道會拍成什麼樣子。」

須貝正清的話語中不帶一絲情感，一臉無趣地喝著酒。他應該已經喝了不少，卻非常清醒。從前練劍道的他如今雖然一把年紀，身上卻沒什麼贅肉，深褐色的臉龐宛如藍領階級人士，一雙炯炯有神的眼睛給人一種獨特的壓迫感。

「我很後悔接受那家報社的採訪。」須貝正清說：「沒想到他們會寫出那麼低級的報導，就別再提那件事了。」

馬屁精常務董事踢到鐵板，縮起脖子閉了嘴。

他們談的是兩、三天前刊在報紙財經版上的一篇報導，那個專欄專門報導大企業高級主管私底下的一面，日前找上了須貝正清，報導內容特別強調他的年輕力盛與野心，同時刊登了兩張照片，一張是他在現場指揮的身影，另一張有些特殊的照片則是他一身運動服前去掃墓的模樣，圖說寫著：「須貝正清先生用過午餐後一定要慢跑，特別是星期三中午，他總會前往父親的墳上掃墓。」須貝家的祖墳就位在今天舉行法事的眞仙寺後面。

男人們的小團體反映出他們在公司的地位，眾人以須貝正清爲中心聚在一塊。另一方面，他們的妻小也自成一圈，這邊則由須貝正清的妻子行惠手握主導權，她在女眷當中原本就是年紀最長的，加上丈夫登上公司的龍頭，她也就理所當然地摘下女眷后冠。亞耶子因爲是繼室，在這種場合總是保持低調。

女眷們的話題沒完沒了地在各家的孩子身上打轉，包括適婚年齡的女兒、繼承的問題等等，大家特別關心行惠的獨生子俊和的發展。俊和今年剛進UR電產，當然，他沒有接受新進員工訓練，也沒有到現場實習，直接就步上了儲備幹部之途，因此女眷們最感興趣的部分，自然就集中在俊和要娶誰家的女兒上頭，大家無不希望那名幸運女孩兒最好與自己關係匪淺。

「這種事當然不嫌早呀，要是現在不開始物色交往對象，愈晚可是愈難找哦。」

「是呀，再說如果是來路不明的女孩，行惠妳也會很傷腦筋吧？」

女眷們妳一言我一語，行惠只是默默地聽大家七嘴八舌，臉上浮現泰然自若的笑容。至於話題主角俊和只是一直坐在須貝正清身旁，根本不和瓜生家的人打招呼。他是個膽小如鼠外加神經質的男子，唯獨傲慢這一點倒是和他父親如出一轍。

美佐子見狀心想，晃彥果然沒錯。當瓜生直明倒下，須貝正清接任社長時，晃彥就曾說：「這下瓜生家的時代也結束了。」

奠定UR電產基礎的人是晃彥的祖父瓜生和晃，然而，瓜生和晃去世之後，公司由他的妹夫兼屬下的須貝忠清、也就是須貝正清的父親接管。在那之後，瓜生派和須貝派幾乎輪流掌握實權。但到近年，兩方的勢力消長失衡，最大的原因在於瓜生直明的直系親屬人數比須貝家族要少，雖有個長男晃彥，他卻選擇了與父親迥然不同的道路。員工們盤算著，跟隨沒有繼承人的領導人顯然不會有好處，於是瓜生直明在公司中逐漸遭到孤立，雖然還是有一些人折服於他的人望而跟隨他，但這些人也在他倒下的同時爲須貝派所吸收。須貝正清的基本方針不是排斥瓜生派，而是將對手逐一收服爲自己人。

但是，有個人始終未被瓜生派吸收，那就是松村顯治。松村顯治與瓜生直明並沒有親戚關係，但是他從年輕時就一直擔任瓜生直明的左右手，貢獻良多，目前高居常務董事的職位。公司內傳須貝正清也對松村很頭痛，不知道如何處置他才好。

美佐子見松村顯治正和晃彥相對而坐不知在談什麼，於是她也回到晃彥身旁的座位稍作休息。

「哎呀，少夫人，眞是辛苦妳了。來來來。」松村拿起啤酒瓶作勢爲美佐子斟酒，美佐子拿起杯子，客氣地說她喝一小口就好，松村卻說：「哎喲，有什麼關係嘛。」邊說邊爲她斟了滿滿的一杯。松村有張圓臉，身體也圓滾滾的，卻有一對細線般的瞇瞇眼，魚尾紋很深，笑容非常親切。

「你們在聊什麼呢？」美佐子問。

「沒什麼，發一些無聊的牢騷罷了。」晃彥回答：「我們在說，彼此今後的日子都不好過了。」

「不過，還是晃彥聰明呀。」松村稍稍壓低音量，瞥了須貝正清身邊那些始終喧鬧不休的人一眼，「坦白說，UR電產目前處於虛胖狀態，就算待在這種公司也沒什麼意義。有能力的話，還是要靠自己的力量開拓自己的命運才明智呀。」

「不過，我還是得偶爾出席無聊的股東大會了……」

「那也是沒辦法的事呀，誰教你要生在瓜生家當長男呢。」

松村舉起酒杯示意之後，率先一飲而盡。美佐子立刻爲松村斟酒，接著將瓶口對準晃彥的玻璃杯正要倒酒，就在這時，另一側有人拿著另一支酒瓶，很快替晃彥的杯子斟滿。原來須貝正清靠了過來，他撇起嘴笑著說：「你們很安靜嘛。」

「我們在遙想斯人憶當年呀，畢竟今天可是瓜生前社長的七七吶。」松村委婉地回道，言下之意似乎是在諷刺那些吵吵鬧鬧的傢伙。

須貝正清不動聲色地坐下來，「是嗎？那麼也讓我和晃彥夫婦聊聊當年的事吧。」他的意思顯然是叫松村離席。松村聽得明白，立刻說道：「那麼三位請慢聊吧。」說完便退開了。

「松村眞是個有趣的傢伙。」等到不見松村的人影，須貝正清開口了。

「對須貝先生而言，他不就像顆爛蘋果嗎？」

「爛蘋果？哪兒的話。」須貝正清狡猾地咧嘴一笑，「看人的眼光我還有，我正打算讓他替我做些他能做的事呢。」

「原來如此。『他能做』的事，是嗎？」

晃彥淺嚐一口啤酒，須貝正清又替他斟滿。

「話說回來，晃彥，你考慮得怎樣了？」須貝正清壓低聲音問：「改變心意了嗎？」

晃彥定定地盯著須貝正清有稜有角的臉，搖搖頭說：「我怎麼都不覺得你這個提案是認眞的。」

「我一直都是認眞的。我之所以那麼說，是考慮到UR電產和你的將來。別浪費你那顆聰明的頭腦去修理別人壞掉的腦袋瓜，不如來助我一臂之力吧？」

「你找錯人了。延攬醫師進公司也是白搭吧。」

「你並不是普通的醫師，你以爲我瞎了眼嗎？」

「你太高估我了。」

「你就別再裝傻了，這樣只是在浪費彼此的時間。」

須貝正清拿起一旁沒人用過的玻璃杯，將酒倒進杯子裡，一口氣喝掉半杯。

美佐子在一旁聽他們對話，感到非常意外。從對話聽來，須貝正清似乎很希望將晃彥納入他的麾下，但美佐子不曾聽晃彥提過這件事，重點是，須貝正清爲何會需要拒絕社長大位、選擇當醫師的晃彥呢？

「對了，聽說你跟修學大學的前田教授很熟是嗎？」晃彥的口中說出一個美佐子沒聽過的人名。

須貝正清眼神一閃，「你很清楚嘛。」

「我聽我們學校的教授說的，學生們之前也在傳，說ＵＲ電產好像根據人腦模型開發了一套計算機系統啊。」

須貝正清冷哼一聲。「那些學生在這方面還挺敏銳的嘛。」

「因爲上面的人教得好呀。」

須貝正清一聽撇起嘴，輕拍他的肩說道：「你好好考慮吧！」說完便起身離去了。

親戚們酒足飯飽之際，話題聊到瓜生直明留下的藝術品，許多親戚不顧那是遺物，滿腦子只想著要分一杯羹，也因此頻頻對獨占瓜生直明全部財產的晃彥投以嫉妒的目光。

不知是否察覺到這股氣氛，晃彥招來尾藤，叫他帶有興趣的親戚直接去瓜生直明的書房參觀挑選，書房裡許多收藏品都還沒賣給藝術商。

「有誰想要什麼就送他無妨。只不過，」晃彥補上一句，「今天只許參觀。不要讓一堆人在爸爸的書房裡爭成一團。」

「好的。」尾藤回答。

尾藤將晃彥的話轉達給瓜生家的親戚，許多人立刻歡天喜地地站了起來，不止女眷，還包括女眷的丈夫們，由於無法一次容納這麼多人進去參觀，只好分批入內。

「我想應該不至於有人偷東西，但是防人之心不可無，妳也去看著。」

美佐子聽從晃彥的指示，與一行人一道走出走廊。

瓜生直明的書房是一間十坪左右的西式房間，裡頭宛如一間小藝廊，牆上掛著大大小小的畫。瓜生直明喜愛藝術品，卻沒有專業鑑賞知識，他屬於那種突然被某幅畫打動就會衝動買下的人，或許是這個緣故，牆上毫無系統地掛著油畫、日本畫、版畫以及蝕刻畫，即便如此，其實只要仔細欣賞，還是能從這些畫作當中感受到共通的特質。不過這些親戚在乎的也不是藝術性，開口閉口就是詢問畫的價值。

「哎呀，您看這幅畫大概值多少錢呢？」

「不清楚耶。不過既然是直明的收藏，不可能低於一百萬吧。」

除了畫作，瓜生直明還有其他的收藏品。牆邊有一座有著一整面大玻璃的展示櫃，裡頭擺放了各式各樣的物品，包括擺鐘、原始的印刷機、早期的汽車設計圖等，不止西洋的物品，也有日本傳統的幻燈機和機械玩偶等。

「社長說過，精心製作出來的機械也是一種藝術品哦。」就在美佐子目不轉睛地看著這些收藏品時，松村不知何時走到她身邊出聲道：「社長還說，他自己長年擔任UR電產的領導人，卻沒能創造出任何一項藝術品，覺得很遺憾。」

「我公公說過那樣的話啊……」

美佐子心想，或許看似熱中於追求尖端技術的瓜生直明，本質上卻有著與外表完全不同的內心世界。

不久，須貝正清的妻子行惠帶著兒子俊和進來了。展示櫃裡不愧是男性會感興趣的物品，只見俊和興致勃勃地瀏覽著，而行惠似乎對古人的精雕細琢絲毫不覺有趣，邊逛邊說：「沒想到直明先生也蒐集了不少怪東西呢。」

沒多久，她的目光停在展示櫃旁的一個木櫃上，左右對開的門緊緊關著。行惠看向美佐子，眼神彷彿在問：「裡面裝了什麼？」美佐子只是偏起頭，表示自己也不清楚。

行惠毫不猶豫地打開櫃門一看，登時往後一退發出輕呼。

「哇！太厲害了！」俊和發出讚歎。美佐子跟著往裡頭一瞧，也是訝異不已。這個木櫃裡頭放的是槍、刀劍、大砲模型、火繩槍(*1)和十字弓。

「哦，是武器類的收藏品，沒想到都收在這裡啊。」松村似乎並不意外，『物品製造的歷史，就是武器的發展史』，社長常這麼說呢，不過社長似乎對於這類東西並沒有特別積極蒐集就是了。」

「這些刀槍都是眞的嗎？」俊和問。

「應該是，不過大概已經不堪使用了吧。距離它們最後一次殺人，想必已有好長一段歲月了。」

「不過，這東西看起來好像還能用？」俊和拿起一把以褐色木頭製成的十字弓，外形介於槍與弓之間。

「喔，這把呀。這是去年年底，一位男員工去歐洲旅經非洲回日本時帶回來的，說是要送給社長的禮物，大概是想到社長喜歡蒐集這類東西而特地買的吧，但社長好像沒有特別覺得這東西有多貴重。」

「這好像是成套的箭？」俊和說著又拿出兩支箭。

松村一看連忙警告他：「最好別碰哦，聽說那是毒箭。」

「眞的嗎？那還得了！」俊和慌忙將箭和十字弓放回原位。

之後又有許多親戚陸續來到瓜生直明的書房。美佐子身爲瓜生家的長媳，被問了很多關於收藏品的問題，但她答不上來，幸好松村一直陪在身邊，眞是幫了大忙。松村從前常陪瓜生直明去收購藝術品，因此對於大部分收藏品的來龍去脈都很清楚。

最後一批入內參觀的親戚當中，也包括弘昌和園子，說他們也沒好好看過父親的收藏品，不過他們似乎覺得畫很無聊，逛沒多久就跑去看木櫃了。

「園子，妳看！這裡有很厲害的東西哦。」弘昌似乎也很中意那把十字弓。

*1 火繩槍：日本一種舊式的槍。從槍口前端裝塡黑色火藥和子彈，再以火繩引燃裝在槍膛的起爆劑，然後發射。

美佐子暫時離開瓜生直明的書房，但想起窗戶忘了鎖又折回來，正要轉開門把，突然聽見書房裡傳出弘昌和園子的對話，美佐子於是停下了動作。

「哥，我問你，爹地是不是真的很恨媽咪和我們兩個？」

是園子的聲音。

「妳在說什麼啊？」

「哥你應該也發現到了吧？媽咪和那個人……」

園子似乎在猶豫該不該繼續說下去，但弘昌馬上察覺到她想說什麼。

「別胡說！媽不可能和那種男人認真交往的。」弘昌一副氣沖沖的口吻。

隔了一會兒，又傳來弘昌的聲音。

「幹麼？別笑得那麼噁心好嗎！」

「因爲很怪嘛。」園子說：「哥你居然在袒護媽咪。」

「妳這話什麼意思？」

「就是你聽到的意思呀。你不希望媽咪被其他男人搶走，對吧？」

房裡傳出咚的一聲，接著是園子的喊聲：「很痛耶，放開我啦！幹麼被我說中了就惱羞成怒！」

「誰教妳要亂講話！妳才有毛病吧！爸一走了妳就歇斯底里、疑神疑鬼的！」

「我才沒有歇斯底里，我是真的很恨。哥你或許不想承認，但媽咪背著爹地偷人卻是事實。說不定就是因爲媽咪紅杏出牆，爹地一氣之下才會折壽的。要是眞是那樣的話，我……」

又是一陣東西碰撞的聲響。「妳想怎樣?」弘昌問。

「如果是那樣的話，我絕對不會原諒她。我說眞的。」

「很危險耶!別把那東西對著我啦!」弘昌大叫。

美佐子忍不住敲了門，猛地拉開門把。

「園子……，妳在做什麼!?」美佐子嚇得倒抽一口氣。

「沒什麼，只是鬧著玩而已。」園子手上拿著的是十字弓，弓上還架了箭。弘昌則是整個人貼著牆，嚇得一臉鐵青。

「我只是捨不得和爹地的遺物別離而已。很可笑吧，沒有一樣東西是留給我們的。」

園子說完，放下十字弓離開了書房。

5

隔天一早，美佐子送晃彥出門上班後，在陽臺上晾衣服，剛好看到尾藤穿過大門朝主屋走去。可能是昨天喝太多，他的臉色不大好。

尾藤一抵達玄關，門馬上打開來，他只是點個頭便進屋裡去了，顯然在屋內迎接他的是亞耶子。從美佐子所在的別館，可以清楚地看到女傭澄江在庭院裡修剪花草，今天年輕女傭和美沒來。

美佐子心想，七七都已經結束了，尾藤來家裡究竟有什麼事？他如今是在須貝正清的手下做事，上班日的上午可以出現在這裡嗎？

不過話說回來，幸好尾藤是在園子去上學之後才上門，要是被園子撞見，只會讓她更加憎恨自己的母親。

只不過，弘昌應該還沒去學校。美佐子一想起昨天他們兄妹倆的對話就忐忑不安。

相對於園子愛慕瓜生直明，弘昌則是個不折不扣的戀母男。他不管做什麼事，一定第一個找母親亞耶子商量，出門旅行在外也一定會打電話回來給亞耶子。弘昌考高中的時候，亞耶子還將座車停在校門前等他一整天，美佐子記得亞耶子曾苦笑著對她解釋說，要是不那麼做，弘昌會坐立難安。

「我是希望他能稍微獨立一點啦，養育小孩眞的很不容易呢。」

瓜生直明似乎也對弘昌的戀母情結很頭痛。正因爲弘昌那麼依賴母親，所以一如昨晚園子所說的，美佐子不難想像要是讓弘昌知道亞耶子和尾藤的關係，弘昌的心裡將掀起多大的風暴。

家裡下午又來了別的客人。當時美佐子正走進主屋廚房的後門，一進去看到澄江在剝栗子殼，因此兩人閒聊了幾句。就在這時，大門門鈴響了。

廚房外頭走廊傳來人聲，接著腳步聲由遠而近，走進廚房的是亞耶子。她看見美佐子也在場，似乎嚇了一跳。

「我過來是想問一下明天有什麼要幫忙的。」美佐子解釋道。

她指的是有關處理瓜生直明的藝術品一事。昨晚晃彥一公布說收藏品可送給想要的人，親戚們馬上摩拳擦掌、一副等不及來搶好貨的模樣，晃彥見狀說：「藝術商下次來家裡是三天後，所以各位只要在前一天聚一下決定怎麼分配就成了。」聚會就是明天了。美佐子昨晚和亞耶子討論的結果，決定在前一天將書房裡的藝術品移到大廳，因此必須詢問亞耶子進一步的細節。

「噢，對喔，是該跟妳討論一下那件事。不過妳再等我一下，我現在有點事要處理，等我忙完再去叫妳。」

這不像亞耶子平日自然的語氣，美佐子下意識地察覺到自己不該待在這裡。

「好的，那我回家裡等妳。」

「好，就這麼辦。還有澄江，不好意思，妳可不可以去幫我採買一下？要買的東西我都寫在這張紙條上了。」亞耶子對女傭澄江說。

美佐子不由得納悶，感覺婆婆好像想把所有礙事的人全趕出去似的。

當美佐子走出廚房後門打算回別館之際，往訪客用的停車場瞄了一眼，那兒停了一輛黑色賓士，汽車廢氣尚未散去。美佐子見過那輛車，正是須貝正清的備用轎車。

——咦？須貝先生來家裡有什麼事呢？

此外，美佐子還發現一旁的獨棟車庫裡仍停著弘昌的保時捷，弘昌平常都是開車上學的。

——眞奇怪，難道弘昌今天是搭電車上學嗎？

美佐子滿腹狐疑，回頭望著主屋。

這天直到天黑，大家才開始搬移藝術品。美佐子、亞耶子和澄江一起將畫從書房搬到大廳。雖說是畫，畫框的重量還是不可小覷，而且還要小心不能碰撞到。

「這些不用搬吧？反正好像沒什麼人有興趣的樣子。」亞耶子指著有大面玻璃的展示櫃和木櫃。美佐子也同意，親戚們感興趣的僅限於値錢的畫作。

當書房裡只剩下美佐子一個人，她再次環顧室內。光是撤走藝術品，房裡就感覺寬闊了許多。

美佐子看到那座木櫃的門半敞，想將它關上，卻發現關不太起來，定睛一看，原來是櫃子最下層位置有一支十字弓的箭卡住了門。美佐子覺得奇怪，十字弓和兩支箭都收在櫃子最上層，爲什麼唯獨這一支箭收在最下層呢？

但她很快就找到原因了。仔細一看，這支箭箭尾的羽毛有一根幾乎脫落，大概是公公原本打算找機會拿去修理，所以唯有這一支單獨放在不同的地方吧。

美佐子想起松村說過這些箭還是別碰爲妙，於是將箭放回了原處。

就在她關上木櫃門時，隔壁書庫傳來喀咚一聲。美佐子一直以爲書庫裡沒人，因此嚇了一大跳。這間書房和書庫之間以一扇門連接，因此不必出去走廊便能在兩處自由來去。只見那扇門緩緩開啓。

出現的人是晃彥，美佐子當場呼出屏住的氣息。

「老公……，你別嚇我啦，怎麼躲在裡面呢？」

「今天誰來過嗎？」晃彥沒理會妻子，逕自問道。眼神非常尖銳。

「什麼意思？」

「我問妳今天白天有沒有客人上門來？」

「喔……，有啊……」美佐子說：「尾藤和須貝先生好像來過。」

晃彥一聽，臉頰倏地抽動了一下，那是他內心情緒激動時會出現的小動作。

「可是我沒有和他們碰到面，只是看到車停在停車場裡……，你要不要去問媽媽比較清楚？」

「不，不用了。」晃彥正要離開書房，手搭在門把上時，又回過頭來看著美佐子說：「別告訴任何人我問過妳這件事，知道嗎？」

「知道了。」她一應聲，晃彥便粗魯地甩上門離去了。

6

第二天早上，大概是基於先來的人才能搶到好東西的心理作祟，十點過後親戚便陸續登門了。丈夫們因爲有工作，來的大部分是女眷，她們草草地對亞耶子等人寒暄一、兩句之後便直奔大廳。美佐子和兩名女傭一起忙著爲她們張羅茶和點心。

女眷當中，有人甚至帶了認識的畫商來，打算和畫商討論拿哪一幅畫最划算，但大家都很精明，所有人都對某幾幅特定的畫感興趣，看來要談妥誰拿哪幅畫絕非易事。

大廳內氣氛非常熱烈，親戚們拚命添茶，待客的茶葉很快就不夠用了，澄江甚至不得不衝出門補貨。

接近中午時分，這些女眷的丈夫也前來觀戰，他們似乎是蹺班趕來的，聽說事情還沒談妥，只好留下幾句激勵妻子的話之後便匆匆離去，訪客用的停車場幾乎隨時都停滿了車。尾藤也現身了，似乎是代替須貝正清來的。

午餐則是叫了附近壽司店的外賣。瓜生直明還在世當家時，瓜生家突然訂數十人份的壽司根本是家常便飯。

午餐時間，大廳裡暫時休戰，美佐子決定和澄江她們一起在廚房裡用餐。她不想待在大廳裡，因爲要她靜靜地坐在那群虎視眈眈、只想將瓜生直明的遺物據爲己有的親戚當中，她一定會難受到喘不過氣。

美佐子正以筷子夾起壽司，突然看見流理臺上方的凸窗外，有一道人影閃過，但由於窗玻璃有花紋，她看不清楚那人是誰。

「哎呀，是誰呀……」

「怎麼了嗎？」

澄江好像沒察覺有人經過。美佐子連忙放下筷子走出廚房後門，再繞到主屋後門。只見一道黑影快速地離去，她驚呼出聲時，早已不見人影。

「少奶奶？」追上來的澄江出聲喚她。

美佐子搖搖頭，「嗯，沒什麼。我們回去吃壽司吧。」

她邊想著方才的人影邊往廚房後門走去，就在這時，澄江高聲說：「哎呀，大小姐！您怎麼回來了？」

美佐子一看，園子正迎面走來。

「園子，妳怎麼了？」美佐子問。

「我不大舒服，想回來休息了。不過不太嚴重，妳別擔心。我不想從·前門進去，讓我從廚房後門進屋吧。」

「嗯，快進來吧。」

園子似乎真的很不舒服，臉色很差，她喝了一杯茶，看了時鐘一眼之後問美佐子：

「二哥在家嗎？」

「弘昌？不在呀。」美佐子搖搖頭，「他去上學了。怎麼了嗎？」

「沒什麼，隨口問問罷了。」園子說完便拿著書包離開了廚房。

下午一點左右，遺物爭奪戰再度展開。亞耶子負責居中協調，但她畢竟是繼室身分，感覺總缺少了一點威儀，因此實際上帶頭協調的是須貝正清的妻子行惠。在一旁觀戰的美佐子心下明白，很顯然幾乎所有値錢的物品都落入了行惠的近親手裡。

「眞是的，到底是誰的遺物嘛。」亞耶子在美佐子耳邊低聲抱怨。

這時，有人怯生生地打開兩人身後的紙拉門，探出頭來的是女傭和美，她吞吞吐吐地說：「太太，有電話……」

「電話？誰打來的？」亞耶子問。

「呃，是……」女傭和美上前，湊近亞耶子的耳邊低語，一旁的美佐子聽見她說了「警察」兩字，心頭一驚。

亞耶子也訝異不已，神情當場沉下。

幾分鐘後，亞耶子美麗的臉龐面帶寒霜，回到大廳衝到行惠身邊，行惠正忙著分配數幅日本畫。

「行惠，出事了。」亞耶子上氣不接下氣地說道：「須貝先生被殺了。」

剎那間，屋內一片靜默。

第二章 箭

1

死者姿勢是抱著墓碑趴倒在地。

額頭的傷口流出鮮血，警方研判應該是倒下時撞到所造成。死者身穿藍色運動服，這身打扮在墓地裡顯得非常突兀。供奉在墓前的白菊花散落一地，花瓣落在屍體腳邊。

和倉勇作看著刻在墓碑上的文字，心想，這人死得還真慘。

一個人無論地位再高、錢存得再多，還是避不開突然找上門的死神，連死法都沒有選擇的餘地。這個男人大概作夢也沒想到自己會以這種姿態結束人生吧，他應該是屬於那種想要臨終時身邊鋪滿黃金、在眾人的守護下往生的人。

警方已經查明死者的身分，正是UR電產的社長——須貝正清。要是做問卷統計誰是本地最有權勢的人，此人肯定能夠擠進前三名。

勇作心想，很公平啊。死亡之前，人人平等。仔細想想，這可能是人世間唯一公平的部分。

「我先整理一下目前確定的資料：中午十二點到十二點十五分左右，須貝正清在社長室裡吃了簡單的午餐，十二點二十分左右吃完飯，接著換上運動服去慢跑。到這部分，你都曉得吧？」勇次身旁的刑事課長滔滔不絕地說著。這個胖敦敦的男人平日工作談不上認眞，但這次的被害人是個大人物，他的態度畢竟和平常不大一樣。

接受偵訊的是須貝正清的祕書尾藤高久，瘦長的臉一片鐵青，頻頻以手帕擦拭嘴角。對於刑事課長的發問，尾藤默默點頭。

刑事課長繼續偵訊：「平常須貝正清都會在十二點五十分左右回公司沖個澡，下午一點鐘開始辦公。……貴公司裡有淋浴間嗎？」

「有的，就在社長室隔壁。」

「噢，地位高的人就是不一樣啊。然後呢，今天你在下午一點鐘前往社長室，須貝社長卻不見人影。是嗎？」

「是的。自從我在須貝社長手下做事以來，從沒發生過這種情形。」

據尾藤所說，須貝正清習慣在每個星期三下午前往公司的後山慢跑，然後一定會繞去途中的眞仙寺墓地一趟，掃掃須貝家的墓，而那兒也就是須貝正清陳屍之處。

「你等了三十分鐘，還不見社長回來，於是你循著他慢跑的路線一路尋來，就發現他倒在這裡了。是嗎？」

「是的。我剛看到他的時候，還以爲他是心臟病發作，沒想到……」

尾藤的喉嚨微微一顫，看得出他咕嘟吞了一口口水。

勇作在一旁聽著，心想，確實一時之間很可能以爲須貝正清心臟病發，發現年逾五十的男人一身運動服倒在慢跑途中，任誰都會那麼想吧。

但尾藤應該馬上就發現須貝正清不是病發，因爲屍體的背後插著一個異物。

那是一支箭。

長約四十公分、粗約直徑一公分的鋁箭，箭尾裝了三根削成三角形的鳥羽毛。這支不折不扣的眞箭，就插在須貝正清脊椎左側十公分左右的位置。

「有誰知道須貝社長習慣在星期三的午休去慢跑嗎？」刑事課長問道。

尾藤搖搖頭。「我不清楚。不過，我想應該有相當多人知道。」

「他這個習慣很出名嗎？」

「嗯。其實不久前，有一家報紙的財經版曾報導過這件事。」

尾藤說出那份報紙的名字。當時的報導明確地提到須貝正清的慢跑習慣，甚至刊登了眞仙寺的照片。

「搞什麼，那不就等於人人有下手機會了嗎？」刑事課長誇張地皺起眉頭。

「關於插在須貝先生背後的箭，你有印象嗎？」勇作問。對於回答，他其實不抱期待。

沒想到尾藤一聽便皺起眉頭，非常嚴肅地回道：「關於這一點……」

「你見過？」

「嗯，……我猜大概是那個。」

「那個是指……？」

「我想那應該是瓜生前社長的遺物。」

尾藤告訴刑警們，瓜生直明的收藏品當中有一把十字弓。

「竟然有那種東西！那可不得了呀。」刑事課長顯得很興奮，立刻叫來一名屬下，命令他和瓜生家附近的派出所聯絡，請他們確認瓜生家宅邸裡有沒有十字弓。

「十字弓不是隨處可見的東西，看來凶器就是這個了！」大概是因爲出師告捷，刑事課長顯得相當雀躍，畢竟被害人是個大人物，他也想在這件案子上多立點功吧。

而不僅是刑事課長，同樣的心理也出現在署長身上，他此刻應該正在全力維持現場，並指揮下屬在眞仙寺周圍地毯式地走訪打聽線索，彷彿只要豎起耳朵，署長那帶有特殊口音的嗓門就能乘風鑽入耳膜。

但是，勇作與這兩位上司有著截然不同的心思。

「包含那把十字弓在內，所有瓜生直明的遺物，目前都是由誰在管理？」勇作問尾藤。

尾藤立刻給了明確的答案：「是前社長的長男，瓜生晃彥。」

正是勇作預料中的名字。

——瓜生晃彥……

對勇作而言，這個名字具有特殊的意義。

勇作一邊搜尋兇手留下的蛛絲馬跡，一邊朝屍體正後方走去。不遠處，有一道圍住墓地的水泥牆，高度大約到勇作的胸部，不至於妨礙兇手射箭。

牆的另一頭就是雜木林。勇作翻過圍牆，置身林中。林子裡的空間並不如外面看起來那般狹小，但若是待在林子裡射出箭，射出路徑會被眼前的墓碑擋住，不可能瞄得準須貝正清。勇作一面確認自己能夠看見被害人當時所在位置，一面沿著圍牆移動。

結果他發現了一棵大杉樹旁邊有一小處空間，距離被害人所在位置大約十多公尺，箭的射出路徑幾乎完全不受阻礙，正好可以筆直地瞄準須貝正清的背後。

勇作接著仔細觀察杉樹旁的地面，明顯可見有人剛踏進此地不久的痕跡，地面留有類似鞋印的凹陷。

「課長！」勇作叫來上司，報告這個狀況。

「原來如此，兇手很可能就是躲在這個地方。」

「這裡有一道圍牆擋著，兇手只要蹲下來，從被害人的所處位置應該看不到這裡，這麼一來，兇手只要瞄準被害人的背後伺機下手就成了。」

上司接受了這個推論，立刻叫來鑑識人員拍照存證並採集足跡。

勇作望著鑑識人員的作業好一會，接著抬頭朝墓地望去。他平舉起一隻手臂，比出手槍的手勢，對著想像中的瞄準鏡調整位置，最後食指直指目標——墓碑上刻著的「須貝」二字。接著他將假想槍口往左移，直到刻著「瓜生」二字的墓碑映入眼簾才停下動作。瓜生家族的墓就在一旁。

勇作胸口有什麼在翻攪，胃裡彷彿塞了鉛塊般沉重，讓他幾乎喘不過氣。

他的食指瞄準「瓜生」兩字後，扣下了想像中的扳機。

2

勇作還記得上小學時的事。當時父親牽著他的手，穿過小學的校門。入學典禮在禮堂裡舉行，孩子們按照班級順序排排坐，家長們在後方的座位觀禮。

勇作的右手邊是一條走道，對面是隔壁班級的隊伍。

陌生的大人一個接一個上臺致辭，坐在臺下的勇作很快就覺得無聊了，不安分地動來動去。

沒多久，他察覺有人在看自己，視線是從隔著走道的隔壁班級射過來的。勇作迎向那道視線一看。

那是一名見過的男孩子。

勇作記得很清楚，那正是在紅磚醫院遇見的少年。紅毛衣、灰圍巾、白襪子，一切的一切都深深烙印在他的腦海，當時那名少年搭上一輛大型黑頭轎車，從他面前駛離揚長而去。

——那傢伙也念這所學校啊！

勇作狠狠瞪回去，沒想到對方只是迅速地上下打量了他一番，旋即回頭望向臺上，之後直到典禮結束都不曾再轉向勇作。

學校生活比勇作想像得愉快，他交到了許多朋友，學到許多原本不知道的事，遇上隔天有遠足或運動會的日子，他還會亢奮到睡不著覺。

大概是因爲他塊頭大，而且比較會照顧別人，他很快成了班上的領導人物。無論是玩躲貓貓還是打尪仔標，分組或決定順序都是他的工作。對於他決定的事，大家也都相當服從。

第一次發下來的成績單上，漂亮地寫著一整排「優」。導師在評語欄裡，寫下稱讚的評語：「積極進取，具領導力。」

父親興司當然開心不已，他看了勇作的成績單之後，打從心裡佩服地看著兒子說：「了不起啊，勇作！你和爸爸的資質眞是天差地遠吶。」

如此度過了一、二年級，升三年級時換了班級，而在新班級裡不到一個月，勇作又旋即掌握了班上的主導權，不過他並不是刻意爭取，而是回過神時，事情已經自然而然演變成這樣了，他當時眞的覺得地球彷彿是以自己爲中心運轉。

只有一件事讓他很在意，不，應該說唯獨有一個人，始終令他耿耿於懷。

就是那個男孩子，那個入學典禮時直盯著他的少年。

有些人，明明和自己毫無瓜葛，自己卻怎麼也無法無視對方的存在。即便那感覺並不是受到吸引或是心懷怨恨，不知爲何，只要一見到對方，內心就會掀起波瀾。

而對勇作而言，那名少年正是這樣的一個人。他們兩人不同班，也不曾說話，但他發現自己總是下意識地追著少年的一舉一動，而且那還不是想和對方交朋友的正面想法，而是莫名覺得對方是個討厭鬼的負面情緒。

難道是受到一股強烈的嫉妒所致？一如在紅磚醫院初次見到少年時，少年的良好身世昭示著兩人出身背景的大幅差距。但勇作又不覺得那情緒是出於嫉妒，因爲身邊有好幾個家世明顯強過勇作的孩子，但勇作對他們不會產生這種不平衡的心理。

此外，勇作還很確定對方也相當在意自己。好比他在運動場上投球時，常會覺得有人在看自己，一旦他往那道視線看回去，與他四目相交的肯定是那位少年，而且對方也會瞬間別開視線。這樣的事，發生了好幾次。

——眞是個討人厭的傢伙！

他每次都這麼覺得，而或許對方也有同感。

勇作從一、二年級時的同班同學口中問出了少年的名字，他叫做瓜生晃彥。初聽到時，勇作覺得眞是個做作的名字。

同學還告訴勇作，瓜生的父親是一家大公司裡身居高位的大人物，但這個消息只是加深了勇作對他的負面印象。

「他功課好嗎？」勇作問。

「超好的！」同學說：「每次老師上課點到他，他都答得出正確答案，而且考試總是考一百分，是班上的第一名，說不定也是全學年的第一名哦。」

「全學年的第一名」這句話惹毛了勇作，當時他一直很自負自己的成績應該能拿下全學年第一名。

「不過，他好像不是班長吧？」勇作問。他覺得不管在哪個班級，成績最好的應該也是班上最爲活躍出眾的。

「因爲瓜生沒有朋友啊，沒人推薦他。」

「這麼說來，他不太受歡迎嘍？」

勇作自己則是在眾望所歸之下當上了班長。

「是啊，他一點也不受歡迎。不過他也不會和大家一起玩，老擺出一副臭架子。」

這段話讓勇作很受用。他和瓜生其實沒有什麼深仇大恨，但只要聽到有人說瓜生的壞話，他就會覺得頗開心。

勇作還是很在意他，時而感覺到他那討厭的視線，時光就這麼流逝。到了四年級夏天，某一次上游泳課時，兩人有了直接的接觸。

那是那個夏天最後一次下水的日子，五個班級舉行接力賽，各班選出四名菁英，每人游五十公尺，進行總計兩百公尺的競速泳賽。

勇作當然獲選爲班上代表選手之一，他對游泳很有自信，也確定在至今的游泳課中，沒有人游得比自己還快，於是由他擔任班上最後一棒。

當勇作在起點跳臺後方等待上場時，聽見了隔壁班同學的對話，那是瓜生的班級，瓜生也在選手之列，從順序來看，他是第三棒，然而勇作卻聽到瓜生回頭對他們班的最後一棒選手說：「喂，跟我換。」

「爲什麼？我們不是猜拳決定好了嗎？」最後一棒選手說。

「少囉嗦，跟我換就是了。」

瓜生在同年級學生當中也算是體形高大的，再加上他的五官像個小大人，最後一棒選手被他一瞪，馬上慌張地起身和他對調位置。全程看在眼裡的勇作，一和瓜生的眼神對上，立刻別開了視線。

泳賽終於展開，第一棒、第二棒相繼躍入泳池，當第三棒也入水之後，勇作站上起點跳臺，將口水抹進耳朵裡（*1）。

「和倉！就靠你了！」

勇作舉起手，回應同學的加油聲。

五個班級當中，瓜生班上的選手領先一個身長的距離，勇作班上的選手居於第三。勇作很肯定自己能扭轉頹勢，一定馬上就能超越瓜生這種傢伙……

*1 日本有個說法，游泳入水前將口水抹在耳朵內，耳朵就不會進水。其實只是以訛傳訛，沒有實際效果。

然而這時卻發生一件出乎意料的事——瓜生班上的第三棒領先回來了，但是身爲最後一棒的瓜生卻遲遲沒有跳入水中，加油席上傳來怒罵：「你在搞什麼啊！」

不久勇作班上的第三棒也回來了，勇作一接棒立刻躍入水中，掌握了絕佳的跳水時機。

他以他最拿手的自由式迅速划水前進。應該已經領先了吧，他相信自己一定會獨自遙遙領先抵達終點。

但是當他游到二十五公尺處正要折返，看到了難以置信的景象——有人游在他的前面，而那個水道的選手是……瓜生！

——不可能！他明明比我晚下水！

勇作卯足全力游著，但是當他抵達終點，從水中探出頭來時，看到的卻是瓜生早已脫下泳帽的身影。瓜生察覺到勇作的視線，微微撇嘴一笑。

這是勇作第一次見到瓜生的笑容。如果勇作此時是中學生，懂得比較多的漢字，他心裡大概會浮現「嘲笑」這個字眼吧。

那個笑容似乎在對勇作說：少自以爲了不起！

勇作發現瓜生是故意那麼做的，他從一開始就打算讓勇作成爲笑柄，才會強迫同學和他換棒次，還故意晚一點再下水。

勇作懊悔到差點流下淚，他將臉再度埋入水面下，咬緊牙根。

後來他聽到觀賽的同學們對瓜生的讚美，證實了瓜生的泳技高超。

有人說他的手臂動作之快有如風車，有人說他如魚在水中自在穿梭。他們說的大概都是眞的吧。

那天之後，勇作鬱悶了好一陣子；只要一發現瓜生的身影，就會下意識地掉頭就走。他討厭那樣的自己。

他當時沒發現，那是自己初次嘗到自卑的滋味。他只知道，自己內心原先莫名地覺得「瓜生是個討厭鬼」的心情，明確地化成了憎恨。

「總有一天要擊敗你！」

他下定決心。

隔年春天升上五年級時，兩個人編在同一個班級。

升上五年級之後，勇作依然是班上的領導人物，當時在同學年的同學當中，和倉勇作這個名字幾乎無人不知、無人不曉，所以在班長的選舉中，勇作也以壓倒性的支持率當選。

學業成績方面，勇作也從不曾感到不安，無論數學或國語，他都覺得很容易，聽老師講課就像在聽老年人憶當年般淺顯易懂，而當老師點到他回答問題，他也能夠應答如流。

當他看到班上同學爲了分數的加法而焦頭爛額時，覺得很不可思議，他不懂爲什麼他們連這麼簡單的東西都不會呢？

——看來我在這個班上也是第一名啊！

剛升上五年級不久，勇作就很自負地這麼想。

但過沒多久，他發現這是個天大的誤會，而讓他這股自信破滅的，也是瓜生晃彥。

兩個人進到同一個班級後，勇作對瓜生在意了好一陣子，但後來他發現瓜生和從前同學說的一樣，行事相當低調，不但沉默寡言，又老是和眾人保持距離，在課堂上也不會像勇作一樣踴躍發言。下課時間一到，幾乎全班同學都會衝到校園裡玩，但瓜生大多待在位子上看書，他好像也沒有比較親近的朋友，大家都摸不清他到底是個什麼樣的人。

只不過，他依舊會從遠方對勇作投以冰冷且不懷好意的視線，而勇作也很在意他，換句話說，兩人雖然不會想接近對方，卻總是注意著對方的一舉一動。

第一次月考之後，勇作才知道瓜生的實力。那次考試，老師公布勇作和瓜生都考滿分。勇作驚訝地看向瓜生，只見瓜生托著腮幫子，一臉「幹麼公布那種無聊事情」的表情。

之後勇作總是在意著瓜生的成績，他想知道這個摸不清底細的對手眞正實力。大約兩個月後，勇作清楚地得到了答案。

瓜生晃彥的學習成績出類拔萃，或可說是鶴立雞群。無論是考試、回家作業的習題冊還是任何一個科目，就勇作所知，從沒有瓜生解不出來的問題。瓜生的回家作業總是完美無缺，考試也幾乎全部滿分。勇作雖然沒有拿過低於九十分的分數，但幾次當中就會有一次因爲粗心而出錯；或者偶爾老師會故意出比較刁難的問題，這種時候勇作也只好舉手投降，但這些難題對瓜生而言，一樣是小菜一碟，像是在歐洲地圖上填入國名和各國首都的問題、聽寫出「驚蟄」(*1)這個難寫漢字、解數學方程式等等，瓜生都是露出一副覺得很無趣似的表情快速解題，而且答案正確無誤。

瓜生厲害的還不只是讀書，不管要他做任何運動，他都能夠安然過關。所謂「安然過關」，其實只是他裝出來的。總覺得瓜生要是認眞去做，還能跑得更快、跳得更高，而他這樣的態度彷彿在說，別想要他爲這種無聊透頂的事情全力以赴。

在各方面都大放異彩的瓜生，在「合群」方面卻是徹頭徹尾的劣等生。他不會給人添麻煩，但也完全不想要與眾人同樂或打成一片。當以班級爲單位要做什麼活動，他也只是早早把自己負責的部分做完，對他人的工作視而不見，而且由他負責的部分完成度都是完美無缺，無可挑剔。

「我討厭和瓜生在一起。」這麼說的同學愈來愈多。

「他以爲自己的成績好，就跩個二五八萬的。」

*1 驚蟄：二十四節氣之一，通常爲陽曆三月五日或六日，此時正值春天，氣溫回升，蟄居的動物驚醒開始活動，因有此名。

「和倉，你可別輸給那種人哦！給他點顏色瞧瞧！」

勇作身邊的朋友都無法忍受瓜生那不把人放在眼裡的態度。

但最討厭瓜生的，其實是勇作。

勇作至今幾乎不曾落在人後，不管讀書、運動、繪畫或書法，他樣樣得第一。當然，成績的背後有他付出的努力。但是他辛辛苦苦才到手的第一名寶座，卻讓瓜生哼著歌輕輕鬆鬆地奪走。

就和那次的游泳大會一樣，贏得比賽的瓜生卻擺出一副「這種小事一點也不值得高興」的態度，簡直是故意要惹火勇作。

「你怎麼了？最近很沒精神耶。」

同學愈來愈常這麼對勇作說。聽到這樣的話，勇作很意外，他從沒想過會有這麼一天，讓別人對自己說出同情的話語。

「沒什麼啦，我偶爾也會情緒低落呀。」每當這種時候，他就會故意大聲地如此回應，像是要是說給自己聽似的。

要消除這股窩囊氣，除了凌駕瓜生之外別無他法。於是勇作放學回家後，只要一有時間就坐在書桌前用功讀書，休息時間就跑步、做伏地挺身。他學會了怎麼畫世界地圖、還會背誦星座、閉著眼睛也能吹直笛、永字八法寫得端正秀麗，而且認識了所有常用漢字。

然而，他愈是努力想縮短和瓜生之間的差距，差距之大卻愈清楚可見。勇作開始焦躁，而且經常遷怒朋友。

有一天，發生了一件事。

事情發生在全班討論如何管理花圃的時候。勇作和平常一樣擔任主席，主題是「本班所照顧的花圃最近變得荒蕪，該如何解決」。勇作負責在同學各自發表意見之後，加以彙整。

其實這陣子，勇作也覺得主持班會是件苦差事，因爲每當他站上講臺環視大家時，眼角餘光總會不由自主地留意到瓜生，而且他非常在意瓜生是以何種眼光看待自己。

他甚至胡亂猜想，瓜生是不是覺得「這傢伙明明什麼都不如我，還敢擺出一副班長的架子」呢？這也是勇作不曾有過的自卑情緒。

班會進行著。勇作一面引導同學討論，大半的心思卻放在瓜生身上。他非常在意瓜生的一舉一動，但絕不正眼瞧他一眼。

「那麼，照顧花圃的輪值表就這麼決定嘍！不過，如果輪到的人只是草草巡視，沒有認眞照顧，就沒有意義了。大家有沒有辦法解決這一點呢？」勇作問大家。他認爲，在大致得出結論之後，像這樣提出新的問題也是主席的職責。就在這時，他發現瓜生在打哈欠，閉上嘴巴之後便轉頭看向窗外。勇作別開視線，又問了大家一次：「有沒有誰有好的建議呢？」

大家提出幾個意見，卻始終沒有定論。於是勇作說：

「這麼做如何？我們來製作一本像是紀錄本之類的本子，無論是澆過水了或拔過草了，都記錄在上面，這麼一來——」

勇作話講到一半停了下來，因爲他看到瓜生正托著下巴，撇起嘴輕笑，正是游泳接力賽那次露出的笑容。

瞬間，勇作壓抑在心中的情緒爆發了，他從講臺衝下來。

同學們全都訝異不已，只見勇作已經衝到了瓜生的桌前，握緊拳頭往桌子猛地一捶。

「你有話就明講！幹麼那種態度？你有意見，對吧？」

瓜生卻是露出一臉搞不清楚發生了什麼事的表情，依然托著下巴，定定地盯著勇作說：「我沒有意見呀。」

「少來！你明明就瞧不起我！」

「瞧不起你？」瓜生只是輕哼一聲，別開了臉。

勇作見狀，腦子還來不及思考，身體已經動作了。他抓住瓜生的手臂使勁一拉，瓜生連人帶椅摔在地上，勇作立刻騎到他身上，雙手揪住他的領口。

「住手！你們在幹什麼!?」

才聽到身後傳來班導的聲音，下一秒，勇作感覺屁股騰空，緊接著背部著地，猛摔在地上。

勇作撐起身子，看見瓜生正拂去衣服上的灰塵，他低頭看著勇作，小聲但清晰地說：

「你是不是腦袋有問題啊？」

這場幹架，在校園裡還造成了些許話題。當勇作帶著班導的信回家時，父親興司氣得滿臉通紅。班導信上寫下勇作在學校裡的行爲，請父親簽名。

「你給我個理由啊！」興司說：「爲什麼要做那種事？」

勇作沒能回答父親。因爲說出眞正原因，等於暴露了自己的軟弱，這讓他感到害怕。父親的憤怒久久不見平息。勇作做好了心理準備，說不定自己會被攆出家門。

然而，當興司讀完老師的信，態度突然有了一百八十度的轉變。他抬起頭問勇作：「跟你打架的瓜生同學，是瓜生工業老闆的兒子嗎？」

勇作回答是。UR電產當時叫做瓜生工業。興司一聽，倏地皺起眉頭，從碗櫃拿出鋼筆，默默地在信上簽下名字，然後低聲罵了他一句：「別再做蠢事了！」

勇作不明白爲什麼父親的怒火會突然熄滅。

這件事情之後，勇作變了。他不太在人前出頭，也不再表現得像個領導者，他只是不停地思考如何打敗瓜生。

後來兩人持續了好幾年這樣的關係。

3

縣警總部派來的搜查一課刑警、機動搜查隊與鑑識課員抵達了命案現場，再度地毯式地進行現場蒐證，並調查勇作發現的可能射箭地點。

須貝正清的妻子行惠和兒子俊和也一起來到現場，負責向他們聽取案情的是搜查一課的刑警。另一方面，縣警總部也派了三名刑警前往UR電產，公司董事們應該都得知命案一事了，此刻想必正齊聚一堂煩惱如何善後。

同時，縣警總部的驗屍官正在勘驗屍體，勇作也在人群中做著筆記，統和醫科大學法醫學研究室的副教授也參與驗屍並提供意見。經過初步的檢驗之後，他們發現了一個令人意外的事實——須貝正清似乎是死於中毒。

「中毒？」一名刑警顯得相當訝異，高聲問道：「中什麼毒呢？」

「這還不清楚。因爲被害人死前似乎有呼吸麻痺的狀況，推測可能是一種神經毒。換句話說，箭上恐怕有毒。」溫文儒雅的副教授慎重地說道。

屍體被送至指定大學的法醫學教室進行司法解剖，社會新聞記者蜂擁而至，隨處可見抓著刑警的記者，死纏爛打地試圖問出內情。

「和倉。」驗屍完畢後，刑事課長叫住勇作，「你趕去瓜生家一趟。」

勇作聽到瓜生二字，心跳微微加速。

「是要調查十字弓的事嗎？」勇作問。

「嗯。凶器似乎就是瓜生直明先生的遺物，其他人去查過了，聽說不在原本收著十字弓的櫃子裡，到處都找不到。」

「所以是兇手拿走的嘍？」

「應該是吧，你馬上去向關係人問話。不過因爲關係人很多，這邊還會多派幾個人過去，鑑識人員應該也會到。」

「我知道了。」

「噢，對了。你這次跟搜查一課的織田警部補(*1)一組，就聽從他的指示行動吧。」

刑事課長說著指向一名彪形大漢，這人身高恐怕有兩公尺吧，一身黑色西裝，頭髮全向後梳，年齡看起來和勇作差不多，但對方的職位高了一階。

「好的。」勇作應道，接著到織田跟前打了聲招呼。

織田的眼窩凹陷，充血的眼珠子靈活地一轉，俯視勇作說：「你先閉嘴做事就是了。這是我的第一個指示。」他的聲音低沉，沒有抑揚頓挫。

勇作迎向他的視線，一邊告訴自己要冷靜，一邊回道：「沒必要開口的話，我自然會閉嘴。」

兩人於是開著勇作的車前往瓜生家。織田縮著一雙長腿坐在副駕駛座上，一面往記事

*1 日本警察的役職階級由下而上依序爲巡查、巡查長、巡查部長、警部補、警部、警視、警視正、警視長、警視監、警視總監。

本上寫東西，一面喃喃自語。

勇作手握方向盤，心裡想著瓜生晃彥。等一下說不定會見到他，一想到這，勇作怎麼也無法壓抑內心的不安，但不可思議的是，他的心中也同時湧起一股類似懷念的心情。勇作察覺到這一點，自己也覺得很不可思議。

瓜生晃彥之所以令他如此在意，不只是基於當年課業與運動上的強烈競爭心，還有另一個特別的原因。事情發生在小學畢業時。

畢業典禮和入學典禮一樣，在同一間禮堂舉行。所有學生也和入學那天一樣排著隊，依序從校長手上接過畢業證書。典禮依程序進行，講臺後方貼著一面國旗，大家看著國旗唱驪歌。

許多畢業生的父母都出席了，紛紛帶著小孩向班導道謝。但勇作的父親沒到場。

瓜生的父親很晚才出現，學生與家長已經開始陸續散去。他抵達時，瓜生家的轎車就停在學校正門前方，下車的是一名身穿咖啡色西裝的男人，感覺不是來參加畢業典禮，只是單純來接小孩子回家。

勇作的班導立刻迎了上去，臉上堆滿笑容，對這位一身西裝的男人說話時還欠著身子，和對待其他父母的態度簡直是天差地別。

勇作停下腳步看著他們，一身西裝的男人正好也轉向他。勇作一看到男人的面容，心頭一驚，總覺得好像在哪兒見過他。直到車子絕塵而去，勇作才想起來。

錯不了，那個男人正是早苗去世時前來家裡來的男士，那位和父親長談、回去時還摸了摸勇作的頭的紳士……

——那個人竟然是瓜生的父親？爲什麼？

勇作愕然地目送轎車遠去。

他還想起了一件事——他和瓜生晃彥第一次見面，也是在那間與早苗留下共同回憶的紅磚醫院。

——莫非瓜生父子與早苗的死有關？那是什麼關係？

因爲這個疑問，瓜生晃彥在勇作心中更是一個無法抹滅的特殊存在。

從命案現場眞仙寺到瓜生家，以一般車速行駛大約需時十五分鐘。比勇作他們先抵達的刑警和鑑識課員進入大門，朝玄關門走去。勇作也將車停在大門前，跟在他們身後。

站在一行人最前方的是縣警總部的西方警部，他的身材不高，臉也不大，但端正的姿態能讓人強烈感受到領頭者的威嚴。

前來玄關相迎的四十多歲美麗婦人名叫瓜生亞耶子，是瓜生直明的妻子。勇作事前便得到消息，這一位是瓜生直明的續絃。

「請問原先收藏十字弓的房間在哪裡呢？」西方問。

「在二樓，外子的書房裡。」亞耶子回答。

「聽說你們的親戚都聚集在府上是嗎？」

「是的，因爲我們剛好在整理外子的遺物……，大家現在都在大廳。」

「好的。那就打擾了。」西方脫下鞋子正要入內，其他刑警見狀也相繼脫鞋。這時西方看了屬下們一眼，下令道：「織田、和倉，還有鑑識人員跟我一起去書房，其他人去大廳找關係人一個個問話。」

於是亞耶子喚來女傭，叫女傭帶其他刑警前往大廳，自己則是領著西方等人走上一旁的樓梯。

一上二樓，眼前是一條長長的大走廊，兩側是一扇又一扇的門，走廊盡頭似乎是露臺，看得見外頭的青空。亞耶子正要打開眼前的一扇門，織田制止她，自己動手打開。

「這裡就是外子的書房。」亞耶子說。

西方一進去，馬上發出驚歎：「好大啊！」勇作也有同感，這間書房比他現在租的公寓套房還要大上許多。

亞耶子指著牆邊的一座木櫃，告訴刑警裡面原本收著一把十字弓。織田於是戴上手套，打開櫃門，只見裡頭排放著槍、刀劍等古董。

西方命令鑑識人員採集指紋，並領著亞耶子走到窗邊，以免干擾鑑識人員工作。

「請問有誰知道這裡收藏了十字弓？」西方問。

亞耶子顯得頗困惑，偏起頭說：「前天是外子的七七，我想出席的人應該大部分都知道這件事。」

「哦？此話怎講？」

「是這樣的……」

據亞耶子所說，瓜生直明七七的那天晚上，長子瓜生晃彥開放讓親戚們參觀瓜生直明的收藏品，而今天親戚們之所以齊聚一堂，就是那天的後續。

西方沉吟了一下，問道：「那麼，夫人您最後一次見到那把十字弓是什麼時候呢？」

「是昨天晚上，不過我想，直到今天早上，東西應該都還在書房裡。我念大學的兒子出門前，還告訴我說書房裡的十字弓沒收好，大概是昨天我們把藝術品移到樓下的時候有人拿出來的吧，所以我就叫美和——我們家的女傭負責收拾了。」

「那是幾點的時候呢？」

「是客人來家裡之前……，我想是九點半左右。」

「您是什麼時候發現十字弓不見的？」織田首次開口。

「剛剛才發現的。方才一名員警上門來，說是聽說我們家有把十字弓，要我讓他確認一下。」

「您今天也進出這間書房很多次嗎？」

「沒有，今天都忙著招呼大廳裡的親戚……」

「有沒有其他人進來過這個房間？」

「這個嘛……」她偏起頭，「今天應該大家都沒必要進來這兒才是……。我來問問女傭和我兒子的太太，她們說不定有頭緒。」

勇作聽到「兒子」兩字，心頭一凜。那指的顯然是瓜生晃彥，而提到他太太，表示瓜生應該是結婚了。勇作暗忖，看來自己在這一點上頭也輸他了。勇作至今仍是單身。

「今天到府上來的，只有聚集在樓下大廳的那些人嗎？」

「不，還有……」

據亞耶子所言，除了聚集在樓下的女眷們，她們的丈夫中午前也曾過來關切藝術品分配的狀況，雖然待在宅邸裡的時間很短，但並不是不可能趁機溜進這間書房裡。

「當中有沒有誰帶著提包呢？」

這是勇作提出的第一個問題。

「提包……嗎？」亞耶子露出困惑的眼神。

「大包包，或是紙袋之類的。」

亞耶子搖頭，「我不太記得耶……」

「這樣啊。」勇作沒有繼續追問。他問的是用來裝十字弓的大提包或紙袋，因爲兇手不可能毫不掩飾地直接帶走十字弓。

西方察覺到勇作的揣測，於是說道：「關於這件事，也問問其他人吧。」

織田接著詢問亞耶子關於進入書房的路線。亞耶子告訴他們，一個方法是從一樓的樓梯上樓。

「另外是不是也可以從外面直接進來呢？我剛才瞄到屋外好像有一道樓梯？」

「是的，走廊盡頭的露臺有一道通往樓下的樓梯。」

西方一行人跟在亞耶子身後來到走廊，一打開鑲嵌玻璃門走出露臺，低頭可見一道通往後院的樓梯，穿過後院很快就能走到宅邸後門。

「還有這種方法啊……」西方自言自語地咕噥著，然後問亞耶子：「這扇玻璃門剛剛是上鎖的吧？請問府上誰有鑰匙呢？」

「我和我兒子。」她回答。

「您兒子是指哪一位呢？」

「長男晃彥。」

「喔……」西方撫了撫下巴沒剃乾淨的鬍碴，「令公子今天想必也去上班了吧？」

「他是去上班了，不過不是去公司。」

「他不是在UR電產上班嗎？」織田問。

「不是的。他說不想繼承父親的事業，所以……現在在統和醫科大學的腦神經外科當助教。」

勇作的胸口感到一陣抽痛。腦外科醫師……

「領域差很多呀。」接著西方問道：「這次命案的事，您跟令公子聯絡了嗎？」

「聯絡過了，他說他馬上趕去須貝先生那裡。」

「我明白了。」

上來二樓的目的已經達成了，於是西方一行人也下樓來到大廳，只見四名刑警分成兩組，各自向七、八個關係人問話。西方一度集合屬下，扼要地告訴他們從亞耶子那邊得到的證言，要他們循線繼續問話。

西方等屬下們再度回到崗位，回頭問亞耶子：「請問目前在宅邸裡的，只有這些人嗎？」

亞耶子環顧大廳後說：「還有兩名女傭，現在大概在廚房裡吧。噢，還有我媳婦。她說她身體不太舒服，回別館休息去了。」

「別館呀……。請問她的身體是否不舒服到無法接受我們的詢問？」

「不，我想應該還不至於。」

西方點點頭，命令織田和勇作去別館問話。「不過你們要注意，別造成少夫人的負擔，知道嗎？」

西方之所以補上這麼一句，絕對是因爲感受到瓜生這個姓氏的分量。

從主屋穿過庭院直走就是別館。織田大步前進，勇作緊跟在後。感覺此時的織田比起西方在場時，要顯得抬頭挺胸多了。

雖說是別館，其實和一般住家沒什麼不同，屋外門廊深處是一扇西式大門，織田摁下門旁的對講機按鈕，一會兒傳出一名年輕女性的應聲，織田一報上自己的身分姓名，對講機便傳來：「好的，我馬上開門。」

不久大門打開，出現一名身穿白毛衣且頗高䠷的女人。

「不好意思打擾您休息。我姓織田，隸屬縣警搜查一課，這位是島津署的和倉巡查部長。」

織田介紹後，勇作低頭問了聲好，然後抬起頭來再次看著對方，他腦中閃過一個疑問，爲什麼眼前的女人要那麼驚訝呢？

但接下來換勇作驚愕不已了。

——小美……

他硬吞下差點脫口而出的叫喚。

4

晃彥回到家時，已經七點多了，親戚和員警都已離去，家裡總算安靜了下來，可以好好吃頓飯了。亞耶子要晃彥夫婦今晚過來主屋一起吃飯，所以此刻美佐子也在主屋的餐廳裡，弘昌也放學回到家，瓜生家好久不曾全員到齊吃飯了。

晃彥繃著一張臉，上了餐桌也一副沒打算主動開口說話的模樣，不過當亞耶子問他須貝家的事，他還是回話了：「親戚幾乎都跑去他們家了，還有一堆公司同事，媒體記者聽到消息也來了一大堆。俊和是回家了，可是我想他一個人要應付一群人太辛苦，所以多待了一下幫他聯絡一些事情。」

「這樣啊，辛苦你了。」亞耶子說。

「不過話說回來，到底是誰下的手呢？」弘昌謹慎地開口。不知是不是因爲命案令他受到了打擊，看他幾乎沒什麼胃口，早早就放下刀叉，光在喝水。

「再不久就會水落石出了，警方沒那麼沒用。」晃彥邊說邊活絡著頸部筋骨。

「刑警先生好像在懷疑今天來家裡的親戚哦。」園子說。

「警方不是在懷疑他們。」亞耶子直視著女兒，像要叮囑她似地說：「凶器好像是我們家的十字弓，警方只是想弄清楚十字弓是什麼時候被偷的而已。」

「可是偷走十字弓的人又不一定是從外面潛進來的吧？」園子不肯退讓，「屋裡的人要偷不是更簡單？」

「妳的意思是哪個親戚偷的嘍？偷了要做什麼？阿姨她們可都沒踏出這間宅邸一步呀。」

「偷走之後再交給外人不就成了。今天白天家裡不是還來了一大堆叔叔伯伯嗎？」

「園子！」亞耶子厲聲罵道：「不要亂說話。」

園子雖然遭到斥責而閉上嘴，微微上揚的纖細下顎卻透露出她的反抗。

「不過話說回來……，還眞嚇人呢。」隔了一會兒，弘昌開口了：「居然眞的有人想要利用那把十字弓殺人。說不定是有人昨天看到了那東西，靈機一動想到的吧？」

「弘昌……」但亞耶子這次沒有喝止。

的確就像弘昌所說，兇手可能是昨天看到了十字弓才興起行凶的念頭，換句話說，兇手就在親戚當中。

美佐子瞄了晃彥一眼，只見丈夫默默地嚼著食物，彷彿沒聽到這段對話。

那天晚上上床後，晃彥依然沉默。美佐子見他閉著眼睛，但從他呼吸的頻率可知他還醒著。不管發生什麼麻煩，眼前的丈夫總是獨力思考，在妻子還不知情時就把問題解決。

美佐子關掉床頭燈，向晃彥道晚安，他也開口無聲地回了晚安。

她在一片漆黑中閉上眼，卻睡不著。今天實在是發生太多事情了，一次承受太多打擊，身心俱疲，但這種疲勞感反而令人無法入睡。

不過，美佐子睡不著的眞正原因卻不是須貝正清遇害，說不定是因爲在事件後出現的那個男人……，兩名刑警的其中一人。

和倉勇作。美佐子至今仍然深刻地記得他的名字，恐怕一輩子也忘不了。

美佐子憶起十多年前的往事。她還在念高中時，三月中旬，父親壯介發生意外，住進上原腦神經外科醫院，醫院裡的櫻花正含苞待放。

她幾乎每天放學都會去醫院探望父親。壯介的身體情況並沒有差到需要時時探病，但她覺得反正回到空無一人的家裡也無聊，她反而喜歡在四周充滿綠意的紅磚醫院裡散步。

在醫院的庭園裡，總會遇到一位青年，一身黑色學生制服，穿梭在林間信步而行。青年的五官有些粗獷，帶點憂鬱的氣質。美佐子剛開始總是避免和他四目相交，快步錯身而過，漸漸地，她會以眼神向他致意，不久後，她便期待能夠遇見青年了，偶爾一、兩次不見他的身影，美佐子就會忍不住在醫院庭園裡東轉西找。

後來是青年先向美佐子搭話。一次，兩人一如往常地相互點頭致意後，青年問美佐子：「妳家人住院了嗎？」

美佐子回說父親住院，但沒什麼大礙。接著兩人找了張椅子並肩而坐，互相自我介紹。青年說他叫和倉勇作，就讀縣立高中三年級。那所高中在縣內也是排名前幾名的明星學校。

「那麼，你四月之後就是大學生了？」

青年一聽，自嘲地笑了。「我也希望如此，但遺憾的是我得重考。我只報考一間大學，卻落榜了。」

「是喔……」

美佐子心想，自己眞是哪壺不開提哪壺。雖然青年念的是一間好高中，但不見得就一定考得上大學。

「你家是誰住院了嗎？」美佐子試著換個話題。

青年搖搖頭。「我家沒有人住院。只不過，這間醫院對我而言充滿回憶，所以我經常在放學後過來繞一繞。」

「是喔……，是什麼樣的回憶呢？」

「這個嘛……」

見和倉勇作微微蹙眉，一副不知該怎麼解釋才好，美佐子覺得有點不忍心，於是對他說：「不方便講的話就算了。」

「不，不是不方便講。其實，很久以前，我很喜歡一個在這裡住院的女性，那時候經常來這裡找她玩，可是她後來過世了……」他說到這，臉上浮現一抹落寞的笑，「嗯，大概就是這麼回事。」

美佐子點點頭。雖然青年這番話讓人摸不著頭緒，但她覺得不好進一步探問，何況那一天是他們第一次對話。

後來，兩人幾乎天天在醫院的庭園裡碰面，他們有著聊不完的話題，對於音樂的喜好也契合到令人不敢相信。他們互相傾訴未來的夢想，感受到一種之前和朋友們聊天時所不曾有過的興奮感。美佐子和勇作出生的家庭都不富裕，他們就和一般的高中生一樣，從流行或演藝圈相關的話題聊到了未來的現實問題。

「我明年一定會考上的！」畢業典禮結束那天，勇作高舉雙臂說道。他的右手握著裝有畢業證書的圓筒。

「你明年也打算考統和醫科大學嗎？」美佐子問。
「當然嘍！」他斬釘截鐵地回道。美佐子曉得勇作的夢想是當醫師。
大概是因爲美佐子那一陣子的心情很好，母親波江和學校的同學都對她說：「妳最近好像心情不錯。」親近的好友果然觀察入微，揶揄地問：「妳是不是交了男朋友呀？」美佐子笑著否認，但「男朋友」這三個字卻帶給她一種至今不曾有過的新鮮感。
父親壯介出院之後，美佐子與勇作開始了一般男女的約會模式，像是在附近的公園散步，或到咖啡店裡坐坐，有時候去逛街、看電影。勇作是重考生，應該沒空玩樂，但要是三日不見美佐子，他總是難以壓抑心中的萬般思念。
勇作常打電話到美佐子家裡，父母不久就知道了兩人在交往。美佐子邀勇作來過家裡一次，介紹給波江認識。波江對勇作的印象似乎不壞，因爲以考上醫學系爲目標的進取心，掩蓋了身爲重考生的缺憾；而勇作父親的工作是警官，更令波江感到放心。
「你們別玩太凶了，知道嗎？」勇作回去後，波江不忘叮嚀美佐子。
之後兩人依舊進展順利，夏天去了海邊游泳。那一天，玩到有點晚了，勇作送美佐子回家，路上經過一座小公園，美佐子見勇作停下腳步，也跟著停了下來，心頭浮上一個預感。不出她所料，勇作吻上她的脣。美佐子感受著宛如身處夢境的恍惚甜美和被他緊緊抓住的手臂傳來的現實痛感，這正是她值得紀念的初吻。
兩人在甜蜜中度過夏日，然後秋去冬來，聖誕節那天，美佐子提議兩人暫時別見面。

「我希望你集中精神準備考試嘛。」

「別小看我，我才不會連續落榜兩次呢。」

話雖如此，勇作還是答應她暫時不要見面。

美佐子絲毫不擔心勇作，反而是她自己再過不久就要升高三，是該將心放在升學考試上頭了。就她的觀察分析，勇作絕對不可能考不上統和醫科大學。

然而……

這世上就是有令人難以置信的霉運，正好讓當時的勇作遇上了。考試當天早上，他的父親因爲腦溢血倒下。

父親興司倒在廚房裡，昏厥了幾個小時，勇作在一旁守著父親直到醫師趕來。勇作認爲先不要動父親比較安全，他的處理方式是正確的。

興司是因爲高血壓而昏倒，據說算是輕微的腦溢血，只是他醒來後，身體右半部幾乎癱瘓，話也講得不清不楚。這件事使得勇作錯過了二度挑戰考進統和醫科大學的機會。

「人生還眞是諷刺。」等到這場風波平靜下來，美佐子和勇作見了面，勇作皺著眉說：「我希望進入醫學系念腦外科，卻因爲父親腦溢血而粉碎了夢想。」

「你可以明年再考呀。」美佐子說：「因爲這點小事就垂頭喪氣，眞不像你。」

勇作定定地盯著她，苦笑道：「沒想到還要妳替我加油打氣。不過妳不必擔心，我不會就此一蹶不振的，只不過我不能再像去年一樣當個悠哉的重考生了，畢竟我父親幾乎不可能回去工作崗位。」

美佐子這才想起，勇作沒有母親，所以只能由他照顧父親。

「有什麼我幫得上的忙嗎？」

「放心，我會想辦法的。妳今年也要忙著準備考試吧？不必擔心我。」勇作開朗地說，然後補上一句：「不過，還是很謝謝妳。」

但實際上，勇作根本無計可施。他從四月開始打工，過著白天工作、晚上念書的生活，還得抽空照顧父親，忙到連和美佐子見面的時間都沒有。他雖然會在週末夜裡打電話給美佐子，但他的聲音聽起來卻明顯地比之前沒精神。美佐子問他是不是很累，他會回說還過得去，但從前的他是絕不會承認自己累的。

到了夏天，兩人隔了許久終於見到面了，美佐子差點認不出勇作來，他晒得比體育社團的社員還黑，瘦了一大圈，而且不知道是不是睡眠不足的關係，雙眼紅通通的。

兩人在百貨公司頂樓的小遊樂場碰面，坐在椅子上看著許多孩子玩耍，一邊舔著霜淇淋。

「書念得如何？」他問。

「念是念了，但不知道效果如何。」

「妳一定沒問題的。」勇作中氣十足地說道，然後盯著她的眼睛說：「加油哦！」

「我會的。我們一起加油吧！」

「嗯。」他應了聲，然後目光轉向在玩耍的孩子們。

美佐子事後才明白當時的勇作在想什麼。他那時肯定已經下了某個決定，卻沒對她說出口，當然，他是爲了美佐子著想。

隔年三月，勇作對美佐子說出了心中的想法。這天兩人約碰面是因爲美佐子想向勇作報告她考上了理想的大學，約會的地點是兩人第一次邂逅的地方，也就是紅磚醫院的庭園內。

「恭喜妳。」他開口的第一句話就是祝賀她考上。

「謝謝，接下來就等你放榜了。是後天嗎？」

勇作先是低下頭，一會兒才抬起頭來看著她說：「其實，已經放榜了。」

「咦？」她偏起頭，心中閃過一抹莫名的不安。

「我四月要去念警察學校了。我要當警察。」

「警察？」美佐子不由得複誦了一遍，卻還是不懂勇作的意思。她一心以爲，勇作報考的是統和醫科大學，正在等放榜。

「我沒有要騙妳的意思，可是我怕影響到妳考試，才會瞞妳瞞到現在。」

「你是什麼……什麼時候決定的？」

「去年決定的。警校考試在秋天就舉行了。妳也知道，我父親變成那個樣子，我一定得工作賺錢才行，再說，我也想不到其他工作。」

「你好過分，怎麼不跟我商量一聲……」美佐子胸口湧上一股熱意，化爲淚水奪眶而出，眼前勇作的面容漸漸模糊。

「對不起，我不想影響妳的心情。」

美佐子搖搖頭。「我還以爲我們可以一起上大學。」

「是啊，我也很希望呀。」他接著說：「可是，我們得分道揚鑣了。」

美佐子驚訝地看著勇作，「你是說我們不要再見面了？」

「是沒辦法再見面了。」勇作點頭說道：「爲了成爲獨當一面的警察，我必須受訓好一陣子，還得住宿舍幾個月，重點是……我們以後會各自生活在兩個截然不同的世界裡。」

「我不要！我不想離開你！」美佐子握住勇作的手。

勇作目不轉睛地盯著她的手說：「我們走一走吧？」說著站起身來。

兩人離開醫院在附近散步，經過公園、商店街，來到堤防。一路上，美佐子始終握著勇作的手，她深怕一放手，勇作會就此離去永不回頭。她眼中含著淚，擦身而過的人都不禁回頭看向他們倆，勇作卻似乎毫不在意路人眼光。

不知不覺，兩人來到勇作家門前，他回頭對美佐子說：「今天我爸不在家。他去拜訪一個親戚，對方答應在我就讀警察學校的期間照顧我。」他加強語氣說道：「現在家裡沒人。」

美佐子明白他的意思，問道：「我可以進去嗎？」

「嗯，家裡很亂就是了。」他回答。

美佐子第一次進到勇作家。勇作的房裡有他的味道，書桌、書櫃、音響和海報等擺設都和一般學生的房間沒兩樣，然而，他卻得步上另一條不同的道路。

「妳要不要喝點什麼？」勇作問。

「不用了。」

「嗯，我去拿蘋果來吧。」

美佐子對著就要起身的勇作說：「不要走。拜託待在我身邊。」

勇作咬住嘴唇，像在忍耐著什麼，然後看著美佐子，慢慢地摟住她的肩。擁抱之後，他從壁櫥拿出自己的被子，讓她躺在被子上，熄燈拉上窗簾，即便如此，房裡依舊相當明亮。美佐子見勇作開始脫衣服，於是她拉起棉被連頭蓋住，在棉被裡脫掉裙子和襯衫，褪下絲襪。

不久，勇作鑽進棉被裡，身上幾乎一絲不掛。美佐子撫摸著他彈性十足的肉體，心想，如果能就這樣迎向世界末日該有多好。

他們花了比想像中還要久的時間，勇作才順利地進入了美佐子。勇作渾身是汗，美佐子則痛得差點暈過去。

「對不起，很痛吧？」他問。

「有一點。」她回答。
「可是……這是第一次，也是最後一次吧？」
「嗯。這是第一次……也是最後一次了。」美佐子又哭了。
勇作再次抱緊她，「我希望妳能了解，這是爲了我們彼此好。」
四月五日，美佐子大學的入學典禮結束後，她直奔勇作家，那一天，也是勇作前往警校的日子，她無論如何都想再見他一面。
然而和倉家卻空無一人，大門深鎖，雨窗（*1）緊閉。
美佐子從他家走到紅磚醫院，坐在和他約會時曾坐過的椅子上，雙眼含淚。

美佐子在漆黑的房裡回想著，那是她第一次也是最後一次的戀情，她不曾對丈夫晃彥有過那樣的情感。即便是此刻，她只要一想起白天見到的勇作，內心就悸動不已。
美佐子帶著那名叫做織田的刑警與勇作到客廳，主要發問的人是織田，兩名刑警年齡相去不遠，地位卻有高低之分。看來勇作沒有大學學歷，對他的升遷還是有負面影響。
問話內容主要是關於這天白天進出宅邸的人，也提到了十字弓，還問了美佐子是否有任何相關線索。美佐子竭盡所能地回答，眼角餘光一邊捕捉著勇作的身影。
——說不定調查期間還有機會見到他。
這個想像令美佐子內心起了波瀾，她就像是發現了遺忘已久的寶物般，心情澎湃，不過她還是很清楚，自己必須按捺住這股激動。

美佐子翻了個身，面向晃彥，他寬廣的背就在眼前。

——和這個男人結婚，在我的人生當中有什麼意義呢？

他什麼也不告訴我，有心事也不會對我說，大概認爲只要讓我過著安穩的日子，我就會滿足了吧。他或許永遠不會了解，我不只是想要守著家庭，也希望在人情世事上助他一臂之力。

美佐子的腦中浮現白天的情景——那道從後門離去的人影。

因爲只是短暫一瞥，她不敢肯定。但是……

那個人，莫非是晃彥？

美佐子還沒告訴警察這件事。

5

當天晚上，島津署裡正式成立專案小組。不但縣內許久不曾發生命案，加上這次的被害人非泛泛之輩，對島津署而言，恐怕稱得上是有史以來最重大的一起案件。陸續擁至警

*1 原文作「雨户」，罩在窗外的木板，主要用來防風雨，亦用來防宵小。

署前的媒體記者，也顯示了這起命案之高注目度。晚上七點將由署長召開記者會，對媒體正式發表命案的相關訊息。

專案小組的組長由署長擔任，然而實際握有指揮權的卻是主任搜查官（*1），由縣警總部搜查一課的紺野警視接任。紺野警視底下編制十人小組，包括組長西方警部及搜查一課的人員，爲負責本案偵查任務的中心人物，另外還有機動搜查隊、島津署的刑事課員、犯罪防治人員等警員共同協助。

等到主要成員聚集在會議室裡，西方警部起立大略說明命案內容。勇作倚著後方的牆壁默默聽著，關於命案內容他已相當清楚。

「據說被害人習慣在每星期的固定時間到那個地點去，知悉這一點的兇手很可能在那裡埋伏他，不過由於報紙報導過這件事，所以就現實面來看，很難以這條線索鎖定嫌犯。」

西方說起話來聲如洪鐘，但從他身上卻感覺不出面臨重大命案的威迫感，這點和一旁盛氣凌人的署長簡直有著天壤之別。

「接下來是關於用來犯案的弓。」西方針對瓜生家的十字弓進行報告，「目前還沒找到那把十字弓，所以尚未經過確認，但那應該是凶器沒錯。」

「箭上採到指紋了嗎？」坐在中間一帶的刑警問。

「沒有，兇手擦得一乾二淨。」

會議室裡起了一陣小小的騷動。

「您說被害人的死因不是大量出血或心臟病發，而是中毒身亡，是吧？那麼箭上是否塗了毒藥呢？」另一名刑警發問。

「關於這點，我們從十字弓的持有者瓜生直明先生身邊的人問出了詳情。」

西方命令一名叫做福井的刑警報告聽取來的內容。

福井生得一張娃娃臉，身材卻異常魁梧。「消息是從一位名叫松村顯治的人口中問出的，他目前擔任UR電產的常務董事。據松村先生表示，去年年底，一名從西德回國的男員工，由於曉得瓜生先生喜歡收藏藝術品和奇珍異寶，而將那把十字弓當作禮物送給了瓜生先生。」

「那名員工目前人在西德，我們正設法聯絡他。」西方從旁補充。

「另外關於那把關鍵的十字弓，」福井接著說：「據說是上了弦的，十分堪用，甚至裝有瞄準器。」

「外行人有辦法使用嗎？」紺野警視問。

「據說架弓不難，但命中率如何就不清楚了，因爲沒有使用過。」

*1 在專案小組中負責指揮調度的職位。

「這麼說來，兇手擅於使用那類武器嘍？」紺野警視自言自語地嘟囔道。

「不，我覺得未必。」西方說：「經過現場調查，我們認爲兇手架弓瞄準被害人的位置是距離被害人身後十多公尺處。那麼近的距離，只要想辦法固定好十字弓，就算是初次使用的人，要擊中目標應該也不會太困難。」

「原來如此。可是要怎麼固定呢？」

「兇手很可能是躲在圍住墓地的水泥牆外，那道牆高一公尺多一點，所以將十字弓架在圍牆上方應該很穩當。」這一點似乎已經過討論，西方自信滿滿地回道。

見紺野警視點了頭，福井於是繼續往下報告。

「關於箭的部分，松村先生知道箭上有餵毒。據他說，箭上並不只塗了毒藥，還裝設外觀看不出來的機關。」

「關於機關，接下來會由鑑識課的人員爲我們報告。」西方說。

「毒的種類是？」勇作的上司刑事課長問。

「好像是cur are（*1）。」福井回答。這個陌生的毒藥名，再度讓會議室內起了一陣騷動。

福井說：「這是一種由藤蔓植物群製成的植物毒，爲亞馬遜流域的原住民所使用，據說現在部落的男子還會在私底下製毒。cur are在部落語中意謂著『殺鳥』，專門用來指箭毒。要是被餵了這種毒的箭射中，中箭者感覺到疼痛後不久，馬上就會因肌肉鬆弛而動彈不得，緊接著呼吸麻痺而死。眞是的，這種東西居然能夠帶回日本。」

「有好幾支那種毒箭嗎？」島津署的資深刑警舉手發問。

「原本放在櫃子裡的兩支箭都不見了。也就是說，兇手可以有一次失手的機會。」兇手大概認爲從距離目標十多公尺的地方擊發兩支箭，總有一支會命中吧。要是沒有這種程度的把握，說不定兇手就不會下定決心犯案了。

接著由鑑識人員說明箭的構造。負責的課員高舉一只塑膠袋，裡面裝有兇手用來行凶的箭。

「請仔細看這支箭。前端的部分和一般的箭不一樣。」鑑識課員將塑膠袋遞給紺野警視。

紺野警視盯著塑膠袋看，然後說：「前端有洞。」

「是的，事實上，那個一公釐左右的洞就是機關。」鑑識課員手持報告書走到黑板前，以粗糙的線條畫出箭的斷面。「箭尖約四公分，前端約一公分處呈圓錐形，前端當然是尖的，剩下的三公分則被塞進管狀軸。另外，關於這個箭尖的內部構造，它裡面中空，能夠裝進毒藥。」

*1 一種有機化合物，是從數種美洲熱帶植物（大部分爲馬錢子屬）提煉而成的生物鹼，能造成人體肌肉鬆弛。

「射出去會怎樣？」一名刑警問。

「射出去的一瞬間，箭尖裡的毒藥會被擠壓至後方。而命中目標時，毒藥會因爲箭快速停止運動，藉由反作用力被擠出，毒藥便從前端的小洞噴出，進入獵物的體內。總而言之，這就像是一支會飛的針筒。」

「哦，原來如此。」眾人異口同聲地感歎。

「眞了不起。」紺野警視說：「這也是亞馬遜原住民的智慧嗎？」

「應該不是吧。一般要製作毒箭，雖然沒有問過專家無法斷定，但我想應該只會在前端餵毒而已。」

「嗯，不過這眞是個不得了的機關。」

「由於有這個機關，所以對這名兇手來說，只要讓箭射中須貝先生身體的某個部位就行了。」西方說明。

當凶器的說明告一段落，接下來輪到報告須貝正清的妻子行惠和兒子俊和的證言，以及在UR電產查訪聽取問到的內容等。就結論來看，目前還沒取得値得一提的關鍵線索。

「不過，有一點需要注意。」西方的目光掃過眾人，有些故弄玄虛地說：「那就是須貝先生昨天的行蹤。他白天曾經一度離開公司，前往瓜生家。」

這是勇作和織田向瓜生美佐子問來的消息。據美佐子表示，尾藤高久中午前也曾出現在瓜生家。西方也提到了這點。「後來我們分別向尾藤高久、瓜生亞耶子雙方詢問經過，綜合雙方的說法，尾藤高久之所以前往瓜生家，是因爲須貝先生說想看瓜生直明先生的藏書，所以瓜生亞耶子才會帶他到書房隔壁的書庫。可是，有價值的藏書幾乎之前都已經賣給了舊書商，剩下的東西會是須貝先生感興趣的嗎？這一點值得商榷，此外他們的供述還有一些可疑之處，我們打算繼續朝這些疑點展開調查。」西方以語帶玄機的口吻，爲這段話做結尾。

接著宣布今後大致的偵查方針。首先是持續前往命案現案蒐集線索，明天也將繼續進行，卻沒人能保證此舉能獲得多有用的資訊，畢竟今天一整天由署長在第一線指揮的刑警總動員並沒能打聽出什麼重大線索。

另外關於殺人動機的調查，目前也尚未發現任何線索指出須貝正清與人結怨，不過他強硬的個性似乎也反應在他的管理模式，深入調查的話，很可能會發現什麼蛛絲馬跡。再者，由於被害人是資產家，當然必須調查遺產的流向。此外，須貝正清曾借錢給幾個親戚，就這點來看，肯定有人希望他沒命。至於他有沒有投保壽險，目前還不清楚。

不管怎麼說，明天才要正式展開行動從各方面聽取案情，警方將分頭從須貝正清的工作和私人兩個方向著手偵查，特別是必須針對今天進出瓜生家的人進行徹底的調查。

「在調查不在場證明時，請盡可能詳盡確認每個人的行蹤。除了犯罪時間帶，別忘了也要留意兇手或共犯從瓜生家偷出十字弓的時機。」西方以強硬的口吻叮嚀眾人。

就今天獲取的消息來看，兇手絕對是瓜生家或須貝家親近的人。西方大概是想找出證言之間些許的不一致，一鼓作氣逮捕兇手。
眾人接著針對細節交換意見，然後分配各人負責的工作。
勇作和織田明天的任務是去見瓜生晃彥。

6

直到凌晨十二點多，勇作才回到了自己的公寓住處。他打開燈，到廚房喝杯水，拿著杯子便到鋪著被子的床邊一屁股坐下。枕邊放了一瓶喝剩一半的威士忌角瓶，他咕嘟咕嘟地將酒倒進杯子裡，威士忌獨特的香氣撲鼻，讓勇作耗弱的精神稍微爲之一振。
他灌一大口酒，吐了一口氣，再轉爲一個長長的嘆息。會有好一陣子不得閒了。
——什麼鬼命案嘛。
勇作盯著牆上的污漬嘀咕著。他覺得這起命案簡直是來折磨他的。想起瓜生晃彥，對他而言絕對不是一件快樂的事。
還有美佐子。
勇作眞想詛咒自己的人生，到底是怎樣的因緣際會？至今的人生中唯一眞心愛過的女人——美佐子，竟然成了瓜生晃彥的妻子。
勇作搖了搖玻璃杯，凝視杯中晃動的琥珀色液體，顯現的是十多年前的一則棕黑色記憶。

父親倒下，正是這一連串悲劇的開始。好不容易到了考試當天，他卻得待在醫院裡，沒辦法去考場。父親恢復意識之後，神情遺憾地問勇作，爲什麼不丟下他去考試。可是勇作辦不到，在那種情況下，就算去應考也不會有好成績的。

當時他還沒有放棄任何事情，他打算隔年再次挑戰。

然而父親興司的身體卻比想像中要糟。家裡沒有收入，只有債務日漸增加，在這種情況下還想當醫師，簡直是不切實際。勇作煩惱三個多月之後，下了一個結論。他認爲，不管怎樣，自己有義務先確保安穩的生活。他並沒有找美佐子商量，因爲若是帶給她更多的困擾，他日後一定會後悔。

勇作之所以選擇走上警察一途，是因爲他聽說警察的收入比一般公務員要好。當然，從小看著身爲警察的父親，也影響了他做出這個決定。當他在思考如果不能當醫師該怎麼辦之際，腦中馬上浮現了這個職業。

他一得知考試合格，將於四月進入警察學校時，就下定決心要與美佐子分手了。他認爲，兩人再交往下去，只會爲彼此帶來痛苦的結果。畢竟他背負著照顧無法工作的父親的責任，和美佐子遲早必須分手的。他也思考過和她一起攜手未來，但一想到自己今後的人生，他怎麼都不想將她牽扯進來。

勇作至今仍清晰地記得最後一次與美佐子見面那天的情景。她那白皙的肌膚、柔軟的膚觸、體溫和氣息，以及勇作笨手笨腳地進入她時，她微微皺眉忍痛的表情。他一直將這此回憶視作珍寶至今。

勇作不後悔與美佐子分手，他認爲那是當時最好的選擇。勇作當上警察，接受正式分發的兩年後，父親興司再次腦溢血發作而去世。但至少，勇作在父親去世之前，感受到自己爲父親盡了力的滿足感。

勇作不時想起美佐子，有時甚至會想跑去見她，但勇作沒那麼做。進入四年制大學英文系就讀的美佐子，應該已經建立起屬於她的生活方式。勇作覺得就算自己出現在她眼前，也只會爲她帶來困擾。

勇作也想過要成家，上司等身邊的人也曾替他牽紅線，但他裹足不前，因爲他總是忍不住將對方拿來與美佐子比較，怎麼也無法忽視兩方的落差，他最近甚至開始覺得，自己說不定一輩子無法結婚了。

但今天他和美佐子不期而遇。美佐子身上依舊看得出從前少女的影子，但全身卻散發出成熟女性的魅力。聽取案情時，勇作始終直視著她的眼睛，她也不時將目光投向他。每當兩人視線相交，勇作內心總是竄過一陣顫慄，激動不已。

——可是萬萬沒想到她居然和那個男人結婚……

勇作對於美佐子結婚一事絲毫不感意外，但她誰不好嫁，偏偏嫁給瓜生晃彥。勇作心中浮現「命運的作弄」這個老掉牙的辭彙。

——難道整個調查期間，我都必須將她視爲宿敵的妻子嗎？

「我的人生，簡直是被詛咒了……」

勇作呻吟般地低語，將剩下的威士忌一飲而盡。

第三章
重逢

1

「妳今天盡量別外出。」

命案發生的隔天早上，美佐子在大門口送晃彥去上班時，他在車裡對她說道。

「我知道。今天本來就沒有要出門辦的事。」

「還有，我想刑警會來家裡，不管他們問什麼，妳都不要草率回答。如果他們的問題很模稜兩可，妳就一概回說不知道。」

「我會的。」美佐子對著車裡的丈夫點頭。

不知道是不是因爲昨晚沒什麼睡，晃彥的眼睛有點充血。

「那我走了。」晃彥關上電動窗，發動引擎。他好像還是不太放心，一面切方向盤，一面擔心地回頭望向美佐子。美佐子朝他微微舉起手。

不久引擎聲變大，汽車吐著廢氣加速，車尾燈漸漸遠去。美佐子目送丈夫離去，心中百感交集。

她想問關於昨天白天看到的情景，終究是開不了口。

早餐時，她好幾次想問晃彥：昨天中午，我在廚房後門附近看到很像你的背影，那是你嗎？但她還是問不出口，儘管她想若無其事地詢問，一旦開口，聲音卻出不來，而且美佐子很怕若是問了，晃彥會當場變臉。

美佐子暗罵自己是膽小鬼。如果眞的相信丈夫，目擊到什麼也不該有所懷疑，靜靜地等晃彥告訴自己就行了。

相對地，如果無法相信，就該把心一橫開口追問，而不是在一味地懷疑對方的狀況下，繼續過著夫妻生活。

不管選擇問或不問，當丈夫坦承任何令人恐懼的行徑，身爲妻子的都該試著理解他的想法，盡可能地讓情況好轉；而要是丈夫犯了罪，或許勸他自首也是妻子的義務。

——可是我……

美佐子分析自己的心情，發現自己只是在害怕。她之所以保持沉默，並不是因爲信任晃彥，而是一種拖延戰術，逃避遭受精神上的打擊。不過，自己究竟在害怕什麼呢？

遺憾的是，美佐子覺得自己害怕的既不是失去晃彥，也不是害怕知道晃彥遇到了什麼難題，而是恐懼如果晃彥以殺人罪嫌遭警方逮捕，將會有各種災難降臨到自己身上。反過來說，如果自己現今的生活能夠得到保障，她沒有自信當晃彥被捕時，自己會爲他悲傷到多深刻的程度。

——我終究不配當晃彥的妻子。

美佐子只能得出這個結論。

——不過話說回來，那道身影眞的是他嗎？

美佐子再度思考昨天看到的人影。當時只是短暫一瞥，無法確定那就是晃彥，但那一瞬間，她心頭確實浮上疑問：「為什麼晃彥會出現在這裡？」瞬間的直覺反應，經常出乎意料準確。

美佐子心想，如果那道人影真是晃彥，自己就該做好心理準備，這表示晃彥可能以某種形式涉案，因為除非有隱情，不然他是不會從後門避開家人耳目進出的。

假使晃彥是兇手，他殺須貝正清的動機是什麼？美佐子昨晚躺在床上一直在思考這個問題。是公司因素還是親戚間的問題呢？但過沒幾分鐘，美佐子就發現，思考這件事只是白費力氣，因為自己對於晃彥幾乎一無所知，根本無法分析他的行動。

美佐子放棄推理這件事的來龍去脈，但她心中卻萌生了一個想像——

如果是晃彥犯案的，而且真相大白的話，說不定就能釐清至今那些她所不了解的事情，包括那條「命運之繩」……

這個想像攫住了她的心，這是她從沒想過的事。她使勁搖著頭，像要甩掉腦中的邪念似的。她很怕自己的理智會被這個突然冒出的想像操縱，哪怕只是腦中閃過一絲期待晃彥被捕的念頭，她都無法原諒自己有過這樣的想法。

然而即使過了一晚，這個想像還是存在腦海的某個角落，揮之不去。美佐子心想，或許這起命案將讓自己失去很多東西，但相對地，也能夠得知某些重大的內情……

美佐子和昨天夜裡一樣微微搖頭。

她又深呼吸一口氣，正打算回別館去。

「少夫人。」

身後傳來呼喚。她回頭一看，一名身材不高、體格健壯的男人朝她走來，身邊跟了一名臉色不佳的男人，雖然昨天沒見過這兩位，但美佐子覺得他們應該是刑警。不出她所料，身材不高的男人拿出黑色的警察手冊，報上了名字。他是縣警總部的西方警部。

「我們想要更仔細地看一下書房，不知道現在是否有人在主屋裡呢？」西方口氣溫和地問她。

「有的，我想今天大家都在。」

美佐子於是領著兩名刑警到主屋的玄關。

一進玄關，美佐子要刑警稍待，自己先行進屋去叫亞耶子。亞耶子正在房裡剛化完妝。

「是嗎，來得挺早的嘛。」聽到美佐子告知刑警來訪，亞耶子對著鏡子蹙眉說道。

「他們說想再看一次書房。」

「又要看？真拿他們沒辦法。」亞耶子確認口紅塗好後，嘆了口氣。

婆媳兩人來到玄關，看到刑警們正打開鞋櫃，毫不客氣地往裡頭瞧，即使聽見了她們的腳步聲也不當一回事，直到美佐子為他們排好拖鞋，他們才總算關上鞋櫃的門，邊打招呼邊脫鞋。

美佐子想回別館去了，於是穿上自己的涼鞋，但西方看著她的腳邊，豎起手掌示意她先別動，「不好意思，方便請您的腳稍微抬起來一下嗎？」

美佐子往後退了一步。

只見地上黏著一張像是白色小紙片的東西，西方以戴了手套的手慎重其事地將那東西撿起來看了看，說：「這好像是花瓣吶。」

「哎呀，今天早上好像還沒打掃啊。」被客人指出玄關不乾淨，亞耶子試圖辯解。

然而西方似乎對這花瓣很感興趣，一邊望向裝飾在凸窗旁的紫色番紅花問道：「這花是什麼時候插在這裡的？」

「大約三天前。」亞耶子不安地回答。

「這樣啊。」西方若有所思地盯著手中的白色花瓣直瞧，突然一改之前溫和的態度，嚴肅地問：「去看書房之前，能不能先讓我請教兩、三個問題？」

2

勇作站在統和醫科大學門前，一股莫名的感慨在他心中遊走。自己數度想走進這道門，卻總是被命運女神拒於門外，當年的自己哪想得到十幾年後竟然會以這種形式穿過這道門。

勇作已經記不得自己是什麼時候開始想當醫師的了，只記得中學畢業時，他就已經知道自己將來想做什麼，所以想當醫師的念頭應該在那之前就已萌芽。

之所以會有這樣的夢想，絕對是受到了紅磚醫院的影響。從念小學起，他每當要思考事情，或是有心事猶豫不決時，就會到紅磚醫院的庭園散步。不久後，他開始對醫院產生興趣，日漸憧憬醫師瀟灑的身影。

除了這個單純的憧憬，還有另外一個原因讓他想當醫師，那就是成爲資產階級。勇作家裡的經濟稱不上富裕，要一口氣竄升至上流階層，當醫師無疑是一條穩健可行之路。

當勇作說出這個夢想時，父親興司的眼中閃爍著光芒，「別放棄這個夢想！你一定要當上醫師！而且不是半調子的醫師，是了不起的醫學博士。你要拿到諾貝爾獎，讓我高興高興！」

勇作在父親興司死後，才知道父親也曾經想當醫師。他在父親生前使用的舊書櫃中，發現了幾本醫學相關書籍。

然而勇作的夢想沒能實現，諷刺的是，他走上了和父親完全相同的道路。

這天，他以警察的身分來到統和醫科大學，眺望著眼前醫學院的學生個個昂首闊步，心裡異常苦澀。

「你在發什麼愣啊？」織田對他說。

勇作一邊回對方說：「沒事。」一邊加快了腳步。織田的身材魁梧，說話常給人壓迫感。勇作心想，這個人大概從小就立志當警察吧。

統和醫科大學占地寬廣，校舍最高不過四層樓，各棟之間距離頗遙遠，給人相當寬敞舒適的印象。這是一所歷史悠久的大學，校園中有好幾棟古色古香的建築，稱之為博物館似乎也不為過。

勇作與織田的目的地校舍距離學生來來往往的主要大道相當遠，那果然是一棟相當古老的建築物，藤蔓呈網狀攀附在牆上。

織田毫不遲疑地走進那棟建築，爬上迎面的階梯，勇作跟在他身後。看來織田今天早上打電話約碰面時，應該還順便問了教室的確切位置。

一上到二樓，織田在標示「第三教室」的門前停下腳步，門上貼著一小張時間表，上頭並列著五個研究室成員的名字，並以磁鐵標示出每個人的行蹤。

瓜生晃彥的名字位在表格最上方，紅色磁鐵吸在「研究室內」的格子裡，其他成員好像都不在。

織田瞄一眼手表，點個頭之後敲門，門內馬上有人應聲，腳步聲漸漸走近。勇作緊張得握緊雙拳。

門打開，出現一名一身白袍的男人。勇作看著男人，此人正是瓜生晃彥，他的面容變成熟了，和他的年齡相符，但是濃眉與細瘦尖挺的鼻子依舊。

織田報上姓名，行了個禮說：「不好意思，在您百忙之中前來打擾。」

「沒有關係。請進，裡面很亂就是了——」晃彥敞開大門，招呼兩人入內，卻在看到織田身後的勇作時，話突然中斷。「和倉……」

晃彥脫口喊出他的姓氏，這讓勇作感到莫名地安心，原來他也還記得自己。

「好久不見。」勇作禮貌地低頭行禮。晃彥應該會覺得勇作不但氣色不好，還比以前瘦了一大圈吧。

「老師，你們認識？」織田一臉吃驚地問晃彥。

「嗯，有點交情，我們以前是同學……。你一切都好吧？」

勇作回道：「還過得去。」

「原來你當上警察了啊。」晃彥上下打量勇作一會兒，點了點頭。

「發生了很多事。」

「感覺得出來。嗯，先進來再說吧。」晃彥帶兩人到簡陋的待客沙發旁。

勇作環顧室內。窗邊擺著四張書桌，大概是學生在使用的。房裡的另一頭有一扇屏風，後方似乎是助教晃彥使用的空間。

三人面對面坐下後，織田正式遞出名片。

「原來如此，你是……刑事部搜查一課的警部補啊。」晃彥看著名片低聲說。

「是。這位是我們轄區島津署的和倉巡查部長。」織田格外詳細地介紹勇作。

「哦。」晃彥點點頭，似乎在思考兩名刑警頭銜的差異。勇作低下頭咬緊牙根。如果有機會解釋，他很想告訴晃彥，一介高中畢業生進入警察學校，必須多努力才能爬到今天的位子。

「話說回來，還眞是巧啊，沒想到老師您跟和倉竟然是老同學。」

「是啊。」晃彥應道。

勇作低著頭打開記事本。

「我們因爲工作的關係，必須面對很多人，但很少遇到熟人呢。嗯，那就請二位改天再好好敘舊吧。是不是可以進入正題了呢？」織田委婉地問道。

「好的，請說。」晃彥回答。

「不好意思，那麼我就開始了。我想您應該也知道……」

織田大致說明案件的內容之後，問了幾個關於十字弓的問題，確認瓜生直明是如何得到十字弓，以及什麼時候開始將那東西保管在書房裡。晃彥的回答都和調查幾無二致。

「所以包括那把十字弓在內的收藏品，都是在瓜生先生七七的晚上公開的嗎？」

「是的。」晃彥回答。

「在當時或在那之後，有沒有誰對那把十字弓表示高度的興趣呢？像是提出命中率高低，或者能否殺人之類的問題？」織田問。

晃彥微微皺起眉頭。「這話聽來很嚇人。」

「不好意思，因爲發生了嚇人的事情。」織田微微低頭。

「就我所知，沒有那樣的人。」晃彥回答：「畢竟親戚們感興趣的，僅限於値錢的藝術品。」

「哎呀，撇開價値不談，比起毫不起眼的武器收藏品，眾人的興趣會集中在美麗的畫作上也是理所當然的啦。」織田試圖緩和氣氛。

「不，請不必替他們做善意的解釋。」晃彥的語氣有些冷酷，「雖然我無意說親戚的壞話，但他們的欲望，不是普通地深。」

「哦，這樣嗎？」織田微微湊身向前，「您這麼說我也想起來了，被害人須貝先生的財產似乎也不可小覷啊，所以這次命案之後，也會出現他的財產繼承人嘍？」

「老實說，應該會有不少人暗自竊喜吧。」晃彥面不改色，以極度公事化的口吻說：「財產繼承人是他的太太和三個孩子，而說不定太太的娘家和兩個女兒的婆家都已經在打算這筆錢要怎麼用了，他們的親戚中也有人因爲投資失敗而焦頭爛額，對那些人而言，這次的財產繼承就像是一記逆轉滿貫全壘打一樣，對吧？當然，我也不能因爲這樣就說他們對須貝先生怎麼了，不過你們警方應該已經調查過這種可能了吧？」

「不，這方面還沒調查清楚。」織田慌張地搔了搔鼻翼，「說到繼承，您還有沒有想到其他線索呢？您是瓜生前社長的兒子，我想您想必耳聞許多與須貝先生相關的事吧？」

「很遺憾，我一無所知。」晃彥毫不客氣地回道：「如果我有意願繼承公司，我父親應該會告訴我許多事情，但如你所見，我選擇另一領域，我並不清楚須貝先生的事。」

「這樣啊，我明白了。」織田遺憾地點了點頭，然後擠出笑容對晃彥說：「對了，用來行凶的十字弓是從府上偷出來的，這點應該不會錯。所以我們有件事想要向所有曉得有那把十字弓的人確認……」

「你是想問不在場證明嗎？」因爲織田說得不太乾脆，晃彥察覺到他想說什麼，於是開門見山地問道。

「是的。方便告訴我，昨天中午十二點到下午一點之間，您人在哪裡嗎？這只是例行公事，沒有疑點的話就不會給您添麻煩，我們也不會告訴其他人的。」

「告訴其他人也無妨。請等一下。」晃彥從位子起身，拿了一本藍色記事本回來，「昨天中午我在研究室裡吃中飯。我叫了外送，是跟大學旁邊一家叫『味福』的套餐店叫的。」

晃彥說出那家店的電話號碼和地址，織田快速記下來，並問道：「請問吃中飯時，有誰和您在一起嗎？」

「嗯，學生進進出出的，我不記得了。」

「有人打電話進來嗎？」

「沒有。」

「您上午去過別的地方嗎？」

「沒有，我昨天一直待在這裡。最近快要召開學會了，我忙著寫論文。」晃彥說到這拉起袖子，低頭看了手表一眼，彷彿在說：「所以我沒有閒工夫和你們窮耗。」

「吃完中飯後，也一直是一個人嗎？」

「不，學生他們大概在一點鐘就回來了。」

「一點是嗎？」織田以指尖敲了敲記事本，「我知道了，謝謝您在百忙中接受我們的詢問。」說完便倏地起身。

「希望能對你們的調查有所幫助。」

彥說完正要起身，仍坐著的勇作開口了：

「我在雜誌上看過，UR電產打從創業以來，內部一直有兩個派系對立，那就是瓜生派和須貝派。雜誌的報導寫得很有趣，說兩邊總是想找機會併吞對方，請問實際上如何呢？還有，請問現在的狀況又是如何？」

晃彥一聽，重新坐回位子。織田沒有回座，所以勇作看不到他此刻的表情，但不難想像肯定臉色很難看。

「雙方的對立，目前依然存在。」大概是因為勇作的用詞刻意客氣疏遠，晃彥也學他的語氣回答：「不過這種情形就將成為歷史了，畢竟瓜生派後繼無人，如此一來，也就沒得鬥爭了。」

「不過兩家至今共同經歷過風風雨雨，之間難道沒有所謂情感上的糾葛？」勇作把心一橫，說出心中的揣測。

晃彥一聽，眉毛揚了一下。勇作聽見頭上傳來織田的乾咳聲。

「就讓我回答說沒那回事吧，雖然這個回答可能無法讓你們滿意。」晃彥說完，也不等勇作回應就起身，顯然是在表示內心的不悅。

而勇作也沒打算追問下去，他站起身，和織田對上了眼，只見織田一副咬牙切齒的神情。

晃彥爲兩人開門，織田道了謝先行出門，勇作接著走過晃彥面前。

「後會有期了。」晃彥對勇作說，勇作默默行了一禮。

「你可能因爲和他是同學，所以講話毫不客氣，可是你這樣擅自發問會造成我的困擾啊！」兩人離開研究室，走在走廊上，織田不悅地說道：「那個人可不是省油的燈，何況今後可能常碰面，要是你一開始就惹火對方，接下來就棘手了！」

「他不是因爲那點小事就會發火的人。」勇作回答。

「原來你是在測試彼此的親疏程度啊？既然你們那麼熟，怎麼不事先知會我一聲呢？被你突然來那麼一下，我都亂了陣腳了！」

「我原本以爲他不記得我了。」

兩人走到方才上樓的階梯，但織田卻不下樓，逕自倚著牆。勇作馬上會意他想做什麼，和他並肩而立。

四下寂靜無聲，空氣中混雜著各種藥品的味道，彷彿滲入了牆中。勇作心想，這就是醫學系的空氣啊，一邊閉上眼睛做了兩次深呼吸。

這裡是瓜生晃彥身處的世界，和自己的所在之處完全不同。不管是水、空氣還是人，都不同。

勇作回想著方才兩人相見的情景。多年不見的宿敵身上，有些部分一如往昔，有些部分卻和從前的他判若兩人。

勇作思忖著，晃彥是怎麼看待他的呢？當晃彥說「你當上警察啦」，眼中不帶一絲輕蔑，似乎也感不意外，那語氣彷彿在說：原來也有這種可能啊。

——對他而言，我算什麼呢？

勇作暗自嘀咕著，這時，一名很像是學生的男子步上階梯，戴著金框眼鏡的稚嫩臉龐和身上的白袍很不搭調。男子狐疑地瞥了勇作他們一眼，便朝走廊另一頭走去。織田跟在男子身後，勇作也追上去。

織田拍拍男子的肩，男子驚訝地回過頭來，眼中浮現驚恐。織田亮出警察手冊問他：「你是那間研究室的學生嗎？」

織田指著瓜生晃彥的研究室。年輕男子的嘴巴一開一闔，似乎在說「是」。織田於是抓住他的手臂，帶他到樓梯間。

學生說他姓鈴木。

「昨天你的午餐在哪裡吃的？」織田問。鈴木瞪大了眼鏡後的眼睛，回答：「學校餐廳。」

「你一個人嗎？」

「不是，我和研究室的同學一起。」

「瓜生老師沒有跟你們一起去吃嗎？」

「沒有。我們早上有課，下課後就直接去學校餐廳了，沒回研究室去，每個星期三都是這樣，瓜生老師大概是叫外送吧。」

在同一間研究室裡做研究，果然很清楚彼此的行程。

「所以瓜生老師中午是一個人待在研究室裡嘍？大家吃完飯回來是幾點？」

「我們是在快一點的時候回來的，我們用完餐之後總會打網球打到那個時間，所以我們回去前，老師可能都是一個人在吧。」

「午休時間沒有學生回研究室嗎？」

「我想應該沒有。」鈴木回答。

「謝謝你的合作。」織田點頭道謝。鈴木則是從頭到尾都是一臉狐疑。

「瓜生晃彥沒有不在場證明呢。」離開校舍後，勇作說道。

「套餐店的店員認得他，有沒有不在場證明，要等問過店員才知道。」

「味福」是一家位在大學正門附近的大眾餐廳，門口掛著大片紅布簾。勇作和織田走進店裡一問，男店員還記得昨天接了瓜生的訂單，說瓜生中午過後要他外送套餐到研究室去，收下套餐的當然是瓜生本人，錢也在那時支付。

的。」

「你記得你把套餐送抵研究室的確切時間嗎？」織田問。

滿臉青春痘的年輕店員稍微想了一下之後，拍手回道：「十二點二十分，不會錯

「還眞精確啊。」勇作說。

「是。老師應該是在十二點左右打電話來的，他問我大概什麼時候能送到，我回說大概十二點二十分到二十五分之間，他就說那時他應該會在研究室裡頭，但要是到時候沒人在，就要我把東西放在門口。後來我邊看手表邊跑去，到的時候應該是十二點二十分左右。」

勇作心想，這要求還眞奇怪。

「瓜生老師常這麼要求嗎？」勇作試探性地問。

男店員歪起頭說道：「這個嘛，我印象中他好像很少有額外要求。」

「他是不是急著想吃飯呢？」

「我想應該是不急。急的話，他應該會訂A套餐。」

「A套餐？」

「我們的套餐有分A和B兩種。那時老師問我套餐幾分鐘能做好，我回說A套餐的話，十分鐘左右應該會好。因爲B套餐是蒲燒鰻魚，要稍微花一點時間。可是老師卻說

他要B套餐。」

「是嗎……」勇作點點頭，卻有種無法釋懷的感覺。

「那麼，你到的當時，瓜生老師人在研究室裡嘍？」織田問。

「是的，所以我直接把套餐交給了他。」

「你幾點左右去拿餐具回來的？」

「我想想……，應該是兩點左右吧。」店員回答。

向店員道謝走出「味福」後，勇作說：「這不算是不在場證明。從這裡到眞仙寺的墓地，開車的話二十分左右就會到了。須貝正清離開公司去慢跑，抵達墓地應該是在十二點四十分左右，這樣就勉強趕得上了。」

「從數字來看是這樣沒錯，但實際上是不可能辦到的，因爲須貝正清有可能比平常早到達命案現場，所以兇手最晚得在十二點半到現場埋伏才行。」織田低聲說明。

他的推論非常正確，然而剛才那個店員的證詞卻令勇作耿耿於懷，包括瓜生晃彥特地確認套餐送抵的時間，以及要求店員若屆時沒人就將套餐放在門口。

勇作心想，假設案子是瓜生晃彥幹的，他之所以向店員確認時間，就是爲了讓人留下「他十二點二十分還在研究室裡」的印象。但是考慮到外送有可能晚點送達，這麼一來，他勢必會在收外送之前出門，爲因應這種狀況，他只好要求店員若人不在就把套餐放在門口即可。

——但如果是要製造不在場證明，應該有更好的方法。

勇作反覆思考著內心的疑惑，腦海突然響起了店員的話語：「因爲B套餐是蒲燒鰻魚，要稍微花一點時間。」

——蒲燒鰻魚？

勇作倏地停下腳步。

織田又走了兩、三步才停下來回頭看他。「怎麼了？」

「不，沒什麼……」勇作搖搖頭，仰望人高馬大的織田說道：「不好意思，能不能請你先回警署？我想起了還有件事要辦。」

織田一聽，心裡的不悅明白地寫在臉上。「你一個人偷偷摸摸地想要幹什麼？」

「是跟這次的命案無關的事啦。」

「是嗎？」織田像是在嚼口香糖似地嘴巴怪異地動著，接著用他那深陷眼窩裡的眼珠子俯視勇作說：「無關就好，但拜託你可別搞到太晚啊。」

「我知道，我自有分寸。」

勇作直到不見織田的身影後，站到馬路旁望著車流。一部黃色計程車迎面而來，他看清楚是空車後，舉手攔車。

一坐上車，他馬上告訴司機去處，司機將空車的牌子換成載客。

「那一帶啊？我記得是UR電產的社長家呀，對吧？」

「嗯，那是前社長的家。」

「到那棟大宅邸的附近就可以了嗎？」

「嗯，你讓我在那附近下車就行了。」勇作回道。

3

美佐子這天早上回到別館後，就在聽音樂、打毛線中度過，除了晃彥叮嚀過要她盡量別外出，看到陌生的刑警們肆無忌憚地在宅邸內外走來走去，她就連出去陽臺晾衣服的意願都沒了。

話雖如此，她也不是對外頭發生的事情全然不感興趣，證據就是她頻頻窺視窗外的情形。早上她只有當面見到包含西方在內的那兩名刑警，但後來好像又來了兩、三名員警。

看樣子負責調查宅邸的，從剛才就一直是這幾名刑警。美佐子確認過這一點之後，輕吁了一口氣，繼續打毛線。

她其實是在找尋和倉勇作的身影，一想到他等會可能會過來，心思就不聽控制地往主屋飛，然而目前都沒見到他，看來每名刑警都有自己負責的崗位，今天一天應該都不會有調整了。

美佐子想起昨天重逢的情景，勇作那身白襯衫，一看領口就曉得兩天沒洗了，而且他的無名指上也沒有戴白金戒指，大概還是單身。

美佐子輕撫自己的臉頰，她自認自己的肌膚還算有彈性，但和十多歲的少女時代終究不可同日而語。在勇作的眼中，自己是個怎麼樣的女人呢？他從我身上感覺得到一絲女性的魅力嗎？

她搖搖頭，不知道自己在胡思亂想什麼了。在勇作的眼中，她已經是別人的妻子，不過是個命案關係人罷了。

——可是如果能夠好好地和他聊一次天，該有多好。說不定就能像當年一樣，沉醉在如夢似幻的心情當中。

美佐子思忖，自己已經好幾年沒嘗到那種滋味了。

她出神地想著這些事，打算歇歇手，收聽一點開始播放的古典樂廣播節目，就在這時，玄關的門鈴響起，嚇了她一跳。她心想，說不定是他來了，急忙接起對講機的話筒。

「是我。」對講機傳出的卻是園子的聲音。

「哎呀，妳怎麼來了？」美佐子打開玄關門，招呼小姑入內。

「待在家裡也沒事做，想說來找妳玩嘍。」園子今天向學校請了假。這種時候，亞耶子大概也不想勉強她去上學吧。「會不會打擾到妳？」

「不會不會，進來吧。我去泡茶。」

美佐子帶園子到客廳，爲兩人沖了紅茶。從客廳可清楚地看見主屋，透過蕾絲窗簾，也看得到一身西裝的刑警們在院子裡出入的模樣。美佐子緊緊拉上不透光的窗簾。

「他們調查得還眞久。」美佐子說。

「警方好像打算重現每個人的行動。」園子一面打開餅乾盒探看一面說道。

「重現？」

「嗯。他們好像在確認昨天來家裡的人接觸過哪些地方，似乎已經認定兇手就在親戚當中了。」

「沒辦法呀，因爲兇手用的是那把十字弓。」

「誰教爹地要留下那種怪東西啦。」園子噘著嘴，吹開紅茶的熱氣，小口啜著茶，「話說回來，我剛才聽說箭好像一共有三支哦，在那個木櫃最下層又找到了一支。」

「喔。」美佐子點頭，心想園子說的是那支箭。

「美佐子，妳知道這件事嗎？」

「嗯。我前天晚上偶然看到，不過忘了告訴警察。」

「這樣啊。」園子將嘴脣抵在茶杯上，瞅著美佐子看。

「園子，警方也問過妳了嗎？」

「嗯，問了我的不在場證明。」

「不在場證明……」

美佐子想起了西方警部今天早上問的問題。在玄關發現白色花瓣的西方後來問她們婆媳：「從昨天晚上到今天早上，這段時間府上有訪客嗎？」聽到亞耶子回說沒有，西方刻意頓了一頓之後說：「也就是說，只有府上的人在家，是嗎？」

——那片白色花瓣意謂著什麼呢？

美佐子陷入沉思。

園子說：「二哥也被警方問了不在場證明哦。」

「弘昌也被問了？」

他今天也沒去學校。

「眞不走運，他說他沒有不在場證明，昨天中午從十二點到一點的午休時間，他一直都是自己一個人。」

「眞的嗎？後來呢？」

「嗯，他好像被警方囉哩囉嗦地問了一大堆，不過我覺得二哥算是有間接的不在場證明啊。」

「什麼意思？」

「從二哥學校到眞仙寺，再快也要三十分鐘左右的車程。即使他十二點離開大學，也要十二點三十分才能抵達。這樣想好像是來得及，但這麼一來，他就沒有時間回家拿十字弓了。因爲從眞仙寺到我們家兩地一來一往，也要花個三、四十分鐘啊。」

「原來如此。」美佐子同意園子的看法。命案當天早上弘昌出門後，十字弓仍在家裡，如果他是兇手，就必須有時間回來拿。

「那麼，警方基本上就不會懷疑他了吧？」

「嗯，我想不會的。」園子斬釘截鐵地回道，然後低下頭，「不過，被人那樣懷疑還是很不舒服吧。」

美佐子應了一聲：「是啊。」

「美佐子，」園子抬起頭說：「妳真的什麼都沒看見嗎？像是有誰進去爹地的書房……」

「我沒看見呀。」美佐子旋即否認了。她沒撒謊，只是一直對腦中的某個畫面無法釋懷，就是那道從後門出去、像是晃彥的身影，但美佐子又沒辦法將這事說出口。

「是喔。可是……」園子說：「有人偷走了十字弓這一點，應該沒錯吧？」

「好像是。」美佐子也承認。

兩人又聊了一陣子之後，園子起身看了一眼時鐘。快兩點了，刑警們似乎總算收隊了，宅邸裡平靜下來。

園子離去後沒多久，客廳的電話鈴聲響起，正準備繼續打毛線的美佐子有些不耐煩地伸手拿起話筒。「您好，這裡是瓜生家。」

她說完後，隔了一次呼吸的時間，話筒才傳出聲音：「喂，妳是……美佐子嗎？」

這一瞬間，美佐子感覺胸口抽痛了一下。

「嗯，我是美佐子。」她試圖平靜地回答，卻藏不住內心的激動。

又是一陣短暫的沉默，然後對方平靜地說：「是我。和倉……和倉勇作。」

「嗯。」美佐子的心跳加速，看來一時還無法平靜下來。

「妳現在一個人嗎？」他問。

「嗯……」

「我在妳家附近，等會兒想過去一趟，不知道方不方便？」

不知是否刻意這麼說話，感覺勇作的語調像是在談公事。

「嗯，可以……」

「那麼，請妳在後院等我。我希望盡可能別讓他人看見，所以我想從後門進去。到時我會叫妳，在那之前，請妳的舉止一切如常。」

「呃，請問……」

「什麼事？」

「你一個人來嗎？」美佐子問。

隔了一會兒，話筒中傳來微微的呼吸聲。接著勇作語氣嚴肅地說：「是的，我一個人。不行嗎？」

「不，我不是那個意思……。那麼，我等一下就去後院等著。」

放下話筒後，美佐子趕忙回寢室去，坐到梳妝檯前，一面瞄著時鐘一面梳頭，再補上口紅。她很後悔，早知道今天一早就仔細化個妝了。

梳妝完畢後，她起身對著鏡子檢查自己的服裝儀容，接著又看了一眼時鐘，這一連串的動作花了她四分鐘左右的時間。

然後她遵照勇作的指示前往後院。當她假裝在看盆栽時，聽見有人小聲地喚她：「少夫人。」她一看向後門，勇作就站在門外。

「不好意思，我昨天忘了問一件事。其實也沒什麼大不了，但是方不方便占用妳一點時間呢？」勇作大概是怕被別人聽見，用字遣辭是刑警面對關係人時的方式。

「我明白了，請進。」

美佐子的演技雖然不像勇作那麼高明，還是裝模作樣地打開後門。勇作客氣地走進門。

前往別館的路上，兩人都不發一語，連眼神都沒對上。美佐子雖然筆直向前走，心神卻集中在身後的腳步聲上。一想到和倉勇作就在自己的正後方……

兩人從玄關進屋，關上門後，這才終於面對面。美佐子想說「請進」，話才說到一半，卻在與勇作四目交會的瞬間，硬生生沒了聲音，全身僵硬。

美佐子心想，他會不會就這樣抱緊自己呢？兩人站得很近，勇作的確可能那麼做。

然而勇作別開視線，說聲「打擾了」便開始脫鞋，於是美佐子也慌忙爲他準備拖鞋。

美佐子帶他到園子剛剛坐過的椅子，心想還好事先拉上了厚窗簾。

「喝咖啡好嗎？」美佐子邊問邊朝廚房走。

勇作帶著真摯的眼神說：「我什麼都不要，妳可以留在這裡嗎？」

他的用字遣辭不再像剛才那般疏遠，於是美佐子回到客廳和他面對面坐下，卻沒有勇氣正視他，儘管想對他傾訴的話無窮無盡，腦海中卻想不出一字一句。

不久，他開口了：「昨天眞是嚇了我一跳。我作夢也沒想到，妳居然會在這裡。」

「我也嚇了一跳。」美佐子總算說出聲了，聲音卻異常沙啞。

「妳結婚多久了？」

「五年了。」

「五年……。是嗎？已經五年了啊。」勇作閉上眼，咬緊牙根，感嘆歲月的流逝。

「有小孩嗎？」

美佐子搖搖頭。

「這樣啊。」勇作簡短地應道。

「你呢？單身？」美佐子問。

「嗯。一方面是沒緣分，不過主要還是因爲我沒心情談感情，今後大概也不會有那種心情了。」他緩緩地搖頭，垂下眼做了個深呼吸之後，再度盯著她問道：「在那之後，妳過得如何？和我分手後，成了大學生……」

美佐子將雙手放在膝上，十指交握。「我花了好長一段時間才重新振作起來，即使上了大學，我每天心裡還像是空了一個大洞……。你呢？過得好不好？」

「我也一直很沮喪。不過，警察學校裡的生活紀律非常嚴格，老實說，根本沒空情緒低落。」

「警察學校的生活很辛苦嗎？」

「簡直就是地獄。」勇作的臉上浮現微笑，「那裡的生活和軍隊一樣，什麼都管得很嚴，第一個月過後就有不少人退學了。」

「你曾經想過放棄嗎？」

「想過啊。不過我不能放棄，我只剩這條路可走了。一想到我犧牲了之前擁有的貴重事物，更不能放棄。」勇作看著美佐子的眼睛。「痛苦的時候，我就會想起妳。雖然我在進入警察學校之前，就決定不再想妳，但我還是控制不了自己。」

「我……從沒有忘記過你。」美佐子肯定地說：「即使放棄了你，我心中還是對你有所期待，心想說不定你哪天會跟我聯絡。只要郵筒裡有信件，我都期待是你寄來的，可是，這個期待卻總是落空。」

「我父親去世那時候，我也很猶豫要不要跟妳聯絡。」勇作一臉沉痛地說道，「當時我剛從警察學校畢業兩年，可是我不想打擾恢復平靜生活的妳。」

美佐子蹙起眉搖著頭，「我的生活一點都不平靜，每天都過得很空虛。」

「就算是這樣……」勇作低頭，神情痛苦，「就算是這樣，我還是覺得自己做了一個對彼此最好的選擇。事實上，和妳分手之後，我的人生真的是一團糟。幸好沒有把妳捲進來。」

他抬起頭來環顧室內，那視線像是在確認美佐子目前的生活情形。

「我早已做好妳已婚的心理準備，算算時間也是理所當然吧。不過……妳是在哪裡認識瓜生晃彥的？」

「他父親介紹的。」

美佐子簡短地告訴勇作，自己曾在UR電產工作，因爲這個關係認識了晃彥。「所以我不是戀愛結婚的。」

勇作一聽，神情顯得五味雜陳，難過中似乎又帶有一絲放心，「是嗎，妳們不是戀愛結婚的啊……」

「坦白說，我也很想要戀愛結婚呀。」

勇作嘆了口氣，左手摩挲著自己的臉，自嘲地淡淡一笑說：「我昨晚整夜睡不著，都在想妳的事。不，應該說是在詛咒命運的作弄。我早已做好了妳會結婚的心理準備，但怎麼也沒想到對象會是他。」

「你認識我先生？」美佐子相當驚訝。

「我們不只是認識而已。」勇作說：「早在遇到妳之前，我和他就因爲奇妙的緣分牽連在一起了，不過那對我而言絕對不是一件好事，眞要說的話，他應該算是我的……宿敵吧。」

「宿敵？對手嗎？」

「但說不定他根本沒把我放在眼裡。」

勇作接著說起自己第一次遇見晃彥，以及之後兩人的關係。的確就像他所說，那或許該稱為奇妙的緣分。

「我在中學時代也贏不了他。頂多拚得到第二，永遠當不了第一，都是因為他。在所有方面，我都是他的手下敗將。雖然身邊的人都佩服我，我卻不曾感到滿足。最簡單的解決之道就是轉校吧，但我沒有那麼做。後來我和瓜生報考了同一所高中，因為我不甘心讓彼此的競賽在一面倒的情況下畫下句點。可是，」他搔了搔頭壓抑心中的焦躁，「結果還是一樣。不管到了哪裡，我都是他的手下敗將，只有我內心的屈辱不斷累積。我徹底地敗給了他，不管做什麼，我都比不上他。我已經放棄了，因為我贏不了他。本來我想，我們終究會就讀不同的大學，彼此的競賽就能夠告一段落，但升上高三後，我卻聽到了一件晴天霹靂的事，那就是瓜生決定要報考統和醫科大學，他的志願和我一樣是當醫師。我得知此事時，就有個不好的預感，說不定這會是個決定性的勝負。結果不出我所料，他考取，我卻落榜了，而我就在那個時候，遇見了妳。」

「原來是這樣……」美佐子也覺得這是命運的作弄。

「遇見妳的那家醫院，也是我第一次遇見他的地方，所以我很期待遇見妳之後，我的命運能有所改變。但結果妳也知道，十多年後重逢時，妳居然已經嫁給了瓜生。雖然我不相信這世上有神存在，但碰上這種諷刺的際遇，妳應該也能理解我想找人發牢騷的心情吧？」

美佐子動也不動地望著自己的手，什麼也答不上來。勇作不知道該怎麼解讀她的反應，有點慌張地說道：「當然，我並不是在恨妳。無論妳和誰結婚，只要妳過得幸福就好，我的心情還是和當初一樣的。這和我對瓜生的感覺是完全不同層次的問題。」

美佐子對「幸福」兩字感到反感，難道勇作覺得她如今過得幸福？但她對這一點沒說什麼，只是問道：「你現在對我先生，依然心存敵意嗎？」

「我覺得敵意這個說法並不貼切，但我的確很想和他算清楚當年的恩怨。」

「這樣啊……」

「其實，我今天去見過他了。」

「你去見過我先生了？」美佐子揚了一下眉毛。

「不是因爲什麼大不了的事去找他啦。他和從前一樣，都沒變，依舊冷靜過人，即使面對刑警，也是一副泰然自若的態度應對。」

「對他而言，那樣的場面根本不算什麼。」

「似乎是啊。」說到這，勇作稍微挺直了背，將臉湊近美佐子，「妳……愛他嗎？」

美佐子瞪大了眼凝視著舊情人，各種思緒在腦中交錯。

「我一定要回答這個問題嗎？」她反問道。

勇作一臉錯愕，接著苦笑，「不，如果妳不想回答就算了。還是妳的意思是，這根本無須回答？」

美佐子緊閉雙脣。其實她是答不出來，而且她害怕一旦將答案說出口，自己就會徹底失控。

「我今天之所以來這裡，除了想見見妳，還有另外一個原因。」勇作稍微改變口氣，「有件事想請教瓜生夫人，希望妳務必老實回答。」

美佐子嚥下一口口水。她有股不祥的預感，不禁繃緊雙肩。「什麼事？」

「我想請教的是昨天發生的事。我問妳，瓜生昨天快中午的時候，是不是回來過宅邸？」

美佐子一聽，下意識地屏住呼吸，心臟怦怦亂跳。

勇作敏銳地察覺到她的細微變化。「他果然回來過吧？」

「沒有。」美佐子搖頭，「我沒看到，他應該一直都待在學校裡。」

但她也知道自己的聲音在顫抖。她心想，自己的演技眞是太差勁了。

勇作靜靜地以銳利的眼光看著她，試圖窺探她的內心。

「他應該回來過。」勇作低聲地說：「他應該回來拿了十字弓，帶著弓先回大學一趟，再到墓地去殺害須貝正清。」

「你爲什麼要懷疑他？」

「直覺。我的第六感對他特別敏銳。」勇作以食指輕輕戳著自己的太陽穴一帶，「他從宅邸這裡回大學的路上，打了電話給大學附近的套餐店訂餐，要店員送外送到他的研究室，正是爲了取得不在場證明。可是要是外賣太早送到就糟了，所以他點了必須花比較多時間製作的套餐。當我知道他點的餐時，我的第六感就啓動了？他點了蒲燒鰻魚套餐。」

「鰻魚……」美佐子頓時語塞，緊接著她察覺到勇作話中的含意。

「這下妳知道了吧。」勇作說：「妳當然會知道。我也知道，他從小就討厭吃鰻魚，卻點了那種套餐，肯定有蹊蹺。」

晃彥的確討厭鰻魚，美佐子知道這點，所以從不曾將鰻魚料理端上桌。

「就算妳眞的沒看到他，我也相信自己的直覺。不過從妳的反應來看，我更確定自己的直覺沒錯了。昨天他的確曾經回來這裡。」

勇作口中說出的一字一句，強烈地撼動著美佐子的心。不只是因爲被他看穿了心事，美佐子無可否認，自己確實覺得鬆了一口氣。一直將對晃彥的懷疑深藏心底，卻什麼都無法做，只是讓自己備受煎熬。

「我覺得這是老天賜給我的最後一次機會，一生中唯一能夠勝過他的機會。所以就算妳千方百計想要袒護他，我也一定會揭發眞相的。」

美佐子聽著勇作的話，發現一股寒意竄上自己的內心。「我……不會袒護外子的。」

「咦？」勇作驚訝得半張著嘴。

「我怎麼可能……袒護我先生，我連該怎麼袒護他都不知道。對於他的事，我什麼都不曉得。我嫁進這個家裡好幾年了，卻對他一無所知。」

「小美！」勇作脫口而出，從前他是這麼叫她的。

美佐子對著舊情人說：

「我的人生……始終被一條看不見的命運之繩操控著。」

4

勇作回到警署，發現織田正在會議室裡伏案調查著什麼，桌上堆著厚重的書籍，當中還夾雜了外文書。

「你挺悠閒的嘛。」織田一看到勇作，毫不掩飾心中的不悅。

勇作假裝沒聽見，逕自問道：「這些書是怎麼回事？」

「我從瓜生直明先生的書庫拿來的。須貝正清在遇害前一天曾說他想看看瓜生先生的藏書而進去過書庫，所以我正在調查他到底想看什麼。唉，眞是個既無聊又令人肩膀痠痛的工作。」織田刻意活絡活絡肩膀筋骨，彷彿在說：「還不是因爲你偷懶，我才會這麼辛苦。」

「其他人都出去查訪調查了嗎？西方警部好像也出去了？」

「他去眞仙寺，聽說找到十字弓了。」

「哦？終於找到了啊……」

之前在命案現場並沒找到凶器，大家都認爲兇手應該是在哪裡處理掉了。

「我去休息一下，這就交給你了。」織田說著起身，也不等勇作回應，就留下大量的書籍離開了會議室，意思似乎是「換你去嘗嘗讀那種無聊書的滋味」，勇作只好拉開椅子坐下。

他隨手拿起一本書，書名是《對科學文明的警告》。勇作覺得這書名很現代，卻是四十多年前的著作，他重新體認到，人總是繞著相同的問題打轉。

勇作停下翻書，思考起美佐子的事情。幾十分鐘前見到的她，是勇作十分熟悉的美佐子。兩人一開始很生疏，卻在談話過程中漸漸恢復到往昔。在她面前，勇作覺得自己像是回到了當年，心頭暖暖的。

勇作對晃彥的不在場證明產生懷疑的那一刻，馬上就想到去見她。他的確認爲當面詢問瓜生晃彥的妻子可能會問出一些蛛絲馬跡，但除此之外，勇作無法否認自己確實受到了一種複雜心情的影響——他想看看，嫁作人婦的美佐子知道前男友懷疑她的丈夫是兇手時，會有什麼反應。

勇作心想，美佐子肯定會袒護自己的丈夫。她應該是愛瓜生晃彥才會和他結婚的，不可能不袒護他，但勇作就是想親眼確認這點，這種行爲簡直像是故意按壓發疼臼齒似地自虐。

然而，美佐子的反應卻完全出乎勇作的意料。

——我怎麼可能袒護我先生……

——我的人生始終被一條看不見的命運之繩操控著……

她就像一條被人絞到不能再緊、然後忽地鬆開的橡皮筋，開始娓娓道出她爲何和瓜生晃彥結婚、爲何還留在瓜生家，以及她怎麼都想不透的事情演變。

她用了「命運之繩」這種說法。她說自從父親住進紅磚醫院，她就開始感覺到那股力量的存在。

——就算眞是如此，爲何唯獨她受到那股力量的影響？小美究竟是哪裡與眾不同？

儘管她那番話令人難以置信，勇作無法假裝沒看見她那認眞的眼神。

過了一會兒，織田回來會議室，看著勇作面前的書山不滿地說：「搞什麼啊你，幾乎都沒動嘛。」

「這工作很累人啊，再說這又不是我們這種門外漢能夠勝任的工作。不如找那位社長祕書尾藤來如何？」

「那個尾藤只要遇上自己不懂的事，馬上就舉手投降了啦。」織田憤慨地說完後，粗魯地往椅子一坐。

不久，西方警部回來了，他似乎跑了不少地方，一臉疲憊。

「有什麼發現嗎？」織田邊幫西方倒茶邊問。

西方大口喝下那杯淡而無味的溫茶後，說道：「眞仙寺南方三百公尺左右的地方有一片竹林，對吧？十字弓就被扔在那裡，據說是裝在黑色塑膠袋裡。發現者是附近的一個小學生，他母親發現他在削竹子做箭，打算用那把十字弓射東西，於是從他手中一把搶過來。要是他拿來射傷人還得了，到時候連我們都麻煩大了。那把十字弓還潛藏著這樣的危險性，我們一開始應該動員更多人力投入搜查十字弓的行列的。」

「確定那把十字弓就是從瓜生直明先生的書房偷出去的嗎？」勇作問。

「錯不了，剛才已經確認過了。」

「只找到十字弓嗎？箭呢？應該有兩支吧？兇手只使用了一支，應該還有一支才對。」織田說。

「只找到十字弓。我們在那附近進行了地毯式搜索，卻沒找到另一支箭。」

難怪西方會弄得疲憊不堪。

「眞是令人擔心，要是不知情的人摸到那支毒箭就糟了。」

「沒錯，畢竟兇手不可能一直將箭帶在身邊。不過另外那支箭，很可能不是毒箭。」

「怎麼說？」

「我們今天在瓜生直明先生的書房裡又找到了另一支箭。」

「箭不止兩支嗎？」勇作問。

西方點頭。「第三支箭就收在之前那個木櫃的最下層。經過鑑識人員的調查，那支箭的箭頭沒有裝毒藥。」

「沒毒?」織田先是一臉訝異,接著馬上點頭。「噢,所以那支箭才會另外收藏呀。」

「不,不是的。」西方說:「我們問過送箭給瓜生直明先生的那個員工,據他說,他本來沒打算帶回毒箭,但不知道是他當地的朋友基於好意還是想開玩笑,在三支箭當中混入了一支毒箭,他是在回日本打開行李箱之後才發現這件事,不過瓜生直明先生卻覺得很有意思,就全收了下來。」

「後來以訛傳訛,大家才會以爲所有的箭都有毒了。」

「似乎是如此。」

「也就是說,兇手偷走的兩支箭一支有毒、一支沒毒,是嗎?而射中須貝先生的碰巧是毒箭。」織田拿起身邊紅色和黑色的原子筆,作勢將紅色原子筆刺向自己的胸口一帶。

「我不知道那算不算是碰巧。說不定兇手在犯案前,察覺到兩支箭的不同之處。」西方說著,從織田手中接過黑色原子筆,指尖俐落地轉起了筆,「問題是兇手怎麼處理剩下的一支箭。我認爲,兇手很可能將箭藏在什麼地方,不然要丟的話,跟十字弓一起丟掉就成了,兇手卻沒那麼做,一定有他的理由。」

織田說。

「這麼說來,兇手可能打算接下來才要處理箭。所以只要派人監視所有關係人……」

西方一聽，賊賊地一笑，手指戳向織田的胸部。「我已經派人過去了。自從知道另外一支箭依舊下落不明，我就派人在關係重大的地點監視了。」

「原來如此。眞不愧是……」織田似乎想要恭維西方，但西方對著織田的臉伸出手掌，硬是打斷了他的話。

「不過，就我的直覺，我認爲沒必要在所有地點派人監視。重點在於──」西方壓低聲音繼續說：「──瓜生家。只要監視瓜生家的人就行了。」

「此話怎講？」織田問。

「因爲花瓣啊。」

「花瓣？」

「嗯。這部分我已經請人調查了，不過結果還沒出來。」

這時走來一名刑警，表示有人來電找西方。西方拿起話筒講兩、三分鐘。掛斷電話後又回到織田和勇作身邊。

「這通電話來得正是時候。你們現在去須貝家一趟！」

「發生什麼事了嗎？」

「他們說現在可以進去須貝正清的書房了。我希望你們調查須貝的日記、備忘錄，還有他最近感興趣的事物。」

「在那之前，我想先聽聽花瓣的事呀。」織田說。

但西方調皮地眨眨眼睛，「讓我先賣個關子，晚點告訴你。」

5

美佐子到大門口拿晚報時心想，警方的戒備好像比白天更加森嚴了。大門前站了兩名眼神銳利、乍看只是隨興站在那兒的男人，但不用說，這兩人不可能毫無目的地站崗，大概是在監視出入瓜生家的人吧，後門同樣站了兩名刑警。美佐子不懂，爲什麼傍晚後會突然變得如此戒備森嚴呢？

在這種緊張的氣氛之下，美佐子的父親壯介來訪。壯介先去主屋向亞耶子打過招呼之後，才過來美佐子夫妻住的別館。

「感覺不太舒服啊，經過大門的時候還被人盯著看呢。」壯介在玄關邊脫鞋子邊說。

「警方問了你什麼嗎？」

「那倒是沒有，說不定等會離開的時候會被問吧。……晃彥呢？」

「還沒回來，不過我想應該快了。」

美佐子帶著父親到客廳，這是她今天第三次帶人進屋裡了。

「警方問了妳什麼嗎？」壯介脫掉西裝外套，邊鬆開領帶邊問。

「問了一大堆呢，同樣的問題一而再、再而三地問。爸，喝茶好嗎？」

「妳不用忙啦。嗯，看來警方是打算仔細調查你們家了，不過，妳心裡眞的一點底都沒有嗎？」

「怎麼可能有底？我什麼都不知道。」美佐子說著著手準備茶具。這話帶有自嘲的意味，但壯介卻沒有聽出弦外之音。

「是嗎，那也好。要是說太多有的沒的，發生無可挽回的事情就糟了。」

美佐子背對著父親，邊聽他說話邊想，自己說不定已經做了無可挽回的事。勇作已經得知，她昨天中午在宅邸內見到了晃彥的身影，警方今後要是懷疑到晃彥頭上，她的證言應該具有重大意義。即便勇作答應不會將這件事情告訴別人，但……

此外，美佐子還向勇作提到了「命運之繩」，希望他能了解自己如今的心情。

見勇作之前，美佐子不斷告誡自己千萬不能迷失自我，但她也察覺到，自己愈是和勇作說話，愈無法控制自己。她一直想找個人訴說自己對現狀的不滿、對丈夫的疑慮，還有對當前人生的疑問。睽違十多年，再次與勇作重逢的力量，足以拆掉她心門上的鎖。

——對於我那番話，他是怎麼想的呢？會不會覺得是我愚蠢的妄想而嗤之以鼻？

勇作若無視她的傾訴，的確令人悲傷，但勇作若是認眞看待這段傾訴而採取行動，她也會感到害怕。她發現自己像是打開了不該打開的潘朵拉之盒。

聽到壯介頻頻叫她，她才回過神來，驚訝地回過頭，只見壯介邊看晚報邊問：「我在說晃彥啊，他對命案一事，有沒有說什麼？」

「沒有耶。」

美佐子端來茶和點心。壯介放下晚報，瞇起眼睛啜著茶。看他喝茶的模樣，美佐子感嘆著父親眞的是上了年紀。

壯介從UR電產退休後，又到它的外包廠商電氣工程公司工作。由於工作內容是負責和之前公司聯絡，無須費神，也不耗費體力，加上可能因爲適度的運動對身體有益，他這陣子的氣色很好。

「不過，晃彥是瓜生家的繼承人，警方自然會懷疑到他頭上吧？」

「或許吧。」

「警方的疑慮應該已經釐清了吧？像是透過不在場證明之類的。」大概是最近常看電視的推理連續劇，壯介說出了一個專業術語。

「我也不清楚。晃彥昨天幾乎都不在家，今天也是一早就出去了，到現在還沒回來。」

「是嗎？那麼警察說不定直接去大學找過他了呢。」壯介的視線不安地在空中游移。

當兩人有一句沒一句地針對這起命案聊些無關痛癢的事時，玄關傳來聲響。晃彥回來了。

他知道岳父來訪，馬上到客廳打招呼，連衣服也不換，一屁股便坐到壯介面前，笑容滿面地詢問岳父的近況。

「我想說事態嚴重，還是過來看看比較放心，只是幫不上什麼忙就是了。」

「謝謝爸。不過您不必擔心，這場騷動是因爲我父親的遺物被偷，又不巧涉及人命罷了。社會上也常發生贓車被人用於犯罪的事件，這次就跟那一樣。」

大概是想讓岳父放心，晃彥牽強附會做了解釋。十字弓被用來殺人和利用贓車犯罪，壓根是兩回事，因爲不是所有人都有辦法偷走那把十字弓的。

——而你，就是有機會偷到的人之一。

美佐子站在晃彥背後，心中低喃著。

壯介謝絕晃彥共進晚餐的邀約，站起身來。

「那至少讓我送您回家吧。」

「不用了，我自個兒慢慢晃回去就好。」壯介連忙揮手拒絕。

「天氣有點冷了，對身體不好。我會擔心的，請讓我送您回家吧。」

晃彥堅持要送。壯介不好意思地抓抓頭，「這樣啊，那就恭敬不如從命了。」

美佐子目送兩人出門之後，開始整理客廳。她撿起晃彥隨手脫下扔在一旁的西裝外套，正要掛上衣架，有個東西「咚」的一聲掉在地上。

撿起來一看，那是一條瞬間接著劑。

——他身上爲什麼會帶著這種東西？

是在研究室裡用的嗎？晃彥常會帶些莫名其妙的東西回家，但帶著瞬間接著劑，這還是頭一遭。

美佐子雖感到不可思議，還是將它放回了西裝外套的內袋。

晃彥比預期還晚回到家，美佐子必須將晚餐的湯再熱過，但晃彥對於自己晚歸卻沒做任何解釋。美佐子隨口問道：「路上塞車嗎？」晃彥也只是模糊地回道：「嗯，是啊，還滿塞的。」

美佐子邊吃晚餐邊問晃彥，刑警是否去學校找過他。他一副不以爲意的語氣回答：「來過呀。」

「他們問了你什麼？」

「沒什麼大不了的，就跟昨天問妳的問題一樣。」

「像是，你昨天白天人在哪嗎？」

「之類的呀。」

晃彥以規律的速度喝湯，吃沙拉，將烤牛肉送進嘴裡，神情一派自然。

「那你怎麼回答？」

「什麼怎麼回答？」

美佐子喝下葡萄酒之後說：「就是當他們問你白天在哪的時候。」

「噢，」他點點頭，「我說我在研究室裡吃外送套餐，店員應該認得我，沒什麼好懷疑的吧。」

「喔。」她簡短地應了一聲，心想，但是和倉勇作卻在懷疑你。

「那種店裡的東西好吃嗎？你是叫大學附近餐廳的外送吧？」

「是不會特別好吃啦，不過以價格來說，算過得去了。」

「會不會出現你討厭的菜色呀？」比方說蒲燒鰻魚？——但美佐子沒說出口。

「有時候會有啊，不過只要別訂那種東西就好了。」晃彥說到這，似乎稍稍屏住了氣，他一定是想起了他昨天訂的便當和現在的話互相矛盾。美佐子不敢看他作何表情，雙眼一直盯著盤子。

「妳問這做什麼？」晃彥問她。

「沒什麼……，我只是好奇你平常都吃些什麼。要不要再來一碗湯？」

美佐子伸出右手，心想自己的演技還眞自然，晃彥也沒有懷疑她的樣子，口氣平常地回道：「不，不用了。」

兩人之間持續著短暫的沉默，只聽得見刀叉碰到盤子的聲響。美佐子覺得，他們倆最近吃飯時的交談愈來愈少了。

「對了，今天來了兩個刑警，看到其中一個，嚇了我一大跳。居然是我以前的同學。」

「咦？眞的嗎？」美佐子爲晃彥的玻璃杯斟酒，臉上露出驚訝的表情，這次的演技不怎麼好，但他好像沒發現。

「他從小學到高中都跟我同校，在學校裡非常很活躍，又會照顧人，總是班上最受歡迎的。而且他是那種刻苦耐勞的人，念書就像在堆小石頭一樣一步一腳印。」晃彥說到這，放下刀子，手托住下巴，露出回想往事的眼神。「正好和我相反呢。」

「咦？」

「我的意思是，他正好和我相反，我怎麼都無法和身邊的同學打成一片，老覺得每個人都幼稚得不得了，很沒意義。而且我一點都不覺得一般小孩子玩的遊戲哪裡有趣，也不覺得自己奇怪，反而認爲是他們有問題。」他放下了叉子，排在刀子旁。「而那群孩子的代表，就是他，總是帶領著大群同學，不管做什麼都能夠發揮領袖精神，連老師也很信任他。」

「你……不喜歡那個人吧？」

「應該是吧。我對他的一舉一動都看不順眼。可是說來奇怪，我覺得自己好像在透徹了解他這個人之前，就意識到了他的存在。該怎麼說好呢？是我們不投緣嗎？總之我就是會下意識地想排斥他，就像磁鐵的S極和S極、N極和N極永遠會互斥一樣。」

晃彥將杯中剩下的葡萄酒一飲而盡，接著像是要映照出什麼似地，將玻璃杯高舉至眼睛的高度。

「不過，不可思議的是，到了現在，我對他卻有一種懷念的感覺。每當我試圖回想漫長的學生生活，其他的事情都想不太起來了，唯獨他的形影總會鮮明地浮現——那個名叫和倉勇作的男人。」

「因爲你們是宿敵嗎？」美佐子說出從勇作那裡聽來的詞。

「宿敵？」晃彥說：「是啊，這說不定是個適當的說法。」說完頻頻點頭。

「不過，還眞稀奇耶。」

「什麼事？」

「這還是我第一次聽你提起小時候的事。」

晃彥像是被人冷不防地道破心事，移開視線後說道：「我也是有童年的呀。」說完便起身離開餐桌旁，盤內的烤牛肉還剩下將近三分之一。

6

須貝正清的書房和瓜生直明的書房正好相反，重視實用性更甚於裝飾性，房裡連一張畫都沒有，每面牆都塞滿了書櫃和櫥櫃，而一張大到令人聯想到床鋪的黑壇木書桌上，放著電腦和傳眞機。

「那一天……，命案發生的前一天，外子一回到家，馬上跑進這間書房裡，好像在查什麼資料。」須貝正清的妻子正惠淡淡地說道。丈夫遇害後才過了一天，但一肩扛下須貝家重擔的她似乎已拾回了冷靜。

「您知道他在查什麼資料嗎？」織田拉開抽屜，邊看裡面邊問。

行惠搖搖頭，「我端茶來的時候，看見他好像在看書，不過因爲他看書並不稀奇，我也就沒有放在心上，才會一直忘記告訴警方。」

「您記得那是一本什麼樣的書嗎？」勇作問。

夫人將手掌撫著顴骨一帶，微偏起頭說：「我印象中……好像是一大本類似資料夾的東西。」

「多厚呢？」

「滿厚的，大約這麼厚吧。」夫人以雙手比出十公分左右的寬度，「而且感覺挺舊的。我當時瞄了一眼，紙張都泛黃了。」

「資料夾……，而且紙張泛黃啊。」

織田以右手摩挲著臉，像是在忍著頭痛似的。接著他問站在行惠身邊的男人：「尾藤先生，你呢？對那個資料夾有沒有印象？」

「沒有耶，眞抱歉，我一點印象也沒有……」尾藤的窄肩縮得更小了。行惠聽說警方要調查須貝正清的書房，於是把尾藤也叫來了。

「命案發生前一天，聽說你和須貝先生爲了看瓜生前社長的藏書，去了瓜生家一趟，是嗎？剛才夫人說她看見的舊資料夾，是不是從瓜生家拿來的？」

「可能是。」

「那麼那到底是什麼東西，你心裡應該也有數吧？」

「不不，因爲……」尾藤露出怯懦的眼神，「我已經跟其他刑警說過好幾次了。那天須貝社長待在前社長的書庫時，因爲社長說他想自己一個人參觀，所以我和瓜生夫人一直都待在大廳裡，因此我完全不清楚須貝社長對哪些書感興趣。」

織田聽言，重重地嘆了口氣。

勇作覺得從行惠和尾藤身上問不出什麼有用的證言了，於是開始尋找行惠所說的那本厚資料夾。書房裡，巨大的書櫃從地板一直延伸到天花板，但資料夾的數量並不多。環顧一圈下來，書櫃中似乎沒有他們要找的東西。

「您先生那天在這裡查資料的時候，您有沒有看到什麼比較有印象的事？像是看到他拿出英文字典還是什麼的。」織田查看過書桌底下和書櫃之後，有點不耐煩地問。

行惠偏著頭想了一會兒，然後指著勇作身旁的櫥櫃說：「英文字典倒是沒有，不過我進來的時候，看到他從那個櫥櫃拿出一本黑色封面的筆記本。」

這個櫥櫃有十層抽屜，全都沒有把手。

「我記得是從最上面那一層抽屜拿出來的。」

於是勇作伸手打開抽屜。織田也大步走過來，往裡頭一看，卻沒看到筆記本。

「裡面什麼也沒有啊。」聽到勇作這麼一說，行惠也走了過來。

「咦？眞的耶……」她看著空空如也的抽屜，瞪大了眼。

「其他層的抽屜倒是放了很多東西。這個櫥櫃究竟是怎麼分類的？」織田陸續打開第二層以下的抽屜一邊問道。

「我不清楚外子分類的方式，不過這個櫥櫃裡放的應該都是外子父親留給他的遺物。」

「須貝社長的父親？這麼說來，是前社長之一嘍？」織田問。

「是的。」行惠回道。

勇作和織田依序查看抽屜裡的物品。果然如行惠所說，他們找出了一件件須貝正清的父親須貝忠清擔任社長時的資料，包括新工廠的建設計畫、未來的營運計畫等，或許這些就是他要讓兒子學習帝王學所留下來的實用教科書。

「您先生經常閱讀這裡面的資料嗎？」織田問。

行惠歪著頭說不知道。「外子曾說，這些舊東西頂多能夠當作父親的相簿，對工作卻毫無幫助，所以我想他應該不常拿出來看。不過，他那天確實從這裡面拿出了一本筆記本。」

「但那本筆記本現在卻不見了。」

「是呀，眞是奇怪。」行惠也覺得很不可思議。

「尾藤先生，你對那本筆記本有印象嗎？」

被織田冷不防地一問，尾藤趕忙搖頭否認，「我也是今天才第一次知道這個櫥櫃的事。」

「是嗎？」織田顯得頗遺憾。

——這麼說來，這個書房裡有兩份資料不見了啊。

勇作思考著，一份是厚厚的資料夾，另一份是黑色封面的筆記本。共同之處在於，兩份都是舊資料。

這兩樣東西爲什麼會消失呢？

「昨天到今天這段時間，有人進來這間書房嗎？」勇作問。

「進來這裡呀……」行惠夫人像個歌劇歌手般，雙手在胸前交握，面朝正前方，唯有黑眼珠看向斜上方，「因爲昨天很混亂……，說不定我們家裡的人有誰進來過吧。」

「昨天待在府上的，只有您的家人和傭人嗎？」

「不，昨晚有幾個親戚也趕過來。噢，還有……」她輕拍了一下手，「晃彥也來過，他在第一時間就趕來了。幸虧有他在，否則只有我兒子俊和一個人，實在是忙不過來。」

「晃彥……，您是說瓜生晃彥嗎？」

突然聽到這個名字，勇作的心牽動了一下，但他並不意外，因爲他相信，瓜生晃彥和這次的命案肯定脫離不了關係。

瓜生有沒有進來這間書房呢？兩份消失的資料，會不會是他偷偷拿走的呢？然而勇作卻無法解釋晃彥有什麼動機需要這麼做。

「謝謝您，今天就先調查到這裡。如果您又想起什麼的話，請隨時與我們聯絡。」

織田道謝打算離去，正要關上櫥櫃的抽屜，第一層的抽屜卻像是被什麼東西卡住，無法完全關上。

「怪了。」織田彎腰往裡面一看，登時挑了一下眉毛。

「怎麼了？」勇作問。

「裡面好像卡了一張紙。」

織田硬是將手伸進去，小心翼翼地將那東西抽出來。他的手夾出來的是一張照片。

「這棟建築物是什麼啊？」織田看著照片，卻不讓勇作看，一副「拿出來的人才有資格看」的態度，接著把照片遞到行惠面前問道：「您知道這是什麼嗎？」

她一看便搖頭回說：「我沒看過。」

直到織田將照片遞到尾藤面前，勇作才總算看到了照片。

尾藤也回說：「我不清楚耶。這是什麼建築物呢？從外觀看，像是一棟舊式建築呀。」

「真的，好像一座城堡哦。」行惠也插嘴。

兩名關係人都說不知道了，織田似乎也不太感興趣，不過他還是問行惠：「這張照片，可以寄放我這邊嗎？」得到應允後，他謹慎地將照片收進西裝外套的口袋裡。

要是織田注意到勇作此刻的表情，應該不會輕易地將那張照片收起來。

勇作甚至覺得，自己的臉色想必是唰地變得蒼白。

那張照片中的建築物，毫無疑問正是他未曾忘懷的紅磚醫院。

7

美佐子半夜做了惡夢醒來，夢中她不知被什麼東西追趕著，明明在夢裡很清楚追趕著自己的那東西眞面目，但一覺醒來只剩下滿腔的不舒服。而且她覺得要是回想起夢中追趕自己的那樣東西，可能會更不舒服，於是她決定忘掉這場夢。

美佐子翻了個身，轉向晃彥。

但她的身旁是空的。

她扭過身看了一眼鬧鐘，凌晨兩點十三分，平常這正値晃彥熟睡的時間。

——他去做什麼了？

美佐子不認爲他是去上廁所。一向睡得很沉的他，不可能在半夜起床。

她閉上眼。不知是不是受到夢境的影響，心情還有些不平靜。

傳來「叩」一聲，接著是低吟聲。她睜開眼，聲響持續傳來。

她起身披上睡袍，穿上拖鞋。低吟聲一度止歇，但她感覺有人在走動。

到走廊上時，感覺聲響更清楚了。她聽過那種聲響，是拿鋸子在鋸東西的聲響。

——爲什麼要在半夜鋸東西呢？

聲響是從晃彥的房間發出來的。美佐子握上門把，又放下手，反正門一定是上了鎖。

這間房間，即使是美佐子，晃彥也很少讓她進去，他甚至會在外出時將門上鎖，他的說法是房間裡都是放一些重要的資料，要是被人動過，他會找不到東西放在哪裡，還曾說要是家裡遭小偷，說什麼也要保住這間房裡的東西。

美佐子敲了敲門，然後方才一直聽到的聲響就像是有人倏地關上了開關，戛然而止。隔了一會兒，門鎖發出「喀嚓」一聲。

門打開一半，現身門後的是在睡衣上套了一件運動外套的晃彥，他的臉頰似乎微微泛紅。

「你在做什麼？」美佐子瞄著房裡的狀況問道。她只瞥了一眼，鋸子放在地上。

「在做木工。」晃彥說：「我在做明天實驗要用的道具。我忘得一乾二淨，剛才才想起來。」

「是喔……。家裡有材料嗎？」

「嗯，勉強湊合著用。抱歉……，吵到妳睡覺了嗎？」

「沒那回事。你也早點睡哦。」

「嗯，我會的。」

晃彥正要關上門，美佐子忽然輕呼了一聲。

「怎麼了？」

「呃，我只是突然想到……，你是爲了這個，才帶那條瞬間接著劑回家的嗎？」

「什麼接著劑？」這時，晃彥臉上閃過一絲不知所措，他嘴巴微張，頻頻眨眼。美佐子察覺自己說了不該說的話。

「妳爲什麼會知道？」

「剛才……你送爸回去的時候，我收拾你的西裝外套，那東西就從口袋掉了出來。」

晃彥輕吁了一口氣，歪著嘴角擠出一個不自然的笑，「我白天在學校裡用到那東西，大概是沒留意就放進了口袋，沒什麼。」

「這樣啊……」美佐子假裝接受他的說詞，心裡卻有滿腹的疑問，「那，晚安嘍。」

「嗯，晚安。」

美佐子背對晃彥邁開腳步，背部感受到他如刀般銳利的視線，但她沒有勇氣再次回頭。

8

勇作回到公寓住處後，從書桌抽屜拿出一本舊筆記本。封面上以鋼筆寫下的字跡已模糊難辨，上頭寫著：

「腦外科醫院離奇死亡命案調查紀錄　和倉興司」

這本筆記本是二十幾年前的東西，記載勇作父親興司針對早苗死於那間紅磚醫院的命案所調查出來的內容。

勇作之所以翻出這本筆記本，是因爲白天在須貝正清的書房裡，意外地發現了那張照片。

為什麼須貝正清會有紅磚醫院的照片？

應該和那張照片收在一起的「黑色筆記本」又消失到哪兒去了？還有，須貝正清正在調查什麼？

勇作不明白紅磚醫院和須貝正清有什麼關係，不過對於瓜生直明和紅磚醫院的關係，他心裡倒是有數。

聯結點是早苗的那起命案。

當年父親興司在調查那起命案時，家裡來了一位文質彬彬的紳士，與父親長談之後離去，之後不久，父親便停止了調查。

勇作在小學的畢業典禮上，得知了那位紳士就是瓜生晃彥的父親。從那之後勇作就一直在想，說不定早苗的那起命案對於瓜生家具有重大意義。

如果這個推論正確，須貝正清會對早苗命案感興趣就不奇怪了，因為收著那張照片的櫥櫃裡頭，全是須貝正清的父親留給他的遺物，就時間上來看，正好是早苗那起命案發生的年代。

勇作再度望向手上的筆記本，他思忖著，要是這次的案子關係到早苗命案，那就說什麼都不能假手他人偵辦。

他第一次看見這本筆記本，是在正式分發到警察單位的第二年冬天，也就是興司過世的那年冬天。

興司常對勇作說：「要是我死了，喪禮簡單辦就好，獎狀就全部燒掉吧。」他還說過：「等我死了，你要記得整理神龕的抽屜，裡面有我要給你看的東西。」

父親死後，過了兩個多星期，勇作才有心思好好思考父親的這一番話。他遵照父親的指示辦理他的後事，不過就算沒有父親的指示，以他的經濟能力也只能爲父親舉辦簡單的喪禮。

勇作想起父親的遺言，查看神龕。父親想讓自己看的東西是什麼呢？他在小抽屜裡，找到了一本對摺的舊筆記本。

正是這本「腦外科醫院離奇死亡命案調查紀錄」。

這並不是取自警方的資料，而是興司自己調查那起命案，將內容記錄下來留作自己參考，因此當中還包含了草稿和簡單的筆記。

開頭主要內容大致如下：

一、發現屍體的過程

九月三十日上午七點過後，上原腦神經外科醫院的一名值班護士在該院南面的庭園散步時，發現有人倒在地上，立刻通知院方，兩名值班醫師趕到現場，發現該名女子已無脈搏及生命跡象，院方馬上與本署聯絡。上午七點二十分，附近派出所的兩名員警及巡邏中的兩名外勤員警抵達，封鎖現場之後留在原處守著。七點三十分，本署的刑事課刑警與鑑識人員到達現場，展開調查。

二、屍體的狀況

經由護士們指認，死者乃是該院患者日野早苗。她身穿白色睡衣，打赤腳，面朝上呈大字形倒在建築物南方、死者本人病房的正下方。

解剖結果發現，死因爲頭蓋骨凹陷導致顱内出血，此外，脾臟及肝臟受損，背部可見大片的内出血。

三、現場的狀況

死者的病房位在該院南棟四樓。病床上的寢具凌亂，窗户沒關，拖鞋整齊地並排在病床旁。病房内放置有死者的行李和簡單的家具，並無異狀。

從屍體的位置和諸多現場狀況研判，死者可能是因爲某種原因而從病房窗户墜樓。

四、目擊者及證人

醫院的熄燈時間爲晚上九點，當天熄燈後就沒人見過日野早苗了。此外，沒人知道那扇窗原本是否開著。

不過根據日野早苗隔壁病房的患者坂本一郎（五十六歲）的證言指出，他在半夜聽見日野早苗的房裡有腳步聲，還聽到類似女性尖叫聲。坂本原本想通知護士，卻懶得下床，後來就睡著了。他聽見聲響時沒看時鐘。

此外，兩名住在南棟病房的病患聽見有東西掉落的聲響，但兩人都沒將這事放在心上。

五、日野早苗的背景

日野早苗在七年前被送進該院，送她住院的人是瓜生工業股份有限公司當時的社長瓜生和晃先生（三年前歿）。據瓜生先生說，日野早苗的父親有恩於他，因此瓜生先生接下照顧她的責任，但因爲她可能有智能障礙，因此瓜生先生拜託交情甚篤的上原雅成院長爲她治療，上原院長一口允諾，爲她在南棟四樓準備了一間個人病房，展開治療直至今日。

日野早苗的户籍地在長野縣茅多郡，父親死於戰爭，母親也因病去世。詢問她故鄉的人，也沒人知道日野家。一名據說從前住在她家隔壁的婦人，只知道早苗曾念過中學。

我向瓜生直明先生打聽他父親和晃先生與早苗是如何結識的，據說和晃先生是在因緣際會下發現在鬧區乞討的她，得知她沒有個像樣的住所，便決定直接帶她回家就近照顧，但因爲她在日常生活各方面出現了許多問題，和晃先生於是下定決心讓她接受治療。

至於早苗的父親曾給過和晃先生何種恩惠，瓜生直明先生與上原雅成院長都沒聽說過，但瓜生直明先生尊重父親的遺願，繼續支付早苗的治療費用並接下監護人的義務，而上原雅成院長則持續爲她治療。遺憾的是，歷經七年的治療，卻沒有出現顯著的效果。關於早苗智能障礙的病因，依舊是個謎。

六、日野早苗的為人與生活

她的個性敦厚，老實害羞，雖然智能只有小學低年級程度，但吃喝拉撒大部分都能夠自理。她不擅長閱讀，幾乎不會算數，平常會打掃醫院的庭園。她對成人抱有強烈的警戒心，但似乎很喜愛與小孩子接觸。由於院長默許附近的孩子在庭園裡玩，她每天似乎都很期待他們的來訪（勇作好像也經常去醫院玩）。

早苗總是七點起床，九點就寢，據說不曾打亂這樣的日常作息。

密密麻麻記錄在筆記本上的內容，在在衝擊著勇作的心，內容詳實地述說著早苗為什麼會待在那個地方。

勇作想起第一次讀到這本筆記時，令他格外震撼的是「她每天似乎都很期待他們的來訪」這部分，當時的勇作也同樣期待著每天跑去醫院的庭園玩耍。

只不過這本筆記裡的某些內容，卻令人無法一味地沉浸在感慨情緒當中。不，應該說有相當多的內容都令人起疑，最關鍵的一點當然就是早苗與瓜生和晃的關係，又或許該說是和瓜生父子的關係。

讀過這部分，就能夠解釋瓜生直明與早苗離奇命案為何有關了，畢竟他是早苗的監護人。

但是勇作無法理解瓜生直明對於早苗命案的反應，為什麼他反而是勸警方放棄調查呢？

勇作還記得興司的上司曾爲了那起命案來家裡，花了很長一段時間試圖說服興司，後來說服不成還不悅地拂袖而去。說不定，那位上司當時是這麼說的——

我說和倉呀，你就別鑽牛角尖了嘛，又沒找到他殺的決定性證據，再說，殺了那個女的，沒有人會得到好處啊。從早苗的智能程度來看，即使自殺的可能性不高，但很可能是意外吧。那天夜裡萬里無雲，早苗可能是半夜醒來想打開窗戶看星星，身體卻探得太出去，一個不小心就墜樓了。就是這麼回事啦，你就這麼相信吧……

興司的筆記本裡提到，島津署內似乎打從一開始就不覺得早苗可能死於他殺。

上司無法說服興司，幾天後，瓜生直明親自現身了。勇作認爲，之前上司會到家裡來，正是瓜生家對警方施壓的結果。

瓜生直明上門後，興司接受了對方的說服，停止調查。

不知道瓜生直明當時究竟對父親說了什麼。對勇作而言，這也是最大的一個謎。當然，筆記本上也沒留下關於當時的記載。

但勇作確信，父親興司始終堅信早苗是死於他殺。

筆記本中段部分寫下了幾個興司堅信是他殺的理由，列舉如下：

・早苗恪守就寢與起床時間，護士們的證言也提到，早苗絕不可能在半夜下床。所以她有可能半夜開窗看外頭嗎？

．住在隔壁病房的病患聽見的是誰的腳步聲呢？早苗在病房裡穿的是拖鞋而非室外鞋。

．早苗死亡時打著赤腳。就算只是起床開窗看外面，一般也會穿上拖鞋吧？

．聽說先前有人試圖帶早苗上去醫院的屋頂，當時她大哭大鬧。早苗是不是有懼高症呢？如果有，就不可能從窗戶探出身子了。

．命案發生當晚，好幾個人目擊到診所大門前停了一輛大型黑頭轎車，那會不會正是兇手的交通工具？

從這幾個疑點一路看下來，勇作完全能夠理解興司爲什麼堅信早苗是死於他殺，這麼一來，令人不解的就是，爲什麼調查當局不願深入追查？

勇作看著筆記本，決定要查出眞相，他認爲興司也希望他這麼做。興司這一輩子雖然沒有在警界出人頭地，但他對每一件案子總是全力以赴，以自己能夠接受的方式辦案，而他唯一的遺憾，恐怕就是這起「腦外科醫院離奇死亡命案」了。

但是在勇作拿到這本筆記本的時候，早已不可能重新調查早苗命案，再說，又有多少人記得那起命案呢？

不過勇作知道有個唯一的辦法，那就是直接向瓜生家的人打聽，說不定他們知道事情的眞相。

話雖如此，勇作卻無從採取行動。該如何向瓜生家的人打聽呢？要是突然登門造訪，要他們說出早苗死亡的眞相，只會被當成瘋子吧。

勇作苦無對策，之後又被每天繁重的工作追著跑，不知不覺想徹查眞相的心情便漸漸淡了。

然後，發生了這次的命案。

他作夢也沒想到竟然會扯上紅磚醫院。

試試看吧！雖然不知道這次的命案和早苗命案有多深的關聯，總之，盡可能地試試看。

——這件命案是我的案子！它可是和我的青春歲月大有關係！

勇作緊握手中的筆記本，在心中吶喊著。

第四章

吻合

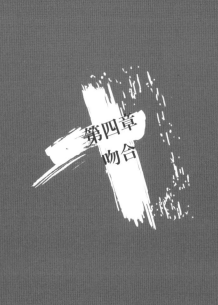

1

勇作心中那幢充滿回憶的紅磚醫院早已面目一新。令人懷念的紅磚建築，成了全白的鋼筋水泥房子，宛如一棟高級飯店；從前綠意盎然的庭園，大部分成了停車場。勇作繞了一圈，試著找尋從前遇見早苗、美佐子還有瓜生晃彥的地方，卻遍尋不著。

不知道是否由於經營方針改變，還是單獨靠腦神經外科經營不下去，或者兩個原因都有，醫院名稱從「上原腦神經外科醫院」換成了「上原醫院」。

這天早上，勇作一到島津署，馬上去找西方警部，要求讓他調查昨天從須貝家取得的那張照片中的建築物。

「其實我昨天就覺得我應該見過那棟建築，卻怎麼也想不起來，抱歉當時無法提供消息。」

「所以意思是你想起來了？」拿著照片的西方問道。由於還不清楚這張照片與須貝命案是否有關聯，目前還沒決定要如何針對這張照片提供的線索展開調查。

「我想那棟建築，應該是位於昭和町的上原腦神經外科醫院。」勇作說：「就在我以前住的老家附近，所以我有印象。」

「原來如此，是醫院啊。經你這麼一說，的確感覺像是一間醫院。好，我知道了，你就去調查看看吧。」西方目不轉睛地盯著照片說。

勇作暗自慶幸，還好西方沒有囉哩囉嗦問一堆。

他進到上原醫院，向櫃檯報上姓名，說他想見上原院長。

「請問您跟院長約了嗎？」身穿白衣的櫃檯小姐一臉訝異地問。

勇作回說約過了。他來之前打了電話過來，那時才曉得，當年上原腦神經外科醫院的上原雅成院長已去世，接電話的是他的贅婿，也就是第二代院長，上原伸一。

勇作等了一會兒，另一名護士帶他到院長室外頭，護士一敲門，門內馬上傳來厚實的聲音：「請進。」

「和倉先生來了。」

「請他進來。」

護士請勇作進去。勇作踏進院長室，迎接他的是一名肥胖臃腫的男人，臉色紅潤，頭髮烏黑茂密，但應該已經有四、五十歲了。

「不好意思，在您百忙之中前來打擾。我是島津署的巡查部長，敝姓和倉。」

勇作低頭行禮，抬起頭時，發現房間中央一組待客沙發上坐著一名女性，年約四十五、六，體態和上原正好相反，身形非常修長。勇作也向她低頭行禮，女人立即點頭回禮。

「這是內人晴美。」上原向勇作介紹：「聽您說想詢問醫院的過去和我丈人的事，我想我一個人可能無法詳盡回答，所以找了內人過來。應該沒關係吧？」

「當然沒關係，感謝您這麼周到。」勇作再度低頭致意。

「來來，請坐。」

上原伸掌示意勇作到沙發坐下，自己則在晴美夫人身旁一屁股坐下。夫妻倆坐在一起，晴美夫人看上去只有上原的一半尺寸。

勇作與上原夫妻面對面而坐，皮革沙發坐起來比想像中要柔軟，身體幾乎要陷進去。

「哎呀，眞是嚇了我一跳，沒想到刑警先生竟然會爲了那件命案到敝院來。」

上原從茶几上的菸盒拿出一根菸，邊用桌上型打火機點火邊說。這一帶大概沒人不知道須貝正清遇害一事。

「目前還不清楚命案與貴院有沒有關係，但哪怕只有一點可能也必須調查，這就是我們的工作。」

「您說的是，警察眞是個辛苦的工作啊。對了，您要不要喝點什麼？白蘭地？還是蘇格蘭威士忌？」

晴美夫人一聽到丈夫這麼說，立刻從沙發起身打算備酒。

勇作連忙揮手謝絕，「不不，謝謝您的好意，不過我們執勤時不能喝酒的。」

「這樣啊，眞可惜，我有好酒呢。」上原似乎頗感遺憾，或許他自己想喝。

「請問，您今天來是爲了什麼事呢？」晴美夫人開口了。可能是因爲她覺得要是讓丈夫接待勇作，談話根本進行不下去吧。她的聲音在女性當中算低沉，和她瘦小的體形很不相稱。

「是這樣的，我想請二位看看這張照片。」

勇作取出那張照片，放在兩人面前。上原粗胖的手指捏起照片一看，「這是這棟醫院早期的模樣嘛，當時我丈人的身子還很硬朗呢。」

「當時大家都喊這做紅磚醫院，是吧？」

聽到勇作這麼說，晴美夫人一臉驚訝道：「您很清楚嘛。」

「因爲我從前也住這附近，小學時候常在醫院的庭園裡玩耍。」

「噢，原來是這樣啊。」晴美夫人說話的語調有了變化，很懷念過去似地瞇起眼睛，她一定很久沒聽人提起這件事了。

「這眞的是一棟很有古老韻味的漂亮建築，要改建的時候，好多人都捨不得呢，只可惜實在是殘破不堪，改建也是不得已的啊。」上原的語氣聽起來像是在努力辯解。

「貴院改建是八年前的事，對吧？當時前院長……？」

「嗯，那時他老人家還在世，可是罹患了胃癌，他大概也知道自己不久人世吧，對我說：『醫院就交給你了。』當時我還在大學附屬醫院任職，因爲他老人家的囑託而接下了這間醫院，我才會一咬牙將醫院做了番大改造呀，不止建築外觀，連內部結構都整個改造了。先前這裡總脫離不了個人醫院的體制，但那樣是無法生存下去的，身爲經營者必須有所自覺，將醫院也視爲一門企業來經營才行吶。」

上原愈講愈偏離正題，晴美夫人大概是察覺到勇作的不知所措，從丈夫手中接過照片說：「這張照片裡的紅磚醫院，好像是相當早期的哦。」

「哪裡不一樣嗎？」

「有的。旁邊這是焚化爐，我記得沒錯的話，這東西應該是在快二十年前拆掉的。」

「嗯，沒錯，我也依稀記得。」上原也探頭過來，「不過眞虧你們還找得出這麼久以前的老照片呀。」

「這張照片是從遇害的須貝社長的遺物中找出來的。」

上原一聽，睜大眼「哦」了一聲。

「所以我今天來倒也不是特別想詢問什麼，只是想先確認一件事，那就是須貝先生爲什麼會擁有這樣的照片呢？」

「這個嘛，」上原偏起頭說：「須貝先生從沒來過敝院，而我們也不認識他的家人啊……」

「前院長上原雅成博士也不認識他嗎？您有沒有聽前院長提到過什麼？」

「沒有啊，我跟我丈人幾乎沒聊過醫院過去的事。晴美，妳曾聽爸說過什麼嗎？」

晴美夫人也搖頭。「就我所知，家父不曾提起須貝先生這號人物。」

「是嗎……」要是上門的是其他刑警，詢問可能就到此結束吧，但勇作的手中還握有一張王牌。「不過，就算二位不清楚上原博士與須貝先生的關係，我想上原博士與UR電產的前任社長瓜生直明先生，應該是相當親近的朋友。」

上原夫妻一聽，驚訝地面面相覷。

「您是說，家父與瓜生先生嗎？」晴美夫人問。

「是的。」勇作說：「二、三十年前，貴院曾經發生過一起病患從病房窗戶墜樓身亡的意外事故。」

晴美夫人一時無法理解眼前的年輕刑警在說什麼，視線在空中游移，雙脣微張。「是不是發生在……南棟的四樓？有一名女性病患墜樓……」

「是的，沒錯。」勇作點頭，「當時那名女病患的監護人，應該就是瓜生直明先生。」

「噢，」她輕拍了一下手，「我想起來了！的確有過這麼一回事。一開始那位患者的監護人是瓜生先生的父親吧？後來是因爲他父親過世了，才由他接下監護的責任。」

「正是如此，您記得很清楚啊。」

「那起意外對我家而言可是一件大事呀，當時我在家裡幫忙家務，所以常有機會聽到警察和家父的談話。」

「原來如此。」

從晴美夫人的年齡來看，當時年少的她很可能還住在家裡。

「那起意外，我也略有耳聞。」上原搓著下巴說：「不過我丈人只是草草帶過，我也不便追問下去。」

「嗯，感覺上家父確實不喜歡有人提起那起意外。事情告一段落之後，他也沒對我們做任何說明。」

「令堂呢？她是否知道詳情呢？」

上原雅成的妻子比他早五年去世。

「家母嗎？這我就不清楚了……」晴美夫人仍是一臉納悶，卻突然像是驚覺了什麼，看著勇作說：「請問那起意外和這次的命案有關係嗎？」

「不不，倒不是有什麼關係。」勇作擺出笑容說：「只是因爲我們對府上與瓜生先生的關係有點好奇。據調查了解，瓜生和晃先生因爲與上原博士是老交情，才會帶那名女病患來這兒就醫。而我們想知道的是，上原博士與瓜生和晃先生是在什麼樣的機緣之下有了深交的。」

晴美夫人聽了，點點頭道：「不愧是警方，調查得眞仔細。不過，有必要調查那麼久以前的事嗎？」

「沒辦法，這就是工作。」勇作說著摸了摸頭。表面上說是工作，其實是他個人的調查。

「事情距今太久，我幾乎忘了家父還有瓜生和晃先生這一位至交，所以我其實也不清楚他們是在什麼樣的機緣之下變得親近的。」晴美夫人一臉歉然地說：「不過，說不定……」

「說不定什麼？」

「如果我沒記錯的話，家父在經營紅磚醫院之前，曾有一段時間在某家公司的醫護站駐診，而那家公司，好像就是今日的UR電產哦，記得當時叫做……」

「瓜生工業？」勇作接口。

夫人頻頻點頭，「對對對，就叫那個名字，應該就是那家很有名的瓜生工業。雖然現在公司內設有醫護站的企業不在少數，但在當時可是很罕見呢，我想一定就是那家在當時已經是大公司的瓜生工業吧。」

勇作也覺得這個推論合情合理。

「您說上原博士在瓜生工業的醫護站駐診……，可是，博士的專長應該是腦外科吧？」

「是的。不過雖然有些疾病不是家父的專長，還是可以看診吧。」

「那個年代很缺醫師，聽說什麼病都看吶。」上原一臉得意地插嘴。

「請問，還有沒有誰比較清楚當時的事情呢？」勇作問。

上原動作誇張地盤起胳膊，「這個嘛……，有誰呢？」

「山上先生怎麼樣？」晴美夫人說。

上原一聽，猛地擊掌。「對耶，他說不定知道。山上先生是我丈人大學時代的朋友，目前退休了。」

上原起身翻了翻自己的辦公桌，從名片夾裡抽出一張名片，走了回來。勇作接過來一看，名片上只寫了名字「山上鴻三」，沒有頭銜。

「我只在我丈人的喪禮上見過他一面。如果他沒搬家的話，現在應該是住在這裡。」

勇作將名片上的地址和電話抄到記事本上，一邊問道：「您剛才說，這位山上先生是上原博士大學時代的朋友，所以他也是腦外科醫師嗎？」

「好像是，不過聽說他沒有開業。」

「山上先生非常誇讚家父哦。」晴美夫人說：「據說他是一位非常優秀的學者，卻因爲戰爭的關係，環境不允許深造，常聽他說很遺憾沒有機會好好地做研究。」

「也是啦，光靠做研究溫飽三餐是很不容易的啊。」上原說道。這句話大概反映了他自身的處境吧，聽起來充滿了過來人的感慨。

勇作假裝在看記事本，目光卻落在手表上，他估計從這對夫妻口中應該打聽不出進一步消息了。

「非常感謝二位今天抽空接受詢問，今後或許還有事得請教，屆時再麻煩你們了。」勇作一面致謝一面起身。

「不好意思，一點忙也沒幫上。」

「不不，哪兒的話。」

勇作和進來時一樣頻頻致謝，離開了院長室。雖然沒有重大斬獲，但打聽到上原雅成曾任職於ＵＲ電產的前身——瓜生工業的醫護站，以及山上鴻三這號人物，基本上還算令人滿意。

然而，當勇作正要走出醫院玄關，身後突然傳來呼喊：「和倉先生！和倉先生！」勇作回頭一看，只見上原伸一晃著那副龐然身軀朝自己跑來。

勇作探了探衣服的口袋，思索自己是不是忘了什麼東西。

「還好追上了。」上原劇烈地喘著氣，一道汗水流過他的太陽穴。

「您想起什麼了嗎？」勇作等到他調勻呼吸才開口問。

「不是的。我不確定這個消息有沒有幫助，而且說不定是我記錯；就算我沒記錯，也可能與案情毫不相干。」

「願聞其詳。」

勇作與上原並肩坐在候診室的長椅上。候診室裡相當多人，看來上原醫院的經營狀況應該還不錯。

「聽完您的話，有一件事情一直在我腦中盤旋不去。」上原稍稍壓低音量說：「就是關於瓜生這個姓氏。我個人與ＵＲ電產完全沒有交集，對這個姓氏卻有印象，我本來以爲是因爲這個姓氏很特殊的關係。」

「你想起來是在哪裡聽過的嗎？」勇作心想，既然上原伸一和ＵＲ電產沒有交集，說了也是白說，但還是姑且一問。

「嗯，那是十多年前的事情了。當時我還在大學附屬醫院任職，經常來這裡，因爲已經決定由我繼承，所以我先來學習醫院的運作，好爲將來的接手做準備。當時，有一個感覺像是高中生還是大學生的青年來見院長。」

「十多年前……，像是高中生，還是大學生……」勇作的胸口開始翻攪。

「那個青年好像來過兩、三次。每當他一來，我就會被趕出院長室。後來我向櫃檯小姐打聽那名訪客的名字，我記得她的回答是瓜生先生。」

勇作驚愕得無言以對，只能茫然地望著上原。上原被他這麼一盯著看，也覺得侷促了起來，靦腆地笑道：「果然是毫不相干的消息吧。」

「不，那個……」勇作吞了一口口水，「我想應該是沒有關聯的，但我還是會當作參考。眞是謝謝您，還特地趕來告訴我。」

勇作站起來對上原深深一鞠躬之後，往玄關而去。但其實他的膝頭微顫，連邁出步子都很困難。

勇作走出了醫院，在小花壇旁的椅子坐下。從前和美佐子並肩而坐時，四周全是綠色植物，現在四下只見水泥與柏油路。

——爲什麼之前不曾對這點起疑呢？

勇作的腦中不斷浮現這個疑問。瓜生晃彥爲什麼要放棄當一家大企業的接班人，選擇當醫師這條完全不同的道路？

剛才上原伸一提到的青年，肯定是瓜生晃彥了。從時間點來看，他當時是統和醫科大學的學生，去見上原博士時，說不定是剛考上大學或入學後不久。

發生在紅磚醫院的早苗命案，與瓜生家有關。

紅磚醫院是一家腦神經外科醫院，早苗是這間醫院的病患。

而瓜生晃彥拒絕前程似錦的企業家接班人，改走醫學之路，而且還是腦醫學這條鮮少人走的羊腸小徑。

這麼說來，瓜生晃彥之所以選擇醫學系，是否與紅磚醫院有某種形式的關聯？而且那個關聯，顯然和勇作想當醫師的原因不一樣，不僅是出於對紅磚醫院醫師的憧憬而已。

勇作腦海中浮現高中時代的記憶，最先想起來的是高二時發生在隔壁班的事。

「瓜生那傢伙，升上三年級之後好像要出國留學哦。」當時一名親近的朋友曾這麼告訴勇作。

「去哪留學？」

「聽說是英國，他要去一家聚集有錢人家少爺的明星高中，忘了叫什麼來著，說是要去待兩年，說不定大學也會念那邊的學校。眞是的，菁英做的事就是跟一般人不一樣啊。」

「就是說啊。」

其實勇作心裡五味雜陳。他對留學這件事並沒有特別感覺，晃彥家有足夠的財力供他出國留學，也必須讓他受那樣的教育；而勇作家既沒錢，也沒那個必要。這只是兩人家庭環境的差異，不是兩人本身的差異，勇作早就決定別把這種事放心上。

他遺憾的是，自己很可能在連一次都沒贏過晃彥的狀況下，就得眼睜睜看著對手離去。他一直不斷地努力想雪恥，但要是對手不在，從前的恥辱將永無洗刷的機會。

不過另一方面，他也覺得鬆了口氣。

那是終於拔除了眼中釘的感覺。只要晃彥不在，自己要在成績方面奪冠並非難事，而且他又可以和從前一樣在班上充分發揮自己的領袖特質了。

這兩種心情在勇作的心中交錯，連他自己也不確定內心究竟是怎麼想的。

撇開這件事不談，當時有一件事是可以確定的，那就是晃彥果然要繼承他父親的事業。

勇作不太清楚晃彥在那之前的升學方向。之所以這麼說，是因爲他們兩個從小學到高中都念同一間學校，晃彥顯然不想進入所謂的私立明星學校。在勇作的認知裡，有錢人家的公子千金應該都會念可直升大學的附屬學校。

然而晃彥和大家一樣爲升學考試而念書，並考上了當地公認最優秀的公立高中。據說曾有人問他爲什麼要那麼努力，他是這麼回答的：

「我討厭自己的人生掌握在別人手中，我只想做自己想做的事。」

也就是說，他不會對父母唯命是從。

勇作本來還心想，那麼晃彥就不會繼承那家公司了吧，還眞是可惜。

不過後來聽到留學一事，這表示晃彥還是決定繼承家業了，因爲從晃彥的個性來看，他是不會爲了做自己想做的事而亂花父母的錢的。

但最後晃彥出國留學一事卻是不了了之。二下時，這個計畫突然宣告中止。

「聽說是英國的學校不讓他入學哦。」之前的同一位朋友不知從哪裡打聽到小道消息，「你記得今年冬天他不是惹了個麻煩嗎？聽說好像是因爲那件事的緣故。」

那個麻煩，指的是晃彥曾無故缺席。他在寒假結束開學後不久，一整個星期都沒來學校上課，而且大家事後才知道，那一陣子他也不在家裡，換句話說，他失蹤了一星期。

大家都在傳他之所以無法去留學，就是因爲申請的學校得知了這件事。

但沒過多久，大家就曉得這不過是個無憑無據的謠言。晃彥無故缺席後回到學校上課的第一天，便告訴班導他不想出國留學。

爲什麼晃彥突然不去留學了？

他爲了什麼無故缺席呢？

這些疑問始終沒解開，勇作和同學們就這麼升上了三年級。

勇作就讀的高中規定學生升上三年級前須決定念文組還是理組，再依照個人的決定編班。

他選的當然是理組，當時他已經打定主意非統和醫科大學不念了。

勇作在指定的教室裡等候，同樣以醫學系爲目標的同學和想念工科的同學陸續進教室。他們學校是男女合班，但這個班級的女生只占了一成。理組和文組剛好相反，總是陽盛陰衰。勇作一想到從前的同學去念文組就會被一大群女生團團包圍，總覺得他們既令人羨慕又滑稽。

有個人來到勇作身旁，勇作下意識地抬頭一看，嚇了一跳，竟然是瓜生晃彥。勇作還以爲晃彥會進入身邊都是女生的文組班。

不曉得晃彥是否察覺勇作內心的訝異，他只是瞥了勇作一眼，然後冷冷地說了聲：「請多指教。」

「這裡是理組耶。」勇作試探性地說道。

「我知道。」晃彥將側臉對著勇作。

「你不是選文組嗎？」

晃彥的臉頰抽動了一下。「我希望你別擅自決定別人的升學方向。」

「你不是要繼承父親的事業嗎？」

「我說你呀，」晃彥一臉不耐地看向勇作，「可不可以不要管別人的閒事？跟你無關吧？」

兩人互瞪了好一會兒。至今到底出現過幾次這種場景了呢？

「是啊。」勇作別開了視線，「跟我一丁點關係都沒有。」

接著兩人又沉默了許久。

勇作嘴上說是毫無關係，心裡卻不可能不在意。晃彥為什麼要選理組呢？

他試著不著痕跡地向班導打聽晃彥想念的大學，老師只回說晃彥好像還沒決定。

入秋後，大部分的學生都決定了自己的志願學校，唯有晃彥的升學方向無人知曉，似乎連班導都沒聽到消息。

「因為他大概哪裡都進得去吧，根本沒必要這麼早決定。」勇作的朋友們說。言下之意是，瓜生晃彥應該不管報考哪間大學的哪個科系都會被錄取吧。

後來是年過了之後許久，瓜生晃彥才終於決定了志願學校。這件事飛快地在學生之間傳開，一方面是大家都好奇了很久，也因為那所志願學校實在是令大家跌破眼鏡。

他好像要報考統和醫科大學哦。——聽到這件事，最驚訝的大概就是勇作了。瓜生晃彥要當醫師？而且還是和自己報考同一間大學！

入學考試當天，勇作在考場遇見晃彥。勇作原本打算即使碰到也要裝作沒看見，但兩腳卻不聽使喚地朝晃彥走去，而晃彥也沒有擺出拒人於千里外的態度。

「考得怎樣？」勇作問。那時考完了國語和數學，當天還剩下社會一科，明天是自然和英文。

「還好嘍。」晃彥回答得很模糊，晃了晃頭之後問勇作：「你什麼時候開始想當醫師的？」

「中學的時候吧。」勇作回答。

「是嗎？眞早啊。」

「你呢？」

「嗯。是什麼時候開始的呢……」一陣冷風吹來，弄亂了晃彥的劉海。他邊將劉海撥上去邊說：「總之，人的命運在冥冥之中都已注定了。」

「什麼意思？」

「沒什麼。」他搖搖頭，「考試加油嘍。」

說完，他就回自己的考場去了。

這是勇作和晃彥在學生時代的最後一次對話。

當時瓜生晃彥身上肯定發生了什麼事，而那件事改變了他的命運。

——那件事，到底是什麼？

勇作從椅子起身。柏油路反射的陽光相當刺眼，他在庭園內兜了一圈之後，離開了這座從前的紅磚醫院。

一回到島津署，以西方警部爲首的專案小組成員正要離開會議室，感覺得出大家都十分緊張且亢奮。勇作的直覺告訴他，一定出事了。

「你們要去哪裡？」勇作一發現織田的身影，立刻抓住他的衣袖問。

織田一臉不耐，粗魯地回道：「瓜生家啦！」

「發現什麼了嗎？」

織田甩開勇作的手，臉上浮現一抹惹人厭的笑容，「白色保時捷和白色花瓣啊。我們要去抓瓜生弘昌。」

2

「爲什麼要抓他？」

玄關傳來亞耶子近乎慘叫的聲音。聽到這道哭喊，人在主屋客廳的美佐子和園子一同起身，女傭澄江也從廚房衝了出來。

她們跑到玄關一看，只見亞耶子擋在弘昌身前，與她對峙的是以西方警部爲首的數名刑警，而勇作也在其中。美佐子看到他時，他也瞄了她一眼。

「請你們告訴我，爲什麼要抓這孩子？他什麼也沒做啊！」

亞耶子微微張開雙臂護著弘昌，向後退了一步。美佐子明白了這是怎麼一回事——西方他們是來帶走弘昌的。

「弘昌先生是不是什麼也沒做，我們警方自會判斷。總之，我希望他能跟我們到警署一趟。」西方的語氣雖然溫和，卻有一股不容抗辯的意味。他的目光彼端是弘昌，而不是亞耶子。

「我不答應！有什麼事的話，麻煩你們在這裡講明白！」亞耶子激動地搖著頭，弘昌則是低頭不發一語。

「好吧。」西方誇張地嘆了口氣，「那麼，就讓我告訴您為什麼非要弘昌先生和我們到警署一趟不可。」

「好，我倒要聽聽你怎麼說。」亞耶子瞪著西方。

西方依舊不讓自己的眼神和她對上，開口問弘昌：「你平常都是開那輛白色保時捷去學校上課，是吧？」

弘昌像是吞了一口口水，喉結動了一下，然後含糊不清地回道：「是的。」

「命案發生的那一天也是嗎？」

「是……」

「好的。」西方點點頭，這才看向亞耶子說：「命案發生後，我們一直傾全力在打聽線索，結果我們找到了一名目擊者，據說當天白天在眞仙寺附近曾出現一輛白色保時捷。」

「眞是夠了……」亞耶子顯得哭笑不得，「居然因為那種小事就懷疑我們家弘昌！你們還眞是好笑，白色保時捷路上到處都是好不好！」

「不。」西方立即予以否定，「那款車並沒有低價到路上到處都是，雖然這部分見仁見智，不過，接下來的目擊證言還請夫人您聽聽，這下應該您也能明白了。那名目擊者還指出，那輛保時捷的椅套是紅色的，這一點與弘昌先生的車子完全吻合。」

亞耶子登時語塞，稍微轉頭望向躲在身後的兒子。聽到西方這麼說，她心中肯定升起了不安，而當事人弘昌則依舊是面無表情，蒼白著一張臉。

「說到這，您應該能了解我們爲什麼需要弘昌先生和我們去警署一趟了吧？好了，麻煩您讓一下吧。」西方擊敗對方，昂然地說道。

這時園子突然丟出一句：「二哥有不在場證明！」

四周的空氣彷彿因她那鋒利的語氣而顫動，所有人的視線集中在園子身上。

「二哥，你明明就有不在場證明！不是嗎？」她又說了一次。

西方一臉莫名其妙，「不在場證明？很遺憾，弘昌先生並沒有不在場證明。從中午十二點到下午一點這一個小時，他無法清楚交代行蹤呀。」

「一個小時是不夠的！」園子頂回去，「要犯案的話，人在學校的二哥必須先回家拿十字弓，不是嗎？要是回家一趟再趕去眞仙寺，一個小時根本來不及。」

她的眼神充滿了自信，連美佐子都不知道她爲什麼能夠如此言之鑿鑿。但西方只是盯著園子的雙眸，重重地嘆了一口氣之後，微微搖頭說：「我很清楚妳爲什麼能夠如此斷言，不過遺憾的是，我們早就拆掉防火牆了。」

「什麼防火牆？」出聲的是亞耶子。

於是西方看著亞耶子說道：「當我們開始懷疑弘昌先生時，不在場證明當然成了問題。誠如園子小姐所說，只有一個小時是不可能犯案的，所以一定是用了什麼障眼法。我們簡直是想破了頭，後來才察覺我們可能一開始就想錯了。那支箭的確是插在被害人的背上，而且那支箭也是與那把十字弓成套的沒錯，但這並不代表那支箭就一定是從那把十字弓射出的吧？」

美佐子與亞耶子都驚愕地闔不攏嘴，但弘昌與園子似乎沒那麼訝異。

「仔細一想，手法其實很簡單。只要像這樣握住箭……」西方握拳，向前用力刺出，「或是像使用刀子當凶器一樣從背後捅下去，根本不需要用到十字弓。換句話說，弘昌先生那天只帶了一支箭出門。當然在那之前，他必須先讓家裡有人知道十字弓仍收在書房裡，這只是個很簡單的障眼法。」

「請問，在須貝先生遇害的現場附近，有沒有找到十字弓呢？」女傭澄江站在美佐子身後，越過她的肩膀發問。美佐子回頭一看，只見澄江的臉色一片慘白。

「找到了，就在距離命案現場不遠的地方。只不過，」西方說：「東西是到隔天才冒出來的，所以兇手可能是在犯案當天晚上才拿出去丟棄。」

澄江低喃著：「怎麼會這樣……」聲音中帶著深沉的悲愴，美佐子不禁再度望向她。

「可是……可是，這麼一來不是很奇怪嗎？那天一發現了屍體，你們警方馬上就趕來這裡確認十字弓在不在，而當時十字弓確實不見了啊。」亞耶子拚死抵抗。

但西方似乎早就料到她有此一著，才聽她說到一半，就閉起眼搖著頭。「那也很簡單，只要有人趕在警方來之前將十字弓藏好就行了。」

「誰會那麼做！根本不會有人——」亞耶子話說到一半，回頭看向園子，「是妳嗎？妳那天學校早退回家來，就是爲了這個？」

「不是啦！妳別亂說！」園子泫然欲泣地喊道：「你們有什麼證據！這都是你們的胡亂臆測罷了！」

這時，西方竟露出了微笑，像是打出撲克牌的王牌似地，他從西裝外套內袋拿出一個塑膠袋。

「你們知道這裡頭裝的是什麼嗎？這是命案發生隔天，我在這個玄關發現的白菊花花瓣。由於我們前一天已徹底檢查過當時在府上所有關係人的鞋子，那時候地上並沒有這種東西，唯一的可能就是在我們收隊之後，回到這個家的某人去過某個有白菊花的地方，花瓣給黏在鞋子上帶了回來。符合這樣時間條件的，只有晃彥先生和弘昌先生兩人。那麼，什麼地方有白菊花呢？」

說到這，他再度將手伸進西裝外套的口袋，拿出來的是一張照片。

「這是須貝先生遇害現場的照片。只要仔細看，不難發現照片中拍到了死者腳邊的白色花瓣，因爲當時供奉在墓前的白菊花散落一地。於是我們試著將在府上玄關撿到的花瓣與命案現場的花瓣進行比對，結果發現，兩者是在相同條件下生長的同一種花。也就是說，晃彥先生和弘昌先生兩人其中之一，曾經到過命案現場。」

西方脫下鞋走進屋裡，站到低頭躲在亞耶子身後的弘昌跟前。

「我們也調查了晃彥先生的不在場證明，但不管怎麼想，他都不可能有充分的時間犯案，這麼一來，可能涉案的人就只剩你了。請你說實話吧，事到如今，你再怎麼抵賴也只是白費力氣了。」西方的聲音響徹屋內。

在眾人屏息注視下，弘昌緩緩轉頭看著西方，然後像尊人偶似地，面無表情地低聲說道：「你們猜錯了。」

「猜錯了？什麼意思？」西方難掩焦躁，不由得高聲問道。

弘昌潤了潤嘴唇，以真摯的眼神看著西方。

「我是去過墓地沒錯，但兇手不是我。我到墓地的時候，那個人已經被殺了。」

3

回到島津署後，由西方親自對弘昌重新展開偵訊，之後再根據他的口供對園子等幾名關係人問話。

勇作在會議室裡待命，一邊整理陸續收到的資訊。有的刑警樂觀地覺得弘昌應該就是兇手了，但勇作很肯定事情絕對沒那麼簡單。

如果弘昌的口供屬實，可確定曾發生下述事情：

瓜生直明的七七那天晚上，弘昌首次看見那把十字弓。當時弘昌心中尚未萌生殺人念頭，他只是認爲，要殺人的話，那說不定是一件好用的簡便武器。

他決心殺人是在隔天。

那一天，他打算下午再去學校，於是早上在自己房裡看書。

他在二樓洗手間上完廁所要回房間時，聽到玄關傳來聲響，他馬上就知道來者何人了，是父親生前的祕書尾藤高久。

不久傳來亞耶子的聲音，那和她平常說話的語調不同，多了點亢奮。尾藤問：「只有妳在家嗎？」她回答：「嗯，園子和弘昌都去上學了。」

弘昌站在樓梯口心想，母親應該誤會了，因爲這天吃完早餐後，他們母子倆一直沒碰到面，她才會以爲弘昌也去上學了。

見兩人打算上來二樓，弘昌躡手躡腳地回自己房間，屏息聽著門外的聲響。亞耶子和尾藤似乎從他的房前經過，進了亞耶子的寢室。

弘昌不是完全沒察覺母親與父親前祕書的關係，只是他不願意承認自己深愛的母親和丈夫之外的男人沉溺於愛慾之中，所以至今刻意視而不見。

他想像著母親寢室裡正在上演的戲碼。宅邸每間房間都有相當不錯的隔音設備，整個家裡鴉雀無聲，即便如此，弘昌覺得似乎還是聽得見母親將慾望表露無遺的喘息與床鋪發出的咿啞聲響。

不知過了多久，他走出房間，悄聲朝母親的寢室走去，然後跪在門前，右耳貼上門板。

「……不行啦。」

是亞耶子的聲音。那聲音太過清晰，弘昌一時還以爲她是在對自己講話。

尾藤說了什麼，但聽不見。

「因爲那又不是我的東西嘛。」

又是亞耶子的聲音，接著是尾藤說話，但他的聲音低沉，傳到門這一頭就糊了。

雖然不知道他們在講什麼，但就弘昌聽到的片段，都是大出他意料之外的事情。那兩人應該是完事後在閒聊吧，弘昌和方才一樣悄悄地回到自己房間。

接著又過了一會兒，傳來亞耶子和尾藤走出房間的聲響。弘昌將房門打開一條細縫偷看外面。從聲響聽起來，家裡似乎又來了一名客人，是須貝正清。

須貝正清和尾藤的談話聲音愈來愈近，弘昌只好關上門。亞耶子好像沒有在這兩個男人身邊。

他們在弘昌房前停下腳步，但他們的目標應該是對面的書庫。

「那女人搞定了吧？」須貝正清問道。

弘昌不喜歡「那女人」這種說法，他知道須貝指的肯定是亞耶子。不過，「搞定了」

是什麼意思？

「可是，拿走不太好吧？」

這是尾藤的聲音。

「管他的，拿走就是我的了。」

「可是……」

「別囉哩囉嗦了，你給我去抱那女人就對了。那種笨女人只要有人抱，什麼事情都會唯命是從。」

尾藤沒有回嘴，不知是同意還是無法反駁。

但是隔著一扇門聽著兩人對話的弘昌，卻是一肚子火。從兩人的說話口吻聽來，尾藤之所以勾搭上亞耶子，似乎是爲了讓她乖乖聽話。而且從他們的談話內容看來，幕後操縱者正是須貝正清。

不久，亞耶子上來二樓，和兩個男人一同走進了書庫。

十多分鐘後，弘昌才又聽見他們的聲音。

「你眞的會馬上還我吧？我不想再做出對不起這個家的事了。」

「妳放心，我們社長不會食言的。好了，妳先到樓下休息吧。」

在尾藤的催促下，亞耶子下了樓。過沒多久，傳來開門的聲響。

「看，我說的沒錯吧？她還不是乖乖聽話了。」須貝正清的聲音中帶著笑意。

「可是社長，還是馬上還回去比較……」

「你不用管這部分。我說過了，你要做的事就只有和那個慾求不滿的寡婦上床。那女人願意爲你赴湯蹈火在所不辭，你看看，她不就是這麼背叛孩子和死去的先生嗎？」

「所以我心裡……很不好受。眞的很不好受。」

須貝正清一聽，低聲笑了出來。「你沒必要內疚。那女人雖然有點年紀了，你就忍耐著點，好好撫慰她寂寞的心靈吧。」

就在這一瞬間，弘昌的心中湧起了殺人的念頭。自己最珍視的母親和父親之外的人發生關係，的確令人反感，但是一個巴掌拍不響，男女之事雙方都有責任，所以弘昌不曾想過要殺死尾藤。

但是他無法原諒須貝正清利用這層關係將亞耶子的心玩弄於股掌間，加上須貝還視亞耶子爲蕩婦，弘昌胸中燃燒的怒火燃燒得更是熾烈。

他決定要殺死須貝正清。

入夜後，他先穿過露臺到屋外，佯裝剛放學回來，從玄關進屋。亞耶子笑著迎接他，弘昌只覺得她的笑容非常骯髒。

由於隔天就要將瓜生直明的藝術品分給親戚了，這天晚上必須爲此準備。幫忙搬完畫作之後，弘昌叫了園子到自己的房間。

「爸之所以會病死，還有媽之所以會變成那樣，都要怪那個男人！」

弘昌告訴園子早上發生的事。園子似乎和哥哥一樣，大受打擊。

「我要報仇，我要殺掉那個渾蛋！」

「可是，要怎麼做？」

「我還在想。」

弘昌打算在須貝正清週三去掃墓時，直接以那把十字弓的箭襲擊他，只要握住箭往他背上一刺，警察肯定會以爲箭是從十字弓射出的，進而推論無法偷到十字弓的人不可能犯案。

「那麼你要我怎麼做呢？」園子問。

「我希望妳一樣去上學，然後中午之前早退回家，幫我把書房裡的十字弓藏起來。這麼一來，警方應該會以爲十字弓被兇手偷去犯案了。」

「好，我知道了。」園子簡短地答應了，眼神中閃爍著異常的光采。

隔天早上，弘昌拿紙把箭包起來再放入袋中，準備去上學。遇見園子時，他問她：「妳下定決心了嗎？」她回答：「是的。」

其實弘昌整個上午根本無心上課。即使已經決定下手了，還是不時感到害怕。弘昌叫自己別猶豫，再說在課堂上心不在焉是很危險的，要是之後警方走訪調查問到同學關於他這天的表現，同學照實回說覺得他有些恍神，難保警方不會懷疑到他頭上。

弘昌表面佯裝平靜，直到中午來臨，他確定大家都出去吃飯之後再溜出學校。他今天沒吃午飯，反正也沒食慾。

開車到眞仙寺花了大約二十五分鐘，弘昌將車停在不顯眼的路旁，步行前往墓地。雖然無法保證一路上不會遇到人，但他絕不能被人記住長相，所以他刻意保持低調，一副若無其事的模樣走著。

幸好抵達墓地的這一路上沒有遇到任何人，弘昌暗忖，眞是走運。沒問題的，這個計畫一定會順利成功。

這處墓地並不算寬闊。弘昌打開紙包取出箭來，緊握著箭，愼重地舉步前進。須貝正清說不定已經到了。

他一邊觀察四下的狀況一邊前進，就在經過一座墳墓旁邊時，他差點驚叫出聲。因爲眼前是一幕詭異至極的景象——一個男人緊抱著一座墓碑。

他馬上就察覺那個人死了，而且，是他非常熟悉的人。

他提心吊膽地接近屍體。沒錯，這個男人正是他打算手刃的須貝正清。

弘昌往後退了一步，他不知道究竟發生了什麼事，而且更令他驚愕的是插在須貝正清背後的東西。那正是弘昌選來做爲凶器的十字弓的箭，和他此刻拿在手裡的東西一模一樣。

——怎麼會有這麼巧的事……

弘昌拔腿狂奔。不管怎樣都得先離開這裡，其他的事之後再想。

他將箭包回紙裡挾在腋下，從來時路折回去。必須趕快離開這裡，而且不能讓任何人發現。沒想到距離自己停車處的路程，竟是如此遙遠。

弘昌偷偷摸摸地回到學校，跑去學生餐廳喝了杯茶，剛好是午休時間結束的時刻，應該沒人注意到他這段時間的行蹤。

——不過話說回來，那究竟是怎麼回事？

他愈想愈覺得不可思議，而且心裡頭很不是滋味，居然被人搶先一步，而且，對方用的也是十字弓的箭。

無論如何，當務之急就是處理掉箭。要是被人知道自己身上帶著這種東西可就百口莫辯了。於是他以石頭敲折箭柄，將箭折成一小團，扔進了不可燃垃圾的垃圾箱裡。

——對了，園子……。不知道園子那邊的情形怎麼樣了？

弘昌佯裝對於須貝身亡一事毫不知情地回到家，家中果然已經亂成一團。弘昌直到和園子獨處時，才將事情和盤托出。

「怎麼會這樣？其實我今天進入爹地的書房時，十字弓已經不見了，我怎麼都找不到。就在我急得要死的時候，警察打了電話來說那個人死了，我還以爲是你下的手呢。」

「不是我。有人搶先我們一步偷走了十字弓和箭，再用那個殺了須貝正清。」

園子手抵著額頭說：「眞是令人不敢相信，竟然會發生這種事……」

「我也被嚇到了。」弘昌搖著頭說：「不過想想，說不定這樣反倒好。」

「嗯……」園子明白哥哥的心情，點頭道：「我也覺得這樣比較好。我在學校的時候就在想有沒有辦法停止這個計畫，畢竟殺人是不對的，就算出發點是爲爹地報仇……」

「沒錯。」弘昌說。

但是對他們兄妹倆而言，這起命案並非與他們無關，即使須貝正清是別人殺的，仍不改他們計畫殺人的事實，所以他們必須隱瞞這件事。於是他們決定按照原定計畫，向警方主張自己的不在場證明，而且實際上，弘昌的確沒有時間回家拿十字弓。

勇作認爲這份口供屬實，一方面他也希望弘昌說的是實話。勇作相信在這起命案的背後，一定隱藏著一個更重大的謎底，能夠一窺瓜生家不爲人知的祕密。要是以少年少女一時的感情用事殺人而草草了結這起命案，他可不甘心。

警方已經聽取完尾藤和亞耶子兩人的證詞了，據口供指出，他們是在瓜生直明倒下後過了一陣子才開始走得比較近，似乎是因爲尾藤負責與公司方面聯絡，往返瓜生家和公司之間，雙方漸漸被彼此吸引。

「不過，我們眞的只是單純地喜歡彼此，並沒有什麼不良意圖。我雖然對瓜生前社長感到很抱歉，卻無法壓抑對夫人的愛慕之情。」尾藤對負責聽取證詞的刑警這麼說。另外關於弘昌偷聽到的內容，他的解釋如下：

「須貝社長發現了我和夫人的事，想要加以利用。瓜生家手上應該握有第一任社長傳下來的舊資料夾，須貝社長命令我設法將那東西弄到手。我問過夫人，可是她說她不曾見過那樣的東西。不過，前幾天晃彥先生在處理前社長藏書的時候，我發現書庫裡有一個舊保險櫃，我猜東西一定在那裡面。結果我一向須貝社長報告，他馬上表示想一窺究竟。夫人不願意擅自開啓保險櫃，但我還是說服她幫我們打開了，保險櫃裡果然放著須貝社長所說的舊資料夾。我沒有翻看裡面的資料，不過我瞄了一眼，好像看到封面寫著『電腦』(*1)兩字。」

勇作對這段口供非常感興趣。當中出現的「舊資料夾」，肯定就是須貝正清的妻子行惠看到的東西。

至於向亞耶子聽取證詞的工作，則是由織田和勇作負責。亞耶子聽說弘昌是因爲自己而起了殺意，終至遭到逮捕，大受打擊之下哭個不停，而對於警方的詢問也回答得相對乾脆。

「關於那個保險櫃的開法，我是很久以前偶然得知的。」她以手帕抵著眼睛，「有一次我有事進書庫，看到保險櫃上頭放著一本記事本，寫的好像是轉盤鎖的密碼，我想大概是外子忘了收起來，於是抱著半好玩的心態試著打開保險櫃，發現裡面只放了一本舊資料

*1 日語中提到電子計算機，大多以外來語「コンピューター」（即computer）稱呼，而非臺港所慣稱之「電腦」，是到後期才有此漢字名稱出現。故此處的「電腦」兩字應該意指該舊資料夾內容爲與「電」及「腦」相關資料。

夾。我不喜歡家裡有我打不開的東西，於是我就將那本寫了密碼的記事本藏到梳妝檯後面去了。」

至於她和尾藤之間的關係，她則是消極地承認了。尾藤拜託她打開保險櫃，她雖然猶豫，還是答應了，整個過程和尾藤的口供一致。

「尾藤先生說他想看看外子留下來的資料，但他似乎也不清楚是怎樣的資料。我遲疑了一陣子，心想反正也不是什麼壞事，就開了保險櫃。他說要帶走資料時，也承諾我馬上會還回來，我才答應的。」

說到底，亞耶子的所作所爲都是因爲喜歡尾藤，換句話說，這全都在須貝正清的計算之中。

須貝正清不惜大費周章，玩弄這種下流手段也要弄到手的那份資料，究竟是什麼？勇作確信那就是引發這起命案的導火線。

——「電腦」？到底是怎麼回事？

尾藤說他看到那本資料夾的封面寫著「電腦」兩字。在中文裡，電腦指的是computer，這種說法最近也在日本流行起來，但考慮到那本資料夾的年代，這兩字指的應該不是電子計算機。

勇作突然想到一件事，於是出了會議室步下樓梯，一樓會客室裡有一支公共電話。他邊掏出電話卡，邊朝電話走去。

拿起話筒，他留意著四周，按下數字鍵。不知道是不是緊張的關係，握住話筒的手微微冒汗。

響了三聲之後，電話接通了。

「您好，這裡是瓜生家。」

對方的聲音很沉穩。勇作報上姓名後，頓了頓才說：「上次不好意思打擾了。現在只有妳在家吧？」

「嗯，是的。」美佐子回道。

勇作撥的是別館的電話號碼。

「他……，瓜生回來了嗎？」

「剛回來，在主屋。」

勇作心想，這通電話打得正是時候。

「我有事情想問妳，是有關瓜生的事。」

「什麼事呢？」

「我問妳，瓜生爲什麼不繼承父業，要跑去當醫師呢？而且還專攻腦醫學，爲什麼？」

美佐子沉默了好一陣子，勇作的眼前浮現她一臉困惑的神情。

「你這問題還眞怪，」她說：「和這次的案子有關嗎？」

「細節我現在還不能說，但我想，說不定有關係。」

美佐子再度沉默了。或許她正在思考會是什麼樣的關係。

「弘昌呢？」

「跟他無關。這起命案的背後有更大的祕密。當然，等到眞相大白，我會全部告訴妳的。」

美佐子還是沒回應，話筒只傳來她的呼吸聲。

「抱歉，」隔了好一會兒，總算聽見她的聲音，「我無法回答你這個問題，因爲我完全不知道他心裡在想什麼。」

她的口吻聽來有點自暴自棄。

勇作將話筒緊緊壓在耳朵上。「那麼，這次的案件和他的工作有沒有任何關聯呢？譬如須貝正清是不是曾經對他提到關於醫學方面的事？」

「我想應該沒有……」美佐子似乎眞的毫無頭緒，但隔沒多久，勇作聽見她輕呼了一聲。

「怎麼了嗎？」勇作立即問道。

「嗯，雖然這可能沒什麼大不了的，」她接著說：「我想起一件事。我公公的七七那天晚上，我聽到須貝先生和外子的談話，他們聊的內容很奇怪，須貝先生好像很希望外子在工作上助他一臂之力，外子問他：『延攬醫師幫忙也沒用吧？』結果須貝先生回說：

『你並不是普通的醫師呀。』

「『你並不是普通的醫師』？」這對話的確很怪。不是普通的醫師？那會是什麼呢？

「他們還有沒有說什麼？」

「印象中比較奇怪的就是這一點了……」

勇作感覺美佐子似乎正歪著頭思索，過了將近一分鐘，她才再度開口：「對了，他們聊到須貝先生去找過某所大學的教授，我記得是一所很有名的私立大學。我想想，是哪一間來著？」

勇作念了好幾所大學的名字，當他說到「修學大學」時，美佐子有了反應。

「沒錯，就是修學大學。他去找了那所大學的一位前田教授。」

「須貝先生去大學找人吶……」勇作低喃著。

他向美佐子道謝，掛上電話，緊接著又拿起話筒，打電話到查號臺詢問修學大學的電話號碼，然後按下電話按鍵。

「您好，這裡是修學大學。」一個中年男人渾厚的聲音響起，大概是警衛吧。仔細一想，此時並不是有女職員會接電話的時段。

勇作報上姓名與職稱後，感覺男人回話的語氣有了些許變化，「是，請問有什麼事嗎？」

「我想請教幾件事情。不知道貴大學有沒有一位前田教授？」

「我找找，請您稍等一下。……啊，前田教授是嗎？他今天已經下班了哦。」

「沒關係。請問那位前田教授是什麼科系的老師呢？」

「我看看……。是醫學系。」

勇作感覺手心微微冒汗。果然沒錯。

「請問，你知道前田教授從事哪方面的研究嗎？像是癌細胞或是病毒之類的？」

勇作話還沒說完，就聽見對方的苦笑。

「不好意思，那部分我眞的不清楚呀。啊，不過我查一下課表的話，倒是可以知道他上了些什麼課。」

「那就麻煩你了。」勇作望著電話卡剩下的額度說道。還有一點時間。

出乎意料地，對方很快有了答案，「我只找到一堂課耶，不過授課內容是什麼我不清楚，課名是『神經心理學』。」

「神經心理學？」

勇作握著話筒，在心中複誦這個陌生的辭彙。

第五章
唆使

1

亞耶子從警署回來，整個人彷彿在幾小時內老了十歲，眼睛下方出現黑眼圈，皮膚也失去了彈性，似乎是哭得太過頭而脫水，但她的眼淚沒有乾涸，美佐子一喚她，她的淚水便又像潰了堤似的，整個人癱坐在沙發上。澄江輕輕將毛毯蓋上她的背。

「太太，沒事的。少爺他一定……，嗯，他一定會回來的，心地善良的少爺是不可能殺人的。」澄江也哽咽地說道。

美佐子知道，澄江自從聽完弘昌的供述，就一直躲在廚房裡暗自啜泣。

晃彥看到亞耶子回來了，從剛才就一直在家庭式吧檯旁喝著白蘭地的他，拿著酒杯走過來，「媽，要哭待會兒再哭，先把事情交代清楚。妳告訴我，為什麼弘昌會遭到逮捕？弘昌說了什麼？還有警察問了妳什麼？妳又是怎麼回答的？」

「老公，你何必挑這個時候……，要問也等媽稍微平靜下來再問啊。」美佐子從沙發起身對丈夫說道。

晃彥狠狠灌了一大口酒，眼神嚴厲地說：「要救弘昌就得盡早想辦法，要是遲了，之後才後悔說要是那時那麼做就好了、起碼該這麼做什麼的，有什麼用？」晃彥說著朝亞耶子走近一步，「媽，說吧，把事情全都交代清楚，不然無從研擬對策。」

亞耶子顫動的背漸漸平靜了下來，她抬起頭對著晃彥，臉上的妝都哭花了。「你救得了弘昌嗎？」

「那就得看媽的表現了。」晃彥說完，要美佐子再倒來一杯白蘭地，然後將酒杯遞給亞耶子。

透過酒精的力量，心情稍微平復下來的亞耶子開始娓娓道出在島津署裡的對話。她先從弘昌的犯罪計畫講起，說他們兄妹原先是打算不用十字弓、只用箭殺害須貝正清。

「這麼說來，弘昌並沒有拿走十字弓嘍？」

「嗯，應該是。」

「我明白了。他居然想出那種花招……」晃彥神情痛苦地皺起眉頭，像是在思考什麼，接著提出了一個疑問：「可是根據傷口的狀況，警方難道無法判斷箭是以十字弓射出還是用手握箭直接戳入嗎？」

「警方說他們接下來會調查這部分，不過刑警先生說，大概很難斷定傷口是由當中哪種方式造成的。」亞耶子抽抽噎噎地回答。

「我知道了。那麼，弘昌他們的動機是什麼？」

亞耶子一聽，神情猶豫地低下頭，但隨即抬起頭來，說起命案前一天自己讓尾藤和須貝正清進來家裡的事。當然她也提及了自己和尾藤高久的關係，由於都到了這個節骨眼，晃彥等人也沒必要裝作初次聽聞此事了。

亞耶子坦白說，自己受尾藤所託，打開了瓜生直明的保險櫃。

「那個時候，我壓根不曉得弘昌就在隔壁房間偷聽，我一心以爲那孩子去上學了。」

美佐子聽到這，想起了一件事。那天須貝正清來家裡時，停車場裡的確停著弘昌的白色保時捷，她記得自己當時還覺得眞稀奇，弘昌居然沒開車去上學。

「也就是說，弘昌之所以想殺害須貝先生，是因爲不甘心媽受人侮辱。對吧？」晃彥再次確認。

「是……」亞耶子無力地點頭。

「關於須貝先生想要拿走的資料……，也就是保險櫃裡的東西，弘昌知道多少？」

「這我就不清楚了，不過我想他應該不知情。因爲尾藤先生也說，須貝先生什麼都沒告訴他。」

「這樣啊……」晃彥將手抵著下巴，像在思考什麼。

「收在保險櫃裡的資料是什麼呢？」美佐子問。

「不知道。我之前曾瞄過一眼，好像是跟公司有關的東西，說不定是瓜生家掌握公司實權所需的東西吧。可是事到如今就算落到須貝先生手上，對大局也不會產生多大的影響，反正那跟這次的命案沒有直接關聯就是了。」晃彥露出一臉對保險櫃的內容物不感興趣的表情。

然而美佐子看著他的表情，卻覺得他心裡想的不是那麼回事。這時，美佐子想起了一件事，不禁輕叫出聲。

晃彥看向她，「怎麼了？」

「不，沒什麼。對不起。」她慌忙搖頭。

——爲什麼到現在才想起來呢？

美佐子想起了命案前一晚的事。當晚搬完瓜生直明的藝術品之後，從書庫裡出來的晃彥問美佐子一句：「今天誰來過嗎？」當時美佐子回答說須貝先生來過，晃彥一聽，神情變得非常嚴肅。

——他當時就知道保險櫃裡的資料被拿走了，而那份資料，絕對不是無關緊要的東西。至少，對他而言不是……

美佐子看著晃彥的側臉，見他擺出一副爲了救弘昌而努力思考對策的神情，美佐子不禁感到一陣涼意竄過背脊。

她想逃離客廳，逃離這令人窒息的氣氛，於是起身說：「我去泡個茶過來。」但就在這時，門鈴響了。澄江接起對講機，原本輕聲應對的她突然高聲說道：「什麼？小姐回來了？」

第一個起身的是亞耶子，然後美佐子等人跟在她身後匆匆趕往玄關。

亞耶子一打開玄關門，就看見由警察陪同迎面走來的園子。園子一看到亞耶子，馬上衝向她的懷抱。

「媽咪……，不是二哥啦！人不是二哥殺的！」

「嗯，我知道、我知道。」亞耶子頻頻撫著哭個不停的女兒頭髮。

警方將弘昌送進拘留所，但認爲沒有必要拘留園子，於是放她回家了，只不過今後對瓜生家的監視將變得更加森嚴吧。

亞耶子想讓女兒早點上床休息，晃彥卻不允許，他的語氣比對待亞耶子時更爲嚴厲，反覆詢問園子細節的部分。

「弘昌看到須貝先生的屍體，什麼也沒做就直接折返了。是嗎？」晃彥執拗地確認。

園子垂頭喪氣地點頭。

「妳放心，警方一定很快就會弄清眞相，畢竟弘昌的供詞沒有任何牽強的地方呀。」美佐子安慰小姑，事實上她的確認爲弘昌的說詞合情合理，但晃彥的表情依舊嚴肅。

「供詞內容牽不牽強，對警察來說都一樣。」晃彥冷冷地說：「要是只因爲供詞合理就相信嫌犯沒犯罪，就不會有人被逮捕了。警方只相信證據。」

「我沒有說謊啊！」園子哭紅的雙眼瞪向晃彥。

「我說的是，如果證明不了弘昌是清白的，一樣是白費工夫。不，搞不好警方認爲園子的供詞足以採信，因爲她只是忠實轉述從弘昌那裡聽來的話。」

「你的意思是，園子也被弘昌騙了嗎？」亞耶子尖聲說道。

「我只是說，警方說不定也考慮到了這種可能性。他們會放園子回來，顯然還是認爲弘昌的口供才是關鍵吧。」晃彥再度直視園子的眼睛說：「妳再仔細想想，有沒有什麼足以佐證弘昌供詞的證據？能夠救他的，就只有妳了啊！」

聽到晃彥半威脅的口吻，園子不由得縮起了肩，睜大水汪汪的大眼睛，視線在空中游移，一副拚命思考的神情。美佐子知道園子眞的很想救弘昌。

但最後園子還是雙手抱頭，相當苦惱似地用力搖著頭，低吟道：「不行，我什麼也想不出來，我……我只知道二哥眞的沒有說謊啊！」

亞耶子不捨地抱住女兒，「沒事了，小園，已經夠了，都怪媽不好。晃彥，你放過她吧，今天晚上就問到這裡，讓她去休息了，好嗎？」亞耶子懇求。

晃彥臉上閃過一絲痛苦，拿著白蘭地酒杯默默地站了起來。亞耶子當他同意了，於是摟著園子的肩走出了客廳。

美佐子望著丈夫的背影，只見他將手肘靠在吧檯上，一逕沉默不語。

2

由於弘昌的口供中提到，須貝正清曾經從瓜生家的書庫拿走資料，於是隔天早上，織田與勇作受命前往UR電產總公司調查那些資料是否在公司裡，以及內容爲何。

「我是覺得沒必要費心調查那種東西啊。」在公司正門領取訪客單後，織田意興闌珊地說道。

「可是我們必須證實口供的內容吧。」

「我的意思是，要取得證實並不容易，何況就算證實了也無濟於事，這件案子的重點在於實際下手的人是不是瓜生弘昌呀。」

織田在西方面前明明答應得很爽快，現在卻大發牢騷，大概是覺得這是件吃力不討好的工作吧。勇作決定不理會他，因爲對他來說，調查須貝正清拿走的資料可是當務之急。

UR電產的辦公大樓是一棟米白色的七層樓建築，進到正門玄關後，左手邊是寬敞的大廳。勇作往大廳前方的櫃檯走去，櫃檯後方並肩坐著兩名一身橘色制服、五官秀麗的櫃檯小姐。

勇作對小姐說已約好要見松村常務，但只有報上自己和織田的姓氏，沒有交代是警察，因爲先前致電松村約碰面時，松村特地交代了這一點。

之所找上松村顯治問話，是因爲聽說他是瓜生派中唯一沒有變節的人。勇作推測，像松村這樣的人，說不定會曉得瓜生直明如此珍視的資料爲何。

櫃檯小姐以公司內線通知後，請勇作他們到五號會客室等候，那是大廳後方成排會客室當中的一間。

「這裡簡直就是飯店的大廳嘛，要是能在這樣的公司工作，不如考慮當個上班族好了。」織田邊走邊仔細地觀察四周。

「這些應該都只是門面吧。」勇作說。

兩坪半左右的小會客室裡，只擺了一套簡單的待客用沙發組。兩人等了五分鐘左右，傳來敲門聲，開了門出現的是一名臉圓體形也圓、看起來敦厚老實的男人。

「二位好，我是松村。」男人說著拿出名片。

「不好意思，在您百忙之中前來打擾。」勇作說。

「沒關係的，反正我也不忙，倒是你們辛苦了，命案調查得如何呢？我相信你們應該不會逮捕了弘昌先生就宣布破案吧。」

看來松村已經知道弘昌的事了，相當主動地關心案情。他好像頗擅言詞，另一方面，從他稱呼瓜生弘昌的方式來看，可見他和瓜生家的關係之深（*1）。

「當然還沒破案，接下來才要深入調查呢。」織田回道：「不過我們既然拘留了瓜生弘昌，就表示我們握有相當的證據。總之，我們目前正根據瓜生弘昌的口供急著確認一些事情，這也是我們今天來訪的目的。」

「原來如此，我想也是。」

「首先我們想確認的是，聽說須貝先生從瓜生家拿走了某項資料，您曉得這件事嗎？」

*1　日本人一般稱呼對方的姓，等到彼此關係較親密之後，才可能稱呼對方的名。

一旦出現查訪對象，原本幹勁缺缺的織田便將勇作晾到一旁，自顧自開始問話。他這個人不論什麼事情，都要由自己領頭才甘心。

織田先將事情經過說明一遍之後，問松村：「如何？您印象中是否存在那樣的資料呢？」

「這個嘛……」松村盤起胳臂，鼓著臉頰，「我從沒聽過那種東西的存在，會不會是哪裡弄錯了？」

「可是須貝先生確實從瓜生先生的保險櫃裡拿走了東西。」

「但是，」松村依舊否認，「我也曾看著那個保險櫃打開過一次，裡頭存放的文件並沒有什麼大不了的，我不認爲那是須貝社長拿到手會開心不已的東西呀。」

「無論如何，能不能請您先告訴我們裡面收著的是什麼樣的文件？」

「告訴你們倒是無妨，不過你們知道了一定會很失望吧。嗯……，裡面有過去的總結算報表、員工名簿，還有……」

勇作和織田共同將松村念的項目記錄下來，但勇作愈寫愈覺得沒意義，記到一半便停下了手，望向眼前這名矮胖男人的臉，但是從表情看不出這個人是眞的什麼都不知道還是在裝傻。

「嗯，我想大概就是這些了。」松村說完後，將雙掌交疊在啤酒肚前。

「還有沒有其他的？」織田問。

「很遺憾，我只記得這些了。」

「那麼您知不知道有一份資料，上頭寫著這個名詞——」勇作插嘴道：「『電腦』。電氣的電，腦髓的腦。您有印象嗎？」

「喔……」松村的表情依舊，回道：「『電』和『腦』嗎？『電腦』指的是computer吧？唉呀，我對這方面一竅不通。」

「您眞的沒有印象嗎？」

「這種狀況，應該還是回答『沒聽過』才對吧？當然啦，如果您指的是computer的『電腦』，我倒是在很多場合都聽過。」松村面露微笑。

勇作盯著松村交疊在啤酒肚前的雙掌。剛才松村聽到「電腦」二字時，勇作看見他的指尖抽動了一下。

「看來這部分，您是不清楚了。」織田接著說：「但我認爲須貝社長確實是想拿到某項資料好執行某個計畫。您有沒有聽他說過最近打算投入什麼新的事業領域呢？」

「我沒聽說。」松村平靜地說：「須貝社長應該在考慮許多事情，但我沒聽到任何具體的計畫。」

「一點風聲也沒有？」

「完全沒有。」松村微微仰起頭，以鼻孔對著兩人斷然道。

織田和勇作這下也不好逼問了，一時兩人都沒了聲音，反倒是松村先開口：「對了，你們警方應該會還給弘昌先生清白吧？我今天早上打電話去瓜生家和他們聯絡過了，就我所知，你們根本沒有證據斷定弘昌先生就是兇手呀。」

「他本人已經承認他有殺人念頭，而且曾經到過命案現場。」織田說：「不過，他說他抵達現場時，須貝先生已經死了。這種事情只要稍微動動大腦，就能知道是眞是假了吧。」織田說。

松村靠上沙發椅背，「眞相可是比小說還懸疑吶。」他刻意以戲劇性的語調說了這句，接著說：「弘昌先生根本不可能不用到十字弓、直接握箭行刺的。對方可是精通武術的須貝社長，只要有人試圖接近他，馬上就會被他察覺了。」

專案小組中也有人提出這樣的意見，勇作也同感。

「但是，我認爲以墳墓作掩護，偷偷接近須貝先生，也不是不可能的呀。」織田反駁。

松村搖搖頭，「即便有掩護，也絕對不可能欺近須貝社長身邊的。何況弘昌先生並不是動作敏捷的人，要是即將下手之際被社長發現，當場就玩完了呀。兇手肯定是躲在墳墓後方瞄準社長的背後放箭，你們還是朝著這個方向偵辦比較實在吧。」松村以食指指著織田，擺出射擊的手勢。

勇作與織田告別松村，離開會客室之後，再度前往大廳櫃檯，這次指名要找專任董事中里。櫃檯小姐聽到兩人找過常務又要找專任董事，難掩訝異。

「專任董事請二位直接到他的辦公室。」長髮一絲不苟地綁成馬尾的櫃檯小姐打過電話通報之後說道。

進電梯後，織田問勇作：「你覺得松村怎樣？」

勇作有些吃驚，這還是織田第一次主動徵詢他的意見。「什麼怎樣？」

「嗯，總覺得不太對勁。」但織田又不說是哪裡不對勁，自顧自不發一語地看著樓層顯示燈。

幹部的辦公室集中在三樓。出了電梯走沒幾步，就出現一間標示「專任董事」的辦公室，織田確認門上的小名牌寫著「中里」，敲了敲門。

前來開門的是一名年輕的女助理，坐在窗邊桌位的男人一見他們便起身迎接。

中里和松村正好相反，長身瘦臉，像個老派的中年紳士。勇作看他戴著金屬框眼鏡，不由得聯想到夏目漱石的《少爺》一書中，一名綽號「紅襯衫」的角色。

專任董事辦公室內，董事的辦公桌旁邊還有一張書桌，肯定是女助理的。勇作五味雜陳，因為美佐子也曾經像那名女助理的角色，在瓜生直明的辦公室裡工作，進而嫁給了晃彥。

中里命令女助理離開辦公室。勇作與織田並肩坐在房間中央的一張長椅上，中里則坐在他們對面。

「不好意思，想麻煩你們問話簡短一點，我等一還下得去參加葬禮。」

「須貝社長的嗎?」織田問。

「當然啊。不過今天出席的主要是須貝家親戚,公祭會另外舉行。」

「你們也很辛苦啊。」

「眞的是,誰想得到他們居然走了一個又一個。」然而中里的神色卻看不出太多不滿或不安,上頭的人接連過世,對他們而言不見得是壞事。

等中里拿出菸抽了一口之後,織田開口了,和詢問松村的時候一樣循序漸進地提問,當他提到資料一事時,中里的眼神閃了一下。

「資料?那是什麼東西?」

這一瞬間,勇作心想,這個人是眞的不知情。

「我們就是因爲不知道是什麼,才會過來向您請教呀。」織田露骨地表示警方也不知情以及他心中的不悅。

中里說:「別說資料了,我連瓜生家的保險櫃都沒看過啊。」

於是織田換了個角度切入。他問中里有沒有聽說須貝正清最近打算投入什麼新的事業領域。中里是須貝派的人,還是須貝正清的親表弟,照理說應該很清楚須貝正清最近的動向。

中里接連吐了幾口煙後,嘟囔道:「您這麼一說我倒是想起來,他最近在講的一件事有點奇怪,好像是什麼『差不多該來計畫大換血了』。」

「大換血？這是什麼意思？」織田問。

「詳細內容我們這些下面的人也還沒聽說，他只說會在近期告訴我們。」

「您是什麼時候聽到這件事的？」勇作問。

「我想想……大概半年前吧。」

「半年？那是在瓜生先生去世之前了。」

勇作暗忖，說不定須貝正清是因爲察覺瓜生直明的死期將近才會開始有所計畫。

「關於那個大換血計畫，他有沒有透露任何消息呢？」織田見中里又叼上一根菸，一邊以自己的打火機替他點火，一邊問道。

「這個嘛，」中里側著頭將煙吐出，「總之，那好像是一個相當長期的計畫，他還跟我討論過該以什麼樣的進程擴張基礎研究部門才好。」

「基礎研究部門？」

「嗯，我自己的推論是，他好像是鎖定某種尚未開發但具有前景的技術。」

「在開發那項技術之前，須貝先生是否曾與大學之類的學術界接觸過？」勇作之所以這麼問，是因爲他想起還有修學大學的前田教授這號人物。

「說不定有吧。」中里說：「不過他對那方面的事情還挺保密的，可能自己私下偷偷地進行。尾藤呢？他有沒有什麼內幕消息？」

「沒有，這部分尾藤先生完全不知情。」

「也對啦。」中里意有所指地撇起嘴，「尾藤原本是瓜生派的，須貝社長只會利用他，不可能完全信任他的。要聯絡大學的話，他可能會拜託池本吧。」

「池本先生？」

「就是開發企畫室的室長。我打個電話問一下。」

中里將一旁的電話拉過來，透過總機轉給池本。從他們的對話來看，池本果然曾介紹了幾位大學教授給須貝正清。池本決定馬上過來中里的辦公室。

「池本是須貝社長夫人的遠親，年輕歸年輕，卻是個做事乾淨俐落的人，須貝社長好像也很重用他。」

這位池本不久就出現了，身材短小肥胖，但感覺身手矯捷。

「這件事情，須貝社長要我不能說。」池本一聽到勇作提的問題，馬上欠身說道。

「我們會保密的。」織田悄聲說。

「那就萬事拜託了。不過話雖這麼說，反正最關鍵的社長也已經去世了啊……」接著池本神祕兮兮地拿出一張白紙，將人名寫在上面。

織田看著那張紙，朗聲念了出來：「梓大學人類科學學院的相馬教授、修學大學醫學院的前田教授、北要大學工學院的末永教授，這三位嗎？」

「是的。社長要我安排讓他和這三位教授見面。很奇妙的組合吧？工學院倒是能夠理解，其他的就……」

「這幾位教授從事的是哪些方面的研究呢?」勇作問。

池本偏起頭思索,「這我就不太清楚了,不過我聽說這位相馬教授是心理學的老師。」

「心理學……」

——之前修學大學的警衛說,前田教授教的是神經心理學。

勇作覺得自己腦中的拼圖又拼上了一片。

3

勇作和織田離開UR電產後,先回小組一趟,辦公室裡只有西方一人,正在講電話。

等西方講完電話,勇作和織田並肩坐到西方的辦公桌前,由織田報告在UR電產打聽到的消息。西方聽著聽著,表情變得有些陰鬱。

「老實說,我覺得很莫名其妙。」西方以食指頻頻敲著桌面,「假設須貝正清正在考慮投入某個新的事業領域,難道他是爲了這檔事,所以想弄到瓜生家保險櫃裡的資料?企業的事我是不太懂,但那種八百年前的舊資料,派得上用場嗎?」

「嗯……,這我也不清楚。」織田縮了縮脖子。

西方重重地嘆了口氣,從椅子起身,「前幾天你們去過須貝家,是吧?可是我想再次調查須貝正清從瓜生家拿走的資料,所以剛才又派人過去,卻一直沒收到回報,看來是沒收穫了。」

「我想須貝一定是把東西帶回社長室去了。我們今天曾經和中里專任董事交涉，希望他讓我們調查社長室，但他說那裡是機密重地而拒絕了，只說會代爲調查。」織田說。

西方的臉上浮現一抹複雜的笑容，「就算東西眞在社長室，UR電產也不會輕易讓我們看的啦，畢竟那應該是相當重要的東西。」

「說不定我們最後只會得到他們一句：『資料是找到了，不過很抱歉，我們不想公諸於世。』」

「沒錯。那些資料的內容目前和命案並無關聯，我們也沒辦法強迫他們讓我們看呀。」關於這部分，西方似乎已經打算放棄了。

「前陣子我也提到過，」勇作向前跨出一步，「須貝遇害當天，瓜生晃彥去過須貝家。有沒有可能是他到了人家家裡，發現了那個資料夾而順道取回？」

西方盯著空中的某一點，接著視線移回勇作身上，「你的意思是說，瓜生晃彥早知道須貝偷走了資料嗎？或者是當他後來去須貝家時，無意間發現了那份資料？」

「我不知道是哪一種情形。」勇作話是這麼說，但他相信應該是前者。

「嗯。」西方斂起下巴，「其實，我今天一早派刑警去詢問過瓜生晃彥了，據說他完全不知道須貝拿走的資料是什麼，他好像很久沒打開父親的保險櫃了。」

「很久沒打開保險櫃？怎麼可能？」

「他說那是個古董保險櫃，平常也沒在使用。不過就算我們不相信他的說詞，也沒證據拆穿他呀。」

「我想搜查他家。」勇作說。

織田咂了個嘴，「別胡說八道了。你憑什麼一口咬定東西在瓜生晃彥的家裡？」

「是啊，再說，」西方也附和：「這和找凶器不同。就算找到那份資料，對於案情調查，也未必有幫助。」

「這我很清楚，可是……」勇作其實想說——當你們在兜圈子的時候，眞兇早就逃逸無蹤了。但他忍了下來。

「對了，弘昌那邊之後的進展如何？」織田問。

「還在苦戰中。」西方說著皺起眉頭，「弘昌顯然沒打算改變口供，今天早上我們又找來園子重新問了一遍，她也是一樣。」

「這兩個孩子還挺倔強的。」

「不過組裡的大家一面倒地認爲園子說的應該是實話。」

「這麼說來，只有弘昌在說謊嘍？」

「目前看來是這樣。不過根據最近接獲的消息，他說的不見得全是假話。」西方抓起桌上的一份報告遞給織田，原本坐在會議桌一角的勇作也走來他們身邊。「當中一個問題是，兇手是什麼時候處理掉十字弓的。假設弘昌是兇手，他實際犯案時並沒有使用十字弓，而是由園子將十字弓藏在瓜生家的某個地方，這麼一來，丟棄十字弓的時間就會是在命案當天的半夜了，因爲我們在命案一發生之後和隔天一早，都派了大批警力前往瓜生家，這些時段兇手是沒有機會丟棄十字弓的。」

「是。那如果兇手眞的是在半夜丟棄十字弓，會產生什麼矛盾嗎？」織田顯得有些訝異。

「說不上是矛盾，只不過……，據說命案當天夜裡，附近派出所的警察巡邏次數相當頻繁。雖然不是一直有人在監視，但他們認爲要是有車從瓜生家大門出去再回來，他們不可能完全沒察覺。」

「沒錯，我支持派出所員警的看法。」勇作加強語氣說道。要是不先推翻弘昌是兇手的說法，這件案子根本不必往下辦了。

「關於箭插入被害者的方式，鑑識的結果如何？眞的是徒手握箭戳入的嗎？」織田問。

「其實兩者的差別不大，但可以確定不是徒手幹的。」西方說：「首先是插入的深度。鑑識人員認爲要徒手將箭插入被害人的身體並不容易，雖然不是不可能，聽說手勁強的話也是有可能插至這種深度啦，只不過，實際上被害人中箭部位四周的皮膚好像有微微翻起。」

「翻起……？什麼意思？」

「也就是說，那支箭像電鑽一樣以旋轉的方式鑽進身體。」西方將自己的手臂比作箭，轉動著手腕向前伸去。「據說這是以十字弓射出的箭特徵。爲了提高命中率，箭會邊往前飛行邊旋轉，而箭尾的那三根羽毛，就是爲了讓箭旋轉而裝設的。」

「所以那支箭是以十字弓射出的了……」

「鑑識人員似乎是這麼認爲。」西方將文件往桌上一丟，重重地嘆了口氣。勇作內心竊喜。自己想的沒錯，看來殺害須貝的確定不是弘昌了。

織田進一步發問：「那如果箭的確是以十字弓射出，鑑識人員對於發射的角度和距離，有沒有查出什麼？」

聽到織田此刻的語氣，勇作有些訝異，因爲織田之前也是認定弘昌是兇手的專案小組組員之一，此時說話的口吻卻像是站在鑑識人員這一邊了。

「不，他們還沒查到那麼細。這部分有什麼問題嗎？」西方問。

「沒事，問問而已。」織田緩緩盤起胳臂，視線移向窗外。

4

雨從一早開始下，滴滴答答地持續到傍晚。或許是因爲這樣，FM廣播一整天都收訊不良，美佐子聽著喜愛的古典樂節目，節目卻不時斷訊，她索性將廣播切換至CD。她這一陣子都將莫札特的CD放在音響中，心情不好時就聆聽莫札特的音樂。

美佐子停止打毛線，看了月曆一眼。弘昌已經被拘留三天了，美佐子完全不知道警方的調查進展得如何。晃彥好像常和律師見面，但美佐子不指望他會在尚未有結果前告訴自己事情經過，因此她的消息都是從亞耶子那裡得來的。但亞耶子昨天便臥床不起，園子也整天關在房裡，因爲只要一走出家門，就有刑警尾隨在後，也難怪她不想出門。

此外，這一、兩天也不見女傭澄江的身影，或許她是因爲受到了打擊，連走出主屋都嫌麻煩，而美佐子自己也是同樣的狀態。

——不能早點查出什麼嗎？還是案情會就這麼永遠陷入膠著呢？

美佐子總覺得，這個家搞不好會就此分崩離析。

正當她做了個深呼吸，試圖甩開不祥的預感時，門鈴響起。美佐子完全提不起勁，懶洋洋地起身，拿起對講機的話筒。

「我是島津署的和倉。」

「我馬上幫你開門！」

耳邊傳來令人懷念的聲音。雖然才三天沒聽見，卻令人分外思念。

美佐子登時精神一振，身手靈敏地衝去打開玄關門。勇作依舊是一身墨綠色襯衫站在門前，神情有些嚴肅。

「你一個人？」美佐子看了看勇作的四周。

「是啊。妳呢？」

「我也是一個人。」

和上次一樣，美佐子帶勇作到客廳，窗簾早已拉上。美佐子先去沖茶。

「莫札特嗎？」勇作問她。

「你很清楚嘛。」

「當然清楚。只要是妳喜歡的東西，我都記得。」

勇作邊說邊關掉音響，四周倏地陷入寂靜，美佐子將熱水注入茶壺的聲響聽起來更顯得響亮。

「我不能待太久，」勇作說：「但是我希望妳聽我說幾句話。」

「好的。」美佐子說著將茶杯放到他面前，然後抱著托盤，在他對面的椅子坐下。

勇作喝了一口茶之後說：「我在找須貝正清從你們宅邸的保險櫃拿走的資料，卻怎麼也找不到。」

「這件事，我聽其他的刑警先生說過了。」

「我認爲那些資料在瓜生手上。」

「在我先生手上？」

勇作點頭，然後像是取暖似地，雙手握住茶杯。「須貝遇害後，瓜生去過須貝家，我認爲他有充分的機會奪回資料。而且說穿了，他一開始決定去須貝家，應該就是爲了這個目的。」

美佐子盯著勇作，沉吟了一下，應道：「說不定就像你所說的。」

「說不定？」

「因爲，他好像之前就知道保險櫃裡面的東西遭竊了。」

美佐子坦白告訴勇作，須貝來過家裡那天晚上的事，當時晃彥問她「今天誰來過嗎？」那眼神銳利得令人心驚。

「這下錯不了了。」勇作說：「瓜生當天就知道資料被須貝正清搶走，而且那是不能被搶走的東西，所以瓜生爲了奪回資料……」

美佐子很清楚勇作硬生生吞下肚裡的話是什麼，他想說的應該是，爲了奪回資料而殺了須貝正清。

美佐子搖搖頭，「我不想……做那種假設。」

「……我想也是。」

「不過，那個資料究竟是什麼？爲什麼那麼重要呢？」

「要是能弄清楚這一點，我想案情就解開九成了，因爲那也是非殺死須貝不可的理由，也包括數個我至今一直想知道的謎底。」

於是勇作告訴美佐子二十多年前那椿離奇的早苗命案，以及在這次事件中的新發現，全都令美佐子訝異不已。

勇作從外套內袋拿出一本對摺的筆記本，顯然年代相當久遠，紙邊都磨圓了。

「這先寄放在妳這裡，是它將我捲入了這一連串的事件裡。可以的話，我希望妳能理解我的心情。」

美佐子拿起筆記本，陳舊的封面上寫著「腦外科醫院離奇死亡命案調查紀錄」。

「這也是我父親的遺物。」勇作說。

「我會找時間看的。」美佐子將筆記本抱在胸前，「那麼，你要我做什麼呢？」

勇作湊近她說：「我希望妳務必將那份關鍵的資料弄到手，我相信那在瓜生的手上。我想要拜託妳的，就是這件事。」

勇作的眼神很認真。美佐子心想，雖然自己和晃彥已是貌合神離的夫妻，若是答應了勇作這件事，等於是跨越了心頭的最後一道防線。

但勇作接下來說的話，卻將她的迷惘一掃而空。

「這麼一來，說不定也能弄清楚妳所說的『命運之繩』的眞面目了。」勇作說。

「命運之繩的眞面目……。也對……」美佐子心想，說不定眞是如此；說不定這正是得知瓜生家祕密的好機會。「那些資料可能收在他的房間裡，可是他把門上了鎖，我進不去……」

她感到難以言喻的羞恥。進不了丈夫房間的妻子，還稱得上是妻子嗎？

「鎖？哪種鎖？」

「按下門把正中央的按鈕，再關上門就會鎖上的那種。」

「噢，那種啊。」勇作點頭，「那種鎖說不定弄得開。」

「怎麼開？」

「假設這是門外的門把，」勇作伸出左拳，然後以右掌手刀在上頭敲打數次，「拿堅硬的東西像這樣用力敲打幾次，那種鎖常會因為突如其來的外力而鬆開。」

「眞的嗎？那麼我下次試試看好了。」

「麻煩妳了。」

「嗯……」美佐子咬著唇，下定了決心。已經沒有後路了。「那個資料夾有沒有什麼特徵可辨識？」

「有的，一是那夾子又舊又厚，還有，我曉得資料夾上頭標記的標題當中包含了『電腦』兩字。」

「ㄉㄧㄢˋ ㄋㄠˇ？」

「電氣的電，頭腦的腦。」

「噢，」美佐子察覺了重點，「又出現『腦』了。」

「是啊，又是腦。」勇作也說。

兩人的祕密協議結束之後，勇作馬上起身表示還有工作在身，必須離開了。

「資料到手之後，可以請妳通知我一聲嗎？」

「嗯，我會的。」

勇作來到玄關穿鞋，玄關門竟毫無預警地打開來，美佐子登時屏住氣息，因爲站在門口的是晃彥。

「老公……」

「瓜生。」

美佐子與勇作同時開口。

晃彥則是邊走進門邊說：「哎呀，什麼風把你吹來的？你是來查訪線索的嗎？」

「是啊，還有很多事需要確認。」

「這樣呀，你們刑警還眞喜歡『確認』這兩字。」晃彥應付勇作兩句之後，看向美佐子說：「這位就是我上次跟妳說的那個同學，他有沒有跟妳提起這件事？」

「有的。」美佐子回答。

勇作閃過晃彥身邊，朝美佐子點了個頭，「那麼我先告辭了，非常謝謝您的協助。」

「能不能再多待一下？我有話想問你。」晃彥挽留他，「是關於弘昌的事。你老實告訴我，現在的情況怎麼樣，你們仍然懷疑是他幹的嗎？」

彷彿懾於晃彥眞摯的眼神，勇作眨了眨眼才回答：「一半一半吧。」

「一半一半……，這樣啊。」

「那麼，我告辭了。」勇作正要離開，又轉念一想，回過頭來對晃彥說：「你眞幸福，討了個好老婆。」

這一瞬間，晃彥感覺自己彷彿被人用力往後推了一把。勇作再度低頭行個禮便離去了。

5

山上鴻三的家位於坡道起伏的住宅區裡，社區裡馬路鋪整得很平坦，但車流量不多，的確很適合居住，只是離車站有些距離，又不容易攔到計程車，一旦像勇作這樣沒趕上公車，就只能靠雙腿走進社區裡了。勇作走得汗流浹背。

山上鴻三——這是在上原醫院打聽到的名字，據說這個人與上原雅成交情很好。好不容易抵達山上家，勇作穿上途中脫下的西裝外套，摁下門鈴。這是一間前院種滿花草樹木且古色古香的房子。

出來玄關相迎的是一位瓜子臉的高雅婦人。由於勇作事前打過電話來約好時間了，他一報上姓名，婦人馬上笑容可掬地招他入內。

「眞是不好意思，這麼冒昧來打擾。」勇作客氣地說道。

婦人滿臉笑容地搖頭，「自從接到刑警先生您的電話之後，我們家老頭子簡直坐也不是、站也不是。能夠跟人家聊聊往事，他高興得不得了呢。」

「眞的很謝謝你們。」

在面對後院的走廊上走沒幾步，婦人在第二間房間前停下腳步，隔著紙拉門喊說客人來了，紙拉門後方頓時傳出爽朗的聲音說：「請人家進來。」

「打擾了。」

「哎呀，你好你好。」

山上鴻三給人的感覺像是上了年紀的文青，戴著金框眼鏡，稀疏的白髮往後梳攏。

勇作拿出名片，再度自我介紹後，看到矮桌上攤著一本像是相簿還是舊日記的東西。

「你說想問上原的事，我就把這東西從壁櫥裡找了出來。我好一陣子沒想起他了，這次翻出從前的照片來看，還是很令人懷念吶。」

「請問您和上原先生是同學嗎？」

「嗯，數不清同學幾年嘍。」山上老先生瞇起眼睛，「我們是一同追求醫學知識的好伙伴，不過兩人的才能完全不同啊。上原那個人，簡直就是爲了研究醫學而生的，他出生在醫師世家，又注定是醫院的繼承人，連我們的恩師們也自嘆不如呢。」

老先生將翻開的舊相簿轉向勇作，指著貼在左頁最旁邊的一張黑白照片。泛黃的照片中，有兩名身穿白袍的年輕人。「這是我，這是上原。」

左邊那位好像是山上老先生，勇作比對了一下照片和本人，也覺得的確有幾分相似。

老先生似乎看出了勇作內心的感想，露齒笑道：「畢竟是快六十年前的照片嘍。」

勇作意外地發現老先生有著一口白牙，大概全是假牙吧。

「是這樣的，其實我今天想請教的不是那麼久遠的事情。」勇作決定切入正題，「不過也有三十多年了吧。請問您是否曉得上原先生曾經在一家叫做『瓜生工業』公司的醫護站駐診？」

「瓜生工業……」老先生彷彿在細細品味每一個字似地複誦一遍後，回道：「你是說，他曾經待過那家公司的員工醫護站嗎？」

「好像是，不過我也是聽來的，不是很確定。」

「唔……」山上盤起胳膊，「我是聽他提過，不過我也不太清楚詳情，是事過境遷之後，有一次我們不知道聊到什麼，他隨口講到的。」

「你們那段時間很少往來嗎？」

「那倒不是，」山上眨了眨眼，「只是因為我也很忙，彼此都沒空過問對方在忙些什麼。不過我記得，我聽到這個消息的時候還問過他，為什麼明明手邊擁有繼承自父親的大醫院，還要跑去做那種小差事呢？結果他回我說，因為有很多事在醫院裡不能做。」

「很多事在醫院裡不能做……？」

勇作不懂，如果是醫院裡不能做的事，在一家企業內部的醫護站裡又能如何？

「對了，上原家的醫院改建，是在上原先生去醫護站駐診之後的事吧？原本只是木造建築的醫院，搖身一變成了一幢紅磚砌的雄偉建築呢。」

山上老先生彷彿正回憶著當年的景象，眼睛瞟向斜上方，低喃道：「沒錯、沒錯，我想起來了，他說他接下來要將心力投注在醫院上。因為他之前大多的精神都花在做研究上頭，而不是治療病患。」

「請問上原先生從事的是哪方面研究呢？」

「腦神經方面呀。」老先生爽快地回道，並指著自己的頭，「他想要透過大腦的訊號系統，分析人類的情感或生理現象。那幾乎是他畢生的志業，但不幸的是，他出生得太早了，要是他生在這個時代就好了，現在的社會不但認同那種研究，對於大腦也有了相當程度的認識。你知道人類有左腦和右腦嗎？」

「這部分我還曉得。」勇作回道。

老先生點點頭。「那麼，『腦分離患者』呢？也就是左腦和右腦分離的患者。」

「沒聽過，有那種人嗎？」勇作很驚訝。

「有一種治療重度癲癇患者的方法，就是透過手術切斷連結左右腦的胼胝體，術後我們稱這種患者爲『腦分離患者』，這種人能夠過著和一般人沒兩樣的生活，那麼，經手術切除的胼胝體究竟是爲何而存在呢？研究者以這樣的患者爲對象，進行各種實驗之後，目前醫學界普遍認爲，右腦和左腦可能存在不同的意識。」

「眞的嗎？這我倒是不知道。」勇作將手抵上自己的頭。

「一般人就算知道這種事情也沒用吧。不管怎樣，這種學說是近二十年才出現的，相當驚人呢，但其實上原早在學生時代就已經提出這個假說了，遺憾的是，他沒有供他實驗的環境。」

「請問上原先生有哪些研究成果呢？」勇作之所以這麼問，是因爲他想到了一件事。

山上老先生微微沉吟，「就像我剛才所說的，當年是個資源缺乏的時代，所以我印象中他並沒有什麼令人眼睛一亮的研究成果，但是無可否認地，他的工作成績相當卓越。他曾經將電極植入白老鼠的腦中，調查大腦受到電流刺激的反應……」接著他拍了一下膝頭說：「對，他曾說過，待在療養院的時候反而做了許多有趣的事，因爲那裡有各式各樣的病患。」

「療養院？」

「國立諏訪療養院。一家成立於昭和十六年(*1)的療養院，專收戰爭時頭部受傷的患者，給予專業醫療並培養患者的就業能力。那家療養院設立初期，上原便接獲派駐命令，在那裡工作了幾年。」

「可是，那裡的工作主要是治療病患吧？實在很難和做研究聯想在一塊……」

山上笑著搖頭。「但事實不是那麼回事哦，只要遇上戰爭，就會產生各式各樣超乎想像的奇怪病患，即便同樣是傷到頭部，每個患者的狀況都不同，就算是長年從事腦外科醫療工作的人，都會遇到前所未見的病例呀。上原寫給我的信中就曾提到，他說那裡簡直是個寶庫，太多可供研究的對象了。」

勇作深深點頭。山上老先生說的很有道理。

「那麼，他曾得出什麼重大成果嗎？」

「不論成果是大是小，總之他獲益良多。他曾經告訴我他的感想是，經過這段研究，他重新認知到人類生命的偉大，畢竟他每天看到的都是頭部受到槍傷、大難不死之後仍奮力求生的病患，而那些病患表現出的特異反應和症狀，對於解釋大腦的機能有很大的助益。」

山上說到這，像是想到什麼似地，從矮桌上的文件當中拿起一只信封，抽出裡頭的信紙，攤開亮在勇作面前。信紙上頭以黑色鋼筆寫著漂亮的字。

「你看，他這上頭也這麼寫呀：『關於上次我提到的那位患者，我又發現了一件很有趣的事，那就是施以電流刺激會帶來意想不到的效果哦，關於這點還要進一步研究，說不定會是個劃時代的發現。』……這是上原從療養院寄給我的最後一封信，因爲之後二戰結束，我們彼此都無暇寫信了。」

「這個劃時代的發現，後來怎麼了？」勇作的視線從信紙移到老先生身上。

「他發表過了，但似乎沒有受到任何人重視就這麼不了了之，當年很多這種情形。他也讓我看了那篇論文，但是因爲實驗數據不足，欠缺說服力。不過內容我幾乎忘光了，說不定現在來看，會察覺那是個了不起的研究吧。」山上老先生有些靦腆地說道。

*1 昭和十六年：西元一九四一年。

接著，勇作問起上原雅成與瓜生工業創始人瓜生和晃之間的關係，老先生一聽，瞪大了眼說：「這部分我完全沒聽說，他們兩邊的專業領域不是差了十萬八千里嗎？」

「嗯，說的也是。」

之後勇作聽老先生說了一些陳年往事，便離開了山上家。步下陡坡的路上，他回頭望了一眼那棟古老的屋子。

──兩邊的專業領域差了十萬八千里……。是嗎？

勇作想起老先生說的話。確實理當如此，但……

──就有人不這麼想呀。

有個假設，在勇作的腦中逐漸成形。

6

勇作從山上家火速趕回島津署，也已經過了中午。不過他已事先打過電話向署裡請假，說他感冒了，上午要去醫院看病。

能夠毫不內疚地打這通電話請假的原因之一是，最近的調查狀況停滯不前。拘留弘昌已經四天了，卻還無法確定他的口供是眞是假。

許多刑警內心的不滿都露骨地寫在臉上，他們的不滿來自於：既然逮捕了嫌疑最大的嫌犯，爲什麼不能經由高壓的偵訊逼他招供？其實至今警方一旦遇到這種局面，還是經常使用這種手段。

但警方高層卻有不能那麼做的苦衷，畢竟對方是瓜生家的公子，他們擔心萬一後來證實弘昌的口供屬實，警方的立場就很微妙了，再怎麼說，UR電產在當地可是具有莫大的影響力。

因此專案小組最近始終籠罩著一股低氣壓。

然而，這一天──

當勇作從警署的玄關進門步上樓梯，立刻察覺到署內的氣氛不同於平日，雖然耳邊的喧囂依舊，卻嗅得到一絲緊張感，沉寂的空氣彷彿突然動了起來。

勇作來到會議室前，忽然衝出兩名刑警，其中一人撞上了他的肩，對方只說了句抱歉便快步離去。

西方等人依舊聚集在會議桌旁，西方一看到勇作，馬上慰問他：「感冒嚴重嗎？」勇作歉然地說：「還好。不好意思，讓您擔心了。」

這時織田走了過來，挖苦地說：「大人物來上班啦？」然後伸長手臂邊穿上西裝外套邊說：「我們要去眞仙寺打聽線索。你要是身體不舒服，不跟來也沒關係。」

「眞仙寺？發現什麼了嗎？」

「今天一大早，署裡收到了一封密函。」

「密函？內容寫了什麼？」

「你要一起來的話，我倒是可以邊走邊告訴你。」

「當然，我要一起去。」

勇作和織田並肩走出會議室。

據織田說，那封密函是以限時信的方式，指名寄給島津署署長親啓。市售的牛皮信封裡裝著白色信紙，上頭是鋼筆的黑色字跡。織田手邊有一份拷貝的複本，密函的字跡相當工整。

「當然會工整了，我們調查後發現，那些字有使用尺書寫的痕跡，寫信的人用了隱藏筆跡的標準手法。」織田說道，一邊等著前往眞仙寺的公車。

密函的內容如下：

各位每天馬不停蹄地調查，辛苦你們了。關於UR電產社長遇害一事，我有件事非告訴你們不可，所以提筆寫下了這封信。

那一天（命案發生當天）的白天，大約十二點半左右，我去了眞仙寺的墓園。

我在那裡看見了一幕奇怪的景象。當我走在墓園的圍牆外時，一棵杉樹下方擺著一只黑色的塑膠袋，我記得那是一棵樹幹很粗、枝幹在及腰處一分爲二的杉樹。一開始，我還以爲是誰丟棄的垃圾，但看起來不像。我往袋內一瞧，才發現裡頭裝了一把像是弓的東西，大小約五十公分，像是西洋繪本中獵人使用的弓。

我心裡雖狐疑，不曉得這是什麼，又是誰把這種東西放在這裡的，但是我還是把塑膠袋放回原位，就這麼離開了。

直到當天晚上看了電視，我才知道發生了那起命案，聽說受害者是被人以弓箭殺害，我害怕得雙腿發顫。原來我當時看到的那把弓，就是凶器。

我心想，我是不是應該盡早告訴警方自己看到的事呢？因爲那說不定會有助於調查的進展。可是，我卻有不能那麼做的苦衷。因爲我那天到那個地方是有原因的，而且非保密不可，但這並不表示我涉案，說得清楚一點，我只是不想讓我丈夫知道我那天的行蹤，因爲從前一天夜裡到這天早上，我一直是和另一名男人在一起，當時正在回家路上。

因爲這個原因，我才會沉默至今。再者我想我的證言應該也幫不上什麼忙吧。

但是，聽到瓜生弘昌先生遭到逮捕之後，讓我再次猶豫要不要說出這件事。警方似乎認爲兇手並沒有使用弓犯案，但是我想如果我沒有說出眞相，將會有無辜的人因此受苦。

反覆思量的結果，我想到了寫信這個方法。請務必相信我說的話。另外，請不要找我，千萬拜託。

這封信的起承轉合很嚴謹，讀了一遍下來，感覺的確是出自有點年紀的女性之手，但當然不能盡信。

「寄件人不可能留下名字，對吧？」勇作將影印紙翻過來看。

「信封上寫的是山田花子，想也知道是化名，地址也是胡謅的。」

這時公車來了，兩人上了車，並肩坐在最後一排。

「照信上的說法，寄件人是女性呀。」

「而且還是個搞外遇的女性。劇情設定是她去會男人，天亮回家的路上經過眞仙寺。就創作而言，的確是可圈可點，也解釋了爲什麼要使用密函這種手法。」

「是創作嗎？」

「我是這麼想的啦。因爲要是這個人的隱情眞如信上所說，應該會想盡辦法隱瞞偷情一事，而且應該反而會使用男性的語氣寫信吧。」

勇作有同感。他總覺得從這封看似出自女性手筆的信中，嗅得出男性的算計。

「只不過，」織田說：「信的內容應該不全是假的。」

「怎麼說？」勇作看著織田。

織田乾咳一聲之後說道：「總之，上頭叫我們先去眞仙寺附近男女幽會的賓館或飯店調查。如果此人所言爲眞，很可能去過那類地方吧。」

然而他們這趟並沒有得到預期的收穫，雖然找到了幾家幽會的熱門賓館或飯店，但一般來說，這類地方的住宿者名單根本不足採信。兩人還詢問了賓館及飯店員工，也沒打聽到任何線索。

兩人四處奔走，傍晚才回到島津署。

「我們姑且記下了賓館客人的姓名和住址，但我想那些大概都是化名吧。」

西方聽取織田的報告，顯然覺得不出所料，「有沒有看到山田花子這個化名？」

「很遺憾，沒有。」

「這樣啊。不過就算密告者所言爲實，她大概也會盡可能地掩人耳目吧。」西方說完補上一句：「你們辛苦了。」

其他刑警也陸續回來了，這批人馬好像是去調查計程車公司，因爲密告者不見得是徒步走去眞仙寺，有可能是從哪裡搭車前往，但這部分警方也是一無所獲。

「假如這個密告者不是信上所寫的身分，會是誰呢？命案的關係人嗎？」渡邊警部補徵詢西方的意見。

「當然，我們也該考慮這種可能性。換句話說，這個人是爲了救瓜生弘昌才使出這種手段。因爲只要確認十字弓在行凶前被兇手藏了起來，就能證明不是瓜生弘昌下手的了。」

「這麼說來，寫這封信的是瓜生家的人？」

「不止這個可能，和瓜生家有深厚交情的人，說不定都想救瓜生弘昌。」

「如果說，」織田插嘴說：「這封密函是出自關係人之手，只是單純想救瓜生弘昌，那麼這封信上所寫的不就全是捏造的嗎？換句話說，連在現場看到十字弓的證言也是假的。」

「問題就在這。」西方像是要強調這封密函的重要性似地，深深靠上椅背。「就現階段而言，我們無從斷定密告者是誰，不過這封密函當中，某些部分確實提到了眞相，那就是關於十字弓藏匿情形的描述。首先是樹木，密告者極爲詳盡地說明，那是一棵樹幹很粗、枝幹在及腰處一分爲二的杉樹。之前我們由於出現瓜生弘昌這個嫌犯，所以沒有太在意這條線索，但實際上在樹的附近的確發現了腳印。此外，密告者提到了十字弓是裝在黑色塑膠袋裡，我們在案發隔天發現十字弓時，東西的確是裝在黑色塑膠袋裡，可是我們對於報紙等新聞媒體完全沒有公布這件事。」

大伙兒一聽，沉默了好一陣子。密告者竟然能寫得如此詳細，肯定是實際在現場見過那把十字弓了。

「如果這個人眞的見過那把十字弓被扔在那兒的話，就表示密告者的確是和命案無關的人了啊。」渡邊開口了：「因爲命案關係人不太可能碰巧人在現場吧？」

勇作也認爲這個意見合情合理。

但西方說：「沒錯，命案關係人的確不太可能碰巧人在現場，正因如此，這名密告者不僅是個想救瓜生弘昌的人，還是以某種形式涉案或知道眞相的人。」

西方此話一出，頓時引起一陣騷動，還有人驚訝到從椅子起身。

「您的意思是，有人知道眞兇手是誰，卻故意隱瞞？」渡邊顯得相當激動。

「用不著那麼驚訝吧。」西方和屬下們正好相反，他沉穩地說：「這次的命案其實是發生在很小的人際圈當中，有嫌疑的淨是被害人的親戚或身邊的人，所以有人知道眞相並不足爲奇。不，我反倒認爲正因爲有人蓄意包庇兇手，這起案子才會如此棘手。」

警刑當中有幾個人嘆氣，肯定是從剛才西方的話中隱隱察覺到了什麼。

「這麼說來，」渡邊說：「不管密告者是否是關係人，總之密告的內容是眞的嘍？」

「嗯，這個可能性很高。」西方說。

刑警們的嘆氣聲再度響起，卻是基於另一個原因。因爲原本好不容易看見了終點，此刻又回到了原點。

「假如這封密函的內容是眞的，」織田站起來，拿起放在會議桌正中央的密函影本，「兇手爲什麼要那樣處理十字弓呢？」

「我覺得這不難理解。兇手從瓜生家拿走十字弓到距離犯罪還有一段時間，要是在那之間被人看到自己手邊的十字弓就糟了，再說兇手應該也不可能明目張膽地拿著那麼大的物品出門，所以我認爲，事先將十字弓藏在命案現場才是最保險的。」對於西方的解釋，沒人提出反對意見。「對了，能不能從這封密函的內容，推算出兇手拿走十字弓的時間帶呢？」

「根據瓜生園子的供述，」渡邊說：「她從學校早退後，大概在十一點半左右溜進了書房，她說當時十字弓就已經不見了。」

「嗯，不過雖說不見了，未必這時就已經被兇手帶出瓜生家。」

「沒錯。密告者說自己是在十二點半發現十字弓的，假設從瓜生家到墓地需要十五到二十分鐘，表示兇手是在十二點多離開瓜生家的。」

「十二點多啊，」西方誇張地露出一臉不耐煩的表情，「那麼幾乎所有訪客都符合這個條件嘛。」

「不，這說不定就是密告者的目的。」勇作發言了，「密告者的目的是要我們釋放瓜生弘昌，而不是逮捕兇手。所以或許密告者目擊十字弓是事實，但目擊的確切時間尚待求證。」

「說的對。」西方大聲贊同勇作的意見，「密告者可能是爲了不讓我們鎖定嫌犯，才將時間寫成十二點半，說不定其實是在更早的時間發現的。」

「所以我們一定要查出確切的時間來了。」渡邊說。

「先試著找找看那天到過眞仙寺或墓地的民眾吧，說不定有人看過那個黑色塑膠袋。」

這下弘昌犯案的可能性顯然降低了。而或許是覺得線索太少，破案遙遙無期吧，西方的語氣帶有一絲沉重。

7

美佐子確認晃彥出門後，將玄關門上了鎖，然後到廚房打開收著鍋碗瓢盆的櫃子。

——勇作說要拿硬物敲打，用這種東西可以嗎？

美佐子拿在手裡的是一把菜刀，因爲她找不到其他適合的器具了。

她拿著菜刀上樓。或許是因爲心虛，她下意識地放輕腳步。

晃彥的房間依舊上著鎖，可能一半是出於習慣吧，晃彥已經不會特別去意識這個動作了，但看樣子這就是造成他們夫妻關係變質的原因。

美佐子回想著勇作教她的步驟，翻過刀背，提心吊膽地敲打門把，接著試著轉動，但門還是鎖得嚴嚴實實，文風不動。

美佐子一咬牙，使勁一敲，發出的巨響嚇了她一跳，但鎖還是沒打開。

——看來還是不行。勇作也只是說可能打得開，不見得百分之百能成功吧……

美佐子又試著敲了一次，門把上出現凹痕，門還是打不開。

她盯著菜刀嘆了口氣，心想，老是這樣，自己從沒能夠打破晃彥設下的防備。

她死心下了樓，回到廚房，從餐具櫃下層的抽屜拿出勇作借她看的筆記本。

腦外科診所離奇死亡命案調查紀錄……

勇作說希望她能了解他的心情；包含這次的命案在內，許多他在追的謎團都始於這本筆記本的內容。

美佐子翻開筆記本從頭看起。之前只聽勇作提了一下大概的內容，她並不知道詳細記錄了些什麼。而這起案件的舞臺——上原腦神經外科醫院，也是美佐子的父親住過的醫院，還是她和勇作邂逅的地方。光是這樣，就令她感到無比熟悉。

一路看下去，她漸漸理解勇作爲何會無法釋懷了。那名叫做日野早苗的女子之死，實在令人匪夷所思。

就像勇作說的，警方的調查進行到一半突然結案，或許該說是中斷比較適當。而調查紀錄的最後一段話如下：

某月某日　我帶著勇作到日野早苗的墳前祭拜。當我告訴勇作是她的墓時，勇作將兩隻小手合十，一心祈禱著什麼。

美佐子想像著小時候的勇作。他心愛的早苗姊姊之死，不知道對他幼小的心靈造成多大的打擊。

筆記本的後半部有幾處不同於前段的字跡，大概是出自勇作之手，其中一行字是：

「當務之急是調查瓜生家。」

——調查瓜生家？

美佐子思忖著，勇作說的沒錯，若是不解開這個家的謎，是不可能有進一步斬獲的。

她的心中湧起一股奇妙的情緒，她不想再讓步了。

美佐子再度走出廚房，一股作氣衝上樓，毫不猶豫地舉起菜刀，一刀揮下，卻因爲用力過度而失去了準頭，砍中的不是門把而是連結軸的部分。鎖發出「喀嚓」一聲打開了。

她握住門把緩緩使力，門把彷彿敗給她的氣勢般，順從地轉動了。

這是她第一次獨自進入晃彥的房間，平常總有他跟在身邊，指示她可以碰和不能碰的地方，但此刻全都可以任她查看。

這是一間四坪左右的房間，書桌、書櫃、電腦桌等並排於牆邊。美佐子不曾打掃過這裡，所有東西卻整理得井然有序、一塵不染。

美佐子先從書櫃找起。有一般的書櫃和裝有玻璃櫃門的，玻璃櫃門書櫃的下層是抽屜。

逐一翻找後，美佐子多少了解了晃彥至今沒讓她知道的部分，好比書櫃最旁邊收有歌舞伎的相關書籍，美佐子完全不曉得晃彥有那方面的嗜好。

她小心翼翼地確認東西不會留下動過的痕跡，一面檢查房裡的物品，一切對她而言都很新鮮。她也曾想進來這間房間，但晃彥不准，她也無可奈何。

美佐子四處翻找了一個小時左右，卻沒有發現勇作所說的厚重舊資料夾。這間房間並不大，能藏東西的地方有限。她想起來，之前曾在夜裡聽到晃彥在鋸東西的聲響，但地板和牆壁都不見鑿了什麼藏物處的痕跡。

——說不定他已經把那些資料藏去別的地方了。

這是有可能的。晃彥平常待在大學的時間比在家裡還久，如果是貴重物品，說不定早就拿去學校了。

美佐子再次環顧屋內，她還是很在意前幾天聽到的鋸東西聲響。

——會用到鋸子，那麼應該是藏在有木頭的部分……

美佐子突然想到這一點，再度盯著一座書櫃瞧。這個書櫃是婚前晃彥說需要一個書櫃放專業書籍，於是他們兩人跑去家具店選購，最後由美佐子挑定的。

她拉開最下層的抽屜，裡面放的是信紙和信封，還有一些文書處理機專用的紙張。

美佐子乾脆將整個抽屜拉出來，往空盪盪的抽屜口望去。

怎麼看都是個一般的抽屜口。她伸手進去，敲了敲上下的木板，也沒發現什麼特別之處。

美佐子將旁邊的抽屜拉出來，同樣敲了敲上下的木板。

她發現下層木板怪怪的，敲打時發出怪響，感覺木板沒有密合。

美佐子托住下層木板，試著左右移動，木板先是有些卡住，稍一用力便向一旁滑開了。

——找到了！

晃彥前一陣子就是在做這個機關。

美佐子一抽開木板，馬上伸手進去，手碰到了東西。是書。不，肯定是勇作說的資料夾。她的心跳開始加速。

那確實是一本厚重的資料夾，加上木板之間只開了一小道縫，連讓兩手伸進去的空間都沒有，害得纖弱的美佐子費了好一番工夫才拿出來。

美佐子使出全身的力氣把資料夾抽了出來，封面是黑色的，裡面大概夾了數百張的資料吧。美佐子看著封面上的標題——「電腦式心動操作方式之研究」。

標題以艱澀的漢字書寫，字跡有些模糊。

「電腦式心動操作方式之研究？」

美佐子試著讀出聲，卻完全不懂那是什麼意思。她的目光停在「電腦」兩字上頭，果然和勇作說的一樣。

——須貝先生就是想得到這個嗎？

美佐子感受著劇烈的心跳，手撫上封面，正要翻開時，背後突然傳來一聲：

「放下那東西！」

美佐子驚呼出聲，回頭一看，晃彥正站在她身後，臉上露出前所未見的冷峻。

「老公……，你怎麼回來了？」

「叫妳放下那東西沒聽到嗎？放下東西，然後出去！」

他的語調非常冰冷，但美佐子抱著資料夾說：

「老公，求求你，告訴我實話。這本資料夾是什麼？爲什麼須貝先生想要這個東西？爲什麼不能讓別人知道這本資料的存在？」

「妳用不著知道。拿來。快點，把它交給我。」

晃彥伸出手，但美佐子將資料夾抱得更緊。她知道，要是錯失這次機會，就永遠無法知道眞相了。

晃彥朝她走近一步，卻突然發現地上有個東西。

「這是什麼？」

他撿起的是勇作借給美佐子的筆記本。她剛才上樓時，順手將它帶進來了。

「啊，那是……」

晃彥沒理會她，逕自打開筆記本一看，臉色瞬間刷白。

「和倉興司……，這是和倉的父親寫的嗎？原來如此，他父親在調查那起事件啊。」話一說完，他低頭俯視美佐子。「爲什麼妳會有這種東西？」

「他借我的。」

「借妳？別扯謊了，這麼重要的東西怎麼可能借給素不相識的人？」

「才不是……才不是素不相識呢！」美佐子心一橫，心想與其隱瞞一輩子，不如坦白一切，「他是我的舊情人。早在遇見你之前，我就認識他了！」美佐子用力地回道，幾近吶喊。

晃彥霎時愣住，但他馬上振作精神，皺著眉說：「妳說和倉？別胡說八道了……」

「是眞的！」美佐子斬釘截鐵地說：「他是我這輩子第一個愛上的人。你應該很清楚吧，我不是沒有碰過男人的。」

「和倉嗎……」晃彥交互看著筆記本和美佐子的臉，不一會兒，像是要讓自己冷靜下來似地，搖了搖頭說：「是嗎？和倉和妳呀……，而我娶妳爲妻。這世上居然有這麼巧的事。」

然後他像是察覺到什麼似地盯著美佐子，「你們兩個一直瞞著我保持聯絡嗎？」

「他在懷疑你，他覺得是你殺害了須貝先生，而且他曉得你爲什麼非那麼做不可，他還說所有的祕密就藏在這本舊資料夾裡！」

「兇手不是我。」

「那你那一天爲什麼要折回家裡來呢？」

「那一天？什麼意思？」

「你回來過不是嗎？我看見了，我看到你從後門溜出去啊。」

美佐子發現晃彥的臉頰抽動了一下，散發出冷酷光芒的黑色瞳孔彷彿在微微顫動。

美佐子心中突然閃過一個可能——說不定他會殺了我。

但下一秒鐘，晃彥恢復了冷靜。他大步走向美佐子，一把搶過資料夾。

「你太過分了。爲什麼不把一切都告訴我！」

「妳沒必要知道。」

「讓我知道有什麼關係呢？我們不是夫妻嗎？」

美佐子也沒想到自己竟然會說出這種話，眼淚毫無預警地奪眶而出，順著臉頰滑下。

晃彥似乎也無言以對，兩人沉默了幾秒鐘之後，他開口了：「妳不要知道比較好。」

「可是……」

「這本筆記本，」晃彥說：「由我拿去還給和倉。這件事妳不准告訴任何人，知道嗎？」

美佐子拉起毛衣的下襬擦拭淚溼的臉龐。淚是止住了，心裡卻空了一個大洞。她虛脫地說：「我要回娘家。」

接著又是一小段沉默。

「隨妳便。」晃彥說。

8

勇作回到公寓，正好凌晨一點鐘。專案小組商討接下來的調查方向，不知不覺就到這麼晚了。

他脫下衣物，只剩一件內褲便鑽進從來不摺的被子。棉被有股臭味，不知道已經幾個星期沒拿出去曬太陽了。

一扯日光燈垂下的長繩子，燈管的嗡嗡聲響霎時消失，四下陷入一片黑暗。勇作閉上眼，卻沒有睡意。

勇作思索著。案情因爲那封密函而有了進展，不過他本來就不認爲弘昌是兇手，這次命案的背後肯定隱藏著更重大的祕密。寄出密函的人，要不就是晃彥，要不就是和晃彥一樣與那樁祕密息息相關的人。

那究竟是什麼樣的祕密呢？

一頭霧水的勇作努力想抓住什麼。

——國立諏訪療養院……

他想起了山上老先生的話，上原雅成在那家療養院裡一定有了某種劃時代的發現，但他生不逢時，那個發現終究是在實驗數據不足的情況下不了了之。

——但難道沒有人注意到他的發現嗎？

勇作想到了瓜生工業的創辦人——瓜生和晃。他是個能夠將獨特的創意化爲產品、讓事業蒸蒸日上的人。如果是這個人看上上原博士的發現，即使是完全不熟悉的腦醫學專業領域，說不定也能想出什麼有效的活用方式。

上原博士曾經在瓜生工業內部的醫護站駐診，明明自己手邊就擁有一家大醫院。他告訴山上老先生，他去醫護站是爲了做研究。

——瓜生和晃注意到了上原博士的研究，便以醫護站做幌子，支持上原博士深入地做研究。是這樣嗎？

但那項研究後來由於某個原因，永遠不得見天日，於是研究結果和實驗數據便被極機密地保管在瓜生家。

勇作推論，資料就收在那個關鍵的資料夾裡。

但他不懂的是，那是個什麼樣性質的研究呢？

爲何研究到後來竟然不能見天日？

想要研究結果永不見天日，直接將資料夾銷毀不就好了？

須貝正清爲什麼要得到那份資料？還有，瓜生家爲什麼說什麼都不能將那資料交給須貝？

關於須貝正清的目的，勇作隱約有了個想像。他今天曾針對須貝正清生前接觸過的大學教授進行了初步的調查。

由於須貝正清才剛和三位教授接觸不久，因此他們都不清楚他的目的，共通之處只在於，須貝非常積極地提出共同研究的計畫。

梓大學的相馬教授正在進行以分子層次解析人類神經系統的研究，修學大學的前田教授是腦神經外科的權威。

而北要大學的末永教授則是投入研究人工器官多年不輟的學者。

將三位教授的資料擺在一起一看，似乎有些共通之處，但又說不出個所以然。

勇作在黑暗中搔著頭。案情看似有了重大進展，實則仍在原地踏步。

上原雅成當年究竟在瓜生工業的醫護站裡做什麼研究？該怎麼做才能查出當時的事呢？

——只要拿到那本資料夾……

只能將希望寄託在美佐子身上了。只要她能夠從晃彥手中取得資料夾，所有的謎團應該能夠就此解開。

勇作很擔心，不知道她進展得順不順利。之前，當她聽到勇作說可能可以因此弄清楚「命運之繩」的眞面目時，她的眼神確實有了變化。

——命運之繩……？

勇作突然想起美佐子說過，她父親是上原博士的舊識，因此當年受傷時才會住進紅磚醫院。

而且聽說她父親並不是一受傷就住進那兒，而是先在別家醫院接受診療，後來才被轉院到上原腦神經外科醫院的。

美佐子說過，在那之後她就感覺到了「命運之繩」的存在。

——這到底是怎麼一回事？

勇作感覺全身逐漸熱了起來，似乎有什麼在腦中膨脹。

「莫非……」

勇作從被窩裡猛地坐起，腦中靈光一閃。

第六章
破案

1

密函送抵島津署已經過了三天，雖然可從郵戳等訊息得知密函是從哪裡寄出，卻無法鎖定特定人物，從信紙和信封也找不出線索。

一直拘留瓜生弘昌也不是辦法，就在專案小組人員開始沉不住氣時，一名刑警找到了重要證人。

命案發生當天，兩名女中學生去過墓地。兩人就讀的學校位在眞仙寺以東兩百公尺處，那一天她們蹺了自習課，在校外鬼混了好一陣子，回學校的路上被老師撞見，但不管老師怎麼追問無故離校原因，她們就是不肯老實回答，老師於是檢查她們的隨身攜帶物品，發現了菸盒，進一步追問，她們才坦承是跑去墓地抽菸，這兩位都是素行不良的學生。

兩名女學生之所以曉得須貝正清在該墓地遇害卻沒有出面當證人，是因爲學生父母不想讓世人知道女兒的不良行爲，而校方也不想公開這種不名譽的事。

「何況我女兒說她什麼也沒看到，我想就算出面當證人也幫不上任何忙吧。」

這是其中一位母親的說詞。刑警們很清楚有許多案子的證據和證人就像這樣石沉大海了。

這次之所以會知道這兩名女學生的存在，是因爲在眞仙寺附近打聽線索的刑警偶然耳聞這件事，關於她們的傳言傳得沸沸揚揚，而且主要在中學生之間流傳，從這點來看，搞不好消息來源就是她們本人。

一如那位母親所說，兩名女學生堅稱她們什麼都沒看到，說她們去到墓地之後，是確定四下無人才點菸的。不過她們供述時很不高興，直說她們又不是常常這樣。

然而經過詳細追問，發現她們其實目擊到了極爲重要的部分。當她們經過墓地的圍牆外，打算抄近路回學校時，看到了那個最關鍵的黑色塑膠袋。兩人記得當時還曾嘀咕道：「居然會有人來這種地方丟垃圾。」換言之，這下可確定密函的內容是眞的了。

「妳們在墓地裡從幾點待到幾點？」刑警問。

「我們到了墓地大概是十一點四十分左右吧，我想沒有待多久，應該只有五到十分鐘。」其中一名女學生回答，另一名女學生也應和。

「那麼，我再問妳們一次，當時現場眞的沒有人？」

「是的，一個人也沒有。」

兩名女學生回答的眼神非常認眞。

「如果這是事實，我們就得徹底推翻先前的推論了！」西方警部挺起胸膛，聲如洪鐘地說道。

勇作曉得這位警部只要案情有所進展，就會像這樣特別精神抖擻。

「假使她們的證言為實，在十一點四十分到五十分左右的這段時間內，除了她們，沒有任何人接近墓地，那麼兇手是什麼時候將裝在黑色塑膠袋裡的十字弓藏在墓地的？如果是在兩名女學生出現之前，顯然是在十一點四十分之前藏好的。這麼一來，考慮到瓜生家離眞仙寺的距離，兇手最晚得在上午十一點二十五分左右離開瓜生家前往墓地。但是，」他提高了音量，「那一天造訪瓜生家的客人當中，沒有人符合這一點。據了解，一早去的女眷們直到下午都待在屋裡，而她們的丈夫也是在十一點半之後才陸續出現。這要怎麼解釋呢？」

會議室內之所以鴉雀無聲，並不是因為所有人懾於西方的氣勢，而是大家正在思索該如何合理地解釋這個不可思議的事實。

勇作也一樣百思不解。美佐子是在更晚的時間點看見彥晃從宅邸後門離去，這麼說來，拿走十字弓的人並不是晃彥了。

——不可能。他不可能和這起命案毫不相干。

勇作怎麼都想緊咬瓜生晃彥，卻無法合理解釋他如何犯案。

「除非，」不久，渡邊警部補委婉地開口：「有共犯。也就是待在屋裡的某人，將十字弓交給了在屋外等候的同伙。」

他的口吻雖說不上充滿自信，但這個推論的確說得通，幾名刑警也面露同意地點頭。

「這麼說來，過程會變成這樣嘍：負責偷十字弓的人首先和那些親戚一併待在瓜生家裡，找機會假裝說要去上廁所而離席，然後到書房偷了十字弓和箭之後，直接溜出宅邸，將十字弓和箭交給在外面等候的同伙，再若無其事地回到宅邸。如果只是這一連串的動作，需要多少時間呢？」西方說。

「大概……十分鐘左右吧。」渡邊像在腦中估算似地，閉著眼回答。

「十分鐘啊，有點久呢。要是離席那麼久，總覺得會有人留下印象。」

但是那些親戚的證詞當中，卻沒提到有誰離席很久。

「再說，我覺得要避開所有人偷偷進行這一連串步驟，相當困難。就算順利進入書房，我認爲拿著一個大袋子進出宅邸還不被人發現，幾乎是不可能的。」

西方的意見也很有道理，沒人提得出反駁，會議室內再度籠罩在令人喘不過氣的沉默之中。

「那會不會不是親戚訪客，而是瓜生家的人？」渡邊又發表意見。

「那段時間，瓜生家的人有誰行動鬼鬼祟祟的嗎？」西方問。

「來整理一下吧！」渡邊站起身，開始將瓜生家每個人當天的行蹤寫在黑板上。乍看之下，沒人有機會拿走十字弓，然而渡邊最後寫下的內容，卻令在場所有刑警驚訝得目瞪口呆。勇作也訝異不已。

「這下不是出現了一個人嗎？」西方也發出感嘆。

「由於此人展開行動的時間點太早，加上在犯案時間帶擁有不在場證明，造成我們一直沒特別注意到。」渡邊以分析的口吻說：「此外，我想此人執行這部分的計畫，應該不是出於自身的意願。」

「確實乍看不是出於自身的意願，但也有可能只是障眼法呀。這個人有動機嗎？」西方詢問所有人，卻沒人回答。「好。那麼讓我們重新檢查一遍這個人的當天行蹤，說不定能找出什麼蛛絲馬跡，然後再調查這個人與須貝正清的關係。」

「這個人的共犯……也就是直接下手行凶的人，可能是誰呢？」另一名刑警發問。

「既然是伙同殺人，兩人應該有相當的交情。我們先列出在偷出十字弓的那段時間裡沒有不在場證明的關係人，再找出這兩名同伙的關係吧。」西方朗聲下令。

「不好意思，可以打斷一下嗎？」稍遠的後方傳來異常洪亮的聲音。眾人循聲看去，舉手發言的是織田。勇作的心中感到莫名的不安。

「怎麼了？」西方問。

織田環顧眾人之後說道：

「關於鎖定嫌犯這部分，我有個很耐人尋味的發現，請大家聽我說。」

2

這天晚上，勇作難得早早回到家，一方面是因為再不洗衣服就沒衣服換了，再者他也想要花點時間慢慢思考整件事。

將髒衣服丟進洗衣機裡，打開水龍頭，按下洗衣機開關，確定自來水嘩啦嘩啦地沖在白襯衫上之後，他便回起居室去了。

時間是晚上十一點多。

勇作打開回家路上買的罐裝啤酒，拿到被子旁盤腿坐下，灌下一大口啤酒，感覺腦子頓時醒了過來。

他回想著剛才織田所言。

的確是個非常耐人尋味的著眼點，雖然同樣是偵辦此案的刑警，勇作卻從沒想過那個可能性。織田基於他的著眼點，提出了一名嫌犯，西方和其他刑警似乎都覺得不無可能。

——但是瓜生晃彥不可能和命案毫無關係的！

勇作再度告訴自己：沒關係，我自有作法。

這天上午，他去了上原醫院一趟找上原伸一，這次想詢問的不是年代久遠的歷史，而是相對近期發生的事。

勇作想拜託上原從紅磚醫院時代的資料當中找出一份病歷，他打算如果上原堅持不能讓外人看，他至少要確認那份病歷是否還保存著。

上原伸一不安地問：「您要那份病歷是想做什麼呢？」他似乎是因爲曾經在這方面出過紕漏，很害怕又會被追究責任。

「我絕對不會給您添麻煩的。」勇作語氣堅定地說：「應該說，我反而希望您千萬別讓任何人曉得我提出這種請求。」

這位上原醫院的贅婿考慮了一會兒，終於答應了。「可是我沒辦法現在馬上去找出來，今晚給您好嗎？我想應該查得到。」

「好的，那麼我晚上再和您聯絡。」說完勇作便離開了上原醫院。

然後，方才他從警署回家的路上，便找了電話亭打電話到上原家，因爲他等不及回到公寓住處再打了。

上原的回覆是，沒有勇作說的那份病歷。

「那陣子的資料都保存得很完整，可是就是遍尋不著那份病歷。我這麼說您不要見怪，會不會是您記錯了呢？」

「記錯？不，應該沒錯。」

「是喔？可是我翻遍了那陣子的資料，就是找不到您說的那份病歷，甚至連那個人住院的紀錄都沒有留下。」

勇作一聽，登時說不出話。上原「喂」了好幾聲，他才回過神來。

「那東西是不是牽扯到什麼案件啊？」上原再度不安地問。

「不不，沒那回事。嗯，可能眞的是我記錯了，我再重新調查過。」勇作道了謝，掛上話筒。

上原的回覆之所以讓他驚訝得說不出話來，不是因爲太出乎意料，而是因爲那正是他害怕的答案。

——不，現在斷定還言之過早。

勇作將啤酒灌下肚，一罐空了，又打開第二罐的拉環。

——也可能只是巧合。說不定這個推論根本是大錯特錯的。

勇作的腦中逐漸建構起一套推論，那是上次他在被窩裡突然靈光一閃想到的，雖然是個離奇的念頭，但隨著時間的流逝，他卻愈來愈覺得那是個準確的推理了。

過沒多久，洗衣機停止了運轉，勇作拿著啤酒空罐起身，這時電話鈴響起。

他以空著的右手拿起話筒。「喂，我是和倉。」

他心想大概是專案小組打來的，話筒傳來的卻是意料之外的聲音。

「是我。」

「小美……」勇作握緊話筒，因爲他曉得她爲什麼打電話來，身體忽然變得燥熱。

「找到了嗎？」

「找到了，」她回答：「果然在他的房間裡。三天前，他在書櫃的抽屜口做了機關，東西就藏在那裡面。呃，我打了好幾次電話，你好像都不在家……」

「那現在那東西在——」

勇作的話被她打斷。「可是，被他發現了。」

「瓜生發現了？」

「嗯，他突然回家來，資料夾被他搶走了。」美佐子語氣沉重地道。

勇作沉默了，他不難想像當時氣氛的緊張。

「妳看過資料夾裡面的內容了嗎？」

「我沒機會看，我要看的時候他就出現了，不過我看到了標題。」

美佐子將「電腦式心動操作方式之研究」這個標題，拆成好幾個單字告訴勇作。勇作複誦了兩次。

「還有一件事，我必須向你道歉。」

「怎麼了？」

「你……你寄放在我這裡的那本筆記本，被他發現，然後搶走了。」

勇作的心頭抽痛了一下。美佐子這話告知了兩件事，一是晃彥得知了勇作與美佐子的關係，二是晃彥看到了早苗事件的調查紀錄，不知他作何感想呢？

「對不起。」大概是因爲勇作遲遲沒作聲，美佐子連忙道歉，急得都快哭出來了。

「沒事，別放心上。」勇作說：「反正遲早要攤牌的，該來的就會來。」

「他說他會把筆記本拿去還你。」

「我等著。」

「他剛才還爲了那件事撥了電話跟我確認。」

「他？爲什麼要用電話找妳？」

電話那頭陷入一陣尷尬的沉默。勇作不知道這代表什麼，只好將話筒抵在耳邊等著她的回答。

「我現在在娘家。」美佐子說：「我決定暫時不回去了。我跟他……大概不行了。」

勇作不知該說什麼，一味緊閉著雙脣，他也不知道美佐子希望聽到他說什麼。

「那……」他好不容易開了口，「瓜生有沒有說什麼？」

「他問我……那本筆記本上寫的都是眞的嗎？」

「什麼意思？」

「我不知道，不過我回他說，應該是眞的。」

「然後瓜生怎麼說？」

「他什麼也沒說，可是我看他一副若有所思的樣子。」

勇作心想，晃彥這問題還眞怪，瓜生家的人應該最清楚那上頭寫的是眞是假才對呀。

「我要跟你說的就這些了。」美佐子說。

「嗯，謝謝妳特地打電話告訴我。」勇作道謝。「還有，我問妳，妳打算告訴警方瓜生手上握有那本資料夾嗎？」

隔了幾秒鐘，感覺得出美佐子吸了一口氣之後才開口：

「我不打算講。」她說：「可能的話，我不想用那種方式和他了斷。不過如果你覺得我應該告訴警方……」

「妳不用顧慮我的立場。」勇作接著說：「這件事，我會由我和他做個了斷。」

「嗯……」在電話另一頭的她似乎點了點頭。

「那就先這樣了，晚安。」

「晚安。」

勇作聽到掛上電話的聲響之後才放下話筒，心中五味雜陳。

——找到資料夾了啊……

要是不久之前，此刻的勇作心中應該燃起了熊熊的鬥志，而且肯定會打定主意不擇手段奪得回那本資料夾。

然而勇作方才聽到消息時，第一個浮上心頭的疑慮卻是：美佐子是否看過了資料夾的內容。

她說她來不及看到，而此話似乎不假。

——眞是好險。

勇作一口氣捏扁左手握著的空鋁罐。

3

又過了兩天。

刑警們根據討論出的方向持續展開行動，而隨著調查順利地進展，先前認爲是大膽的假設，漸漸有了高度的嫌疑。

勇作當然也加入了調查的行列，然而他被分配到的工作卻遠離調查核心，只是些可有可無的走訪調查。勇作知道這一定是織田搞的鬼，但這正合勇作的意，因爲他只要大致打聽一下之後交差，剩下的時間都可以用於自己的調查，而且幸好做了這些調查，他知道自己已經相當逼近眞相了。

而今天，他即將針對這一連串的調查做出總結。

這家公司的辦公大樓，是一棟舊倉庫般的建築。勇作拉開寫著「三井電氣工程」的玻璃門，裡頭是一間五、六坪大的辦公室，裡頭共三人，中年男人、年輕男子和一名看似高中生的女子，坐在三張相連的辦公桌前。一看到勇作，坐在最靠門口的中年男人站了起來。

「有什麼事嗎？」

「請問江島先生在嗎？」勇作邊問邊環顧室內。

「不好意思，江島剛好外出……。您是？」中年男人狐疑地看著勇作。

勇作亮出警察手冊，男人馬上畏縮地向後退了一步，其他兩人也屏起呼吸。

「不是江島先生做了什麼壞事。」勇作盡量擺出和善的表情，「只是有點事想請教他。請問他什麼時候會回來呢？」

「呃，我看看……」男人望向牆上一塊小黑板，「我想他應該快回來了。如果您不介意這裡很亂的話，可以在這兒等他。」

「是嗎，那我就不客氣了。」勇作說著拉開身旁一張摺疊鐵椅坐下，男人則回到自己的辦公桌前。

勇作再度環顧室內。靠牆邊上有鐵角架組成的櫃子，上頭雜亂無章地收著瓦楞紙箱、電線和測量器等物，再過去有一扇門，後方大概是倉庫吧。

「請問……」中年男人向勇作搭話，「你們在調查什麼案子嗎？該不會是須貝先生的那起命案吧？」

「嗯，是的，就是那件事。」

中年男人一副了然的表情。「那件事眞是不得了呢，江島先生好像也很在意，畢竟是他女兒婆家那邊的事嘛。」

這些人果然也很清楚江島壯介女兒的事情。

「請問江島先生的工作情形如何？」勇作問道。

中年男人用力點了個頭，「他眞是幫了我們的大忙呀。畢竟UR電產是一家超級大企業，要是不擅長聯絡的人，常會搞不清楚某項業務由誰負責；何況我們是站在下游的立場，根本無法抱怨，不過自從江島先生來了之後，就沒有這些困擾了。」

「是嗎？那眞是太好了。你和江島先生常有機會聊到話嗎？」

「聊是都會聊呀，不過我們的工作很忙，沒有時間好好深談就是了。」
「你曾聽他講起從前的事嗎？」
「從前的事？您是指他待在UR電產那時候的事嗎？」
「不，是更久之前，像是二戰或戰後不久的事。」
「喔，那倒是沒聽過。」男人苦笑著，偏起頭想了一下，「二戰啊，那時候不曉得江島先生幾歲喔？我是完全沒聽他提過那時候的事，不過我想那應該也不是多開朗的話題啦。」
「嗯，或許吧。」勇作敷衍地應話，說完便盤起胳臂閉上了眼，他討厭查訪時反過來被對方抓住東扯西聊的。
後來等了大約十分鐘，大門打開，進來一名滿頭白髮的男人。男人笑著對剛才那名中年男人報告許多事情，中年男人告訴他有訪客，他於是回頭往勇作的方向一看。
「您好，我是島津署的巡查部長，敝姓和倉。」勇作起身低頭行了一禮。
江島帶著一臉莫名的不安，點頭致意。
兩人來到公司附近的咖啡店，挑了最裡面的位子坐下。這家店頗寬敞，客人卻很少，再加上服務生送上他們點的咖啡之後也不太搭理客人，勇作心想，這是個談話的好地方。
江島壯介聽到和倉這個姓氏，似乎沒想起勇作就是從前和自己女兒交往過的高中男生。勇作暗忖，這樣更是天時地利人和。

壯介看著面前的咖啡，低頭默不作聲，看這樣子，他已經做好了某種程度的心理準備。

「我想要請教的是從前的事，」勇作打破沉默，「而且還是相當久之前的事。如果我沒有算錯的話，當時您應該是十九、二十歲吧。」

「當時是指什麼時候？」

「這我等一下會說，還會問當時您人在哪裡？在做些什麼事？」

勇作先丟出問題，觀察壯介的反應，只見對方的目光倏地游移了一下。

「我二十歲那時候，記得是透過朋友的介紹，進入一家叫做中央電氣的公司，學習工程相關知識……」壯介像是一邊回想當年似地陳述著。

「不是吧。」勇作卻態度強硬地反駁了，「我去中央電氣調查過了。您進到那家公司應該是二十一歲的時候。」

「嗯……那可能就是二十一歲吧，畢竟都那麼久之前的事了。」壯介啜了一口咖啡，打算含糊帶過。

「您十八歲的時候父親去世，是吧？」勇作稍微換個方向切入，「之後便由您負責養活母親和妹妹，對嗎？」

「嗯，從前的男人到了十八歲就得獨當一面養家了。」

「關於這一點，我也問過令妹。她說您將她們母女倆留在鄉下老家，獨自一人離鄉背井到外地工作，再將生活費寄回去給她們。」

「嗯，是的……」江島壯介點點頭，看著勇作的眼神露出警戒。「問過令妹」這句話肯定令他感到不安。

勇作聽美佐子說過她有一個姑姑，後來很少見面，從前倒是常在家族聚會上遇到，聽說姑姑目前住的地方搭電車車程大約一個小時左右。勇作根據這條線索，昨天去見了那位姑姑。

「您那段時間到底在哪裡，做什麼工作賺錢呢？」勇作問。

「這個嘛……說來話長。只要有心賺錢，不挑三揀四，有什麼工作不能做的。」

「可是您跟人借了錢，對吧？」勇作正視壯介的臉，毫不猶豫地說了。他知道壯介屏住了呼吸。「這也是我從令妹那裡聽來的，令妹很感謝您爲她們的付出。她說，當時家裡因爲負債又死了父親，一家子正束手無策，是哥哥拿錢出來幫忙家裡的。可是江島先生，有一件事情我不懂，那就是一個十八歲的年輕人居然能夠賺錢養活家人，還清了天文數字的負債，我當然不免懷疑您到底是做了什麼工作吧？」

「也就是說……，您是在懷疑我幹了壞事？」壯介神情嚴肅地問。

勇作搖頭，「我想那應該不是壞事，而是憾事。」

這句話令壯介啞然失聲，拿著咖啡杯的手微微顫抖，弄得杯盤咯咯作響。

「三十幾年前……」勇作換上較嚴肅的語氣說道：「我猜想，瓜生工業的員工醫護站在進行某項研究，負責人是腦醫學學者上原雅成博士。那項研究需要一些人做爲實驗對象，而江島先生您……」勇作拿起眼前這杯稱不上好喝的咖啡啜了一口，潤了潤喉說道：「您是其中一名實驗對象，對吧？」

壯介從口袋拿出手帕擦了擦嘴角，接著抵在並沒有特別出汗的額頭上。「我完全不知道您在說什麼……」

「那麼請您聽我說就好，聽完之後，您再決定要不要繼續裝傻，好吧？」勇作拿出記事本，「您當時以實驗對象的身分，受僱於瓜生工業，然後您把那筆報酬寄回家，還清了家裡的負債。此外，那是一項關於大腦的實驗，所以江島先生，您的頭部應該有特殊外科手術留下的痕跡。」

壯介半張著口，終究沒有說話。勇作看不出壯介是打算全部聽完再開口，還是不知該說什麼。

「結束那個當白老鼠的交易之後，您過了幾年風平浪靜的日子。那件事並沒有對您的人生造成什麼負面影響，您說不定都快忘了它了，可是，由於一次的工作意外，那件事又找上了您。您那次應該是腿骨折，加上頭部遭到強烈撞擊吧？當時您被送進了公司附近的綜合醫院。」

壯介默默聽著，臉上已經不見先前那種不知所措的神色。

「您在那裡得到了一個莫名其妙的診斷結果。明明腳傷幾乎痊癒，綜合醫院院方卻要您轉到上原醫院治療腦部。您對此不疑有他，轉到上原醫院長住了兩個月。但令人想不通的是，上原醫院裡居然連您的病歷和住院紀錄都沒有留下，究竟是怎麼回事呢？」勇作頓了一頓，繼續說：「我曾試著找出一開始爲您的腦部診治的醫師，遺憾的是他和上原博士都過世了。不過在調查那位醫師的經歷之後，我發現了一件很有意思的事——那位醫師幫您診治腿傷當時，正好也在瓜生工業的醫護站裡駐診。這意謂著什麼呢？我想答案再清楚不過。那名醫師也曾經參與上原博士的祕密實驗，所以當您偶然被送進他的綜合醫院就診時，他發現了您頭上的外科手術痕跡，馬上就察覺您是當年的實驗對象之一。如果當年的實驗沒有出任何狀況，應該可以直接放您回去無所謂，偏偏就是出了狀況，而且是嚴重到必須把您留下，最棘手的是，那是只有上原博士才解決得了的問題。於是他將原委告訴您，要您轉到上原醫院。」

勇作的話說到一半，壯介開始微微搖頭。從那神情看來，他的搖頭不單純是否定勇作的推測，勇作看在眼裡，還是毫不遲疑地說下去。

「我不清楚那究竟是什麼樣的狀況，也不知道上原博士和您是怎麼處理那個狀況的，我只知道，就結論來看，上原博士和UR電產決定全面資助您，所以您和您家人之後的人生才會像是被『命運之繩』所操控似地一帆風順。」

勇作一口氣說到這才將話打住，喝光變溫的咖啡。原本想續杯，但服務生始終待在櫃檯後方沒出來巡場。

江島壯介長長地吁了一口氣之後才開口：「那麼我該怎麼做呢？您要我承認您剛才說的瞎話嗎？」

「我不認爲那是瞎話，我一開始不是說了嗎？那是一件憾事。不過，我想聽您親口詳細說明那件事，不然須貝先生的命案是破不了案的。」

「那只是刑警先生您在胡思亂想，您說的都是無憑無據的臆測。我之所以轉到上原醫院，是因爲聽說那裡的醫師醫術高明，而院長先生碰巧是我的舊識，我因爲這個緣故而得到許多方便罷了。」

「那病歷爲什麼不見了？這一點您怎麼解釋？」

「我不知道，會不會是醫院的疏失呢？總之，您緊咬著那種莫名其妙的鬼話逼問我，這樣我很爲難。」

江島壯介說完打算起身，但勇作迅速伸出左手，緊緊地抓住了壯介的右手腕。「讓我告訴您病歷在哪裡好了。」

壯介露出夾雜不悅與困惑的眼神，交互看著自己被抓住的手腕和勇作。

「應該就在您女兒的夫家裡。」

壯介的臉頰抽搐。「胡說八道，那種東西怎麼會在……」

「專案小組正在尋找須貝正清先生試圖從瓜生家拿走的舊資料，我知道那東西現在在瓜生晃彥手上，而資料的標題是『電腦式心動操作方式之研究』。——我說的沒錯吧？」

壯介臉色慘白，無力地跌坐在椅子上。

勇作放開他的手。「我認爲那些資料當中，包含了您的病歷。只要找到那份資料，應該就能證明您在三十多年前曾經當過上原博士的實驗對象。」

壯介的肩膀上下起伏，大口喘著氣。勇作彷彿聽得見他的喘息聲。

「只要我提出申請，我們警方大可徹底搜索瓜生家，甚至沒收那本資料夾。只不過，剛才對您說的那些事，我還沒告訴專案小組的任何人。」

「咦？」壯介抬起頭。

「這些事，目前只有我知道。至於能不能將這件事變成永遠的祕密，就要看您的表現了。我的意思是，如果您把一切都告訴我，我可以幫忙保守祕密。」

「爲什麼只有您知道？」

「這您不需要知道。簡單講，我是基於個人興趣才一路調查到這裡的。」

壯介正色地聽著勇作的話。想必他心裡正在思考眼前這名年輕刑警說的是眞是假，以及他所謂的個人興趣到底是怎麼回事。

「您眞的……會保密嗎？」

「我答應您。」

壯介點點頭，又沉吟了一下，不久他抬起頭來，「在那之前，我想再續杯咖啡。」

「好啊。」勇作大聲喚來服務生。

4

壯介從他爲了養家而離鄉工作說起。

他一開始先是前往亡父一位從事營建業的友人公司裡工作，但他賺的錢有限，無法寄回足夠的生活費給母親和妹妹，父親留下的債務更是一大苦惱。

壯介心想，有沒有什麼賺大錢的方法呢？於是他和許多思慮淺薄的年輕人一樣，開始賭博，卻使得他深陷泥淖，無法自拔，到後來別說是寄錢回家了，就連自己的生活費都成了問題。

公司不肯預支薪水，壯介進出當鋪的次數日益頻繁，過沒多久，身邊再沒東西可當，只能過著有一餐沒有餐的日子。

壯介知道再也撐不下去了，他已做好心理準備，說不定自己就將這麼路死街頭。

就在這個時候，一名男人找上他。男人一身西裝筆挺，對於壯介的背景瞭若指掌。

男人說：「我想向你買一樣東西。」壯介說：「我已經一無所有了。」男人指著他的身體說：「我想買你的身體。」

男人繼續說：「你只要住進某間診所一年，身體供某項醫學實驗之用，就可以每個月獲得報酬，數字將近一般上班族薪水的三倍，而且每半年還可以領獎金。」

唯一讓壯介怯步的是，這個實驗必須對身體動刀，而手術畢竟是件令人害怕的事。然而經過一天的考慮，壯介心一橫答應了。他覺得比起路死街頭，身體受點傷根本不算什麼。

診所位於瓜生工業的腹地內，外觀平凡無奇，裡面卻備有各種最先進的儀器，怎麼看都不覺得那只是一家企業的醫護站。

除了壯介，受僱當實驗對象的還有六名，大家都是年輕人，其中有兩名女性，當中一名男子聽說是中國孤兒，他們每個人都是窮到骨子裡。

壯介到診所的第一週就動了第一次的腦部手術，傷口馬上就不痛了，但頭上始終纏著繃帶，沒辦法看到自己的頭被動了什麼手腳，唯有被帶到上原博士跟前進行實驗時才會取下繃帶，即便如此，實驗對象自己還是看不到頭部。由於洗澡時不能洗頭，所以每當進行實驗時，護士都會替實驗對象吹頭皮，這時四周也沒有鏡子；透過繃帶上觸摸頭部，也只傳來硬硬的感覺。

至於實驗的內容，相當奇特，上原博士會問許多問題，實驗對象只要針對他的問題一一回答即可。但不可思議的是，實驗期間發生的事總是記不太清楚，只記得感覺很舒服，好像很愉快，所以實驗本身並不那麼令人討厭。

令人討厭的是，他們必須被關在診所這個密閉空間裡一整年，完全不得外出。對於血氣方剛的年輕人而言，這部分或許才是最痛苦的。

實驗對象當中，有一個叫做席德的男子，是個長相剽悍的年輕人。到了第五個月左右，席德提議大家先預支所有的薪水，再找機會一起逃跑。

包含壯介共有三人覆議，也包括了那名中國孤兒。

問題在於動過手術的頭部。關於這點，席德掌握了一項有力的消息，據說再過不久就會幫他們再動一次手術，將腦部恢復原狀，如此一來就什麼問題都沒有了。

四人偷偷擬定計畫，爲逃出去做準備。最後是由席德先向上頭請求預支薪水，等到上頭答應了，剩下的三人再陸續提出預支，當時他們想出的要錢藉口是，只要是人，誰不想早點拿到錢呢？

不久進行了第二次手術，一個月後拆除繃帶，他們照鏡子一看，頭上只留下一點點傷痕，其他一切如常。

某個下雨的夜裡，四人決定執行計畫，協助他們的是一名護士。壯介在雨中拔腿奔跑，想了想，明白那名護士應該是與席德有一腿。

四人奮力狂奔，跑到了附近的神社才停下，淋成落湯雞的他們握手歡呼。

一陣喧鬧之後，席德帶頭說：「那麼，各自保重啦！」

聽到這句話，其他三人也恢復了嚴肅的神情。

「注意身體。」

「後會有期！」

「再見了。」

四人在不停落下的雨中各奔東西。

「之後，我銷聲匿跡了好一陣子等風頭過去，後來才到中央電氣就職。瓜生工業似乎沒有積極尋找我們，說不定是因爲那個實驗眞的不能攤在太陽底下吧。不久後我就有了妻小，一直過著樸實的生活，過了二十年風平浪靜的日子，就在我幾乎忘了那件事的時候，卻意外受了傷。接下來的就跟刑警先生您說的一樣，我被送進醫院時幫我診療的醫師，就是當年醫護站裡的工作人員。可是他對我們逃跑一事隻字不提，只勸我一定要讓上原博士檢查一下，據他說，我們的腦袋裡被埋了炸彈。」

「炸彈？」勇作驚訝地看著壯介。

「這當然只是個比喻。」壯介說：「據他說，因爲我們是在實驗中途逃跑，我們的腦部並沒有完全恢復，沒人說得準什麼時候會出現負面影響，他所謂的炸彈，指的就是這個意思。於是我請上原博士替我診察，博士診斷之後認爲，已經不方便動手術了。」

「不方便動手術？」

「他說，要是一個弄不好，狀況可能反而更糟，所以就任由炸彈埋在我的腦子裡。」

「那麼現在也……？」

「是的，」壯介點頭，「炸彈還在我腦中，但相對地，上原博士說會盡可能幫我做到最完善的處置與預防，他還握著我的手向我道歉，說他非常後悔自己當時抗拒不了研究的誘惑，將人類的身體當作實驗對象。他說他不期望我的原諒，但他會在各方面盡可能助我一臂之力以做爲補償。」

「我明白了，」勇作點點頭，「原來是這麼回事。」

「其實，整件事不全是博士一人的錯，我們這些實驗對象並不是受騙上當，而是自己甘願爲錢賣身的。但博士說，他不該抓住爲錢所苦的人的弱點，他認爲自己做出這種事，簡直是人類的恥辱。」

勇作心想，由此可見上原雅成的爲人，他恐怕是飽受良心的苛責長達二十多年吧。

「我想請問，那究竟是個怎樣的實驗呢？您的腦部被動了什麼樣的手術？」勇作問。

江島壯介搖了搖頭，「我到現在也還不清楚。」

「不清楚？」

「是啊，上原博士也不告訴我，他說別知道比較好，他希望那件事永遠無法曝光。不管我怎麼求他，這一點他就是不肯讓步。」

「那麼，『電腦式』是指？」

「我們這些實驗對象的確聽過那個詞，卻沒人跟我們解釋那是什麼意思。」

「……這樣啊。」

「我能告訴您的，就只有這些了。」壯介說：「我不知道這些事情和這次的命案有什麼關聯，我只能祈求它們無關了。」

勇作默不作聲，心想，兩者不可能無關的。

「刑警先生……，您眞的會保守祕密吧？」壯介再度詢問勇作。

勇作肯定地點頭，「我保證。」

「但要是我剛才說的和命案有關……」

「屆時我也會在不說出這件事的狀況下逮捕兇手的，而且我想兇手大概也不會說出這件事吧。」

「那就好。」

「最後我想再請教一件事。」勇作重新端正坐姿，壯介見狀也挺直了背脊。「您剛才說實驗對象當中，也包括了女性，對吧？」

「是的。」

「其中有沒有一位叫做日野早苗的人？」

壯介露出望向遠方的神情，好一陣子後輕輕點頭。「早苗小姐……，嗯，我不確定她姓什麼，但確實有一名女性叫早苗。」

「果然……」

「早苗小姐怎麼了嗎？」

「不，沒什麼。」勇作感覺心中湧起了一股熱流。

5

美佐子走在通往瓜生家的路上，因爲她想回家拿點換洗衣物。

她回娘家已經五天了。

這五天，她的心情很複雜。她什麼也沒對父母說，而瓜生家也無聲無息，大概是因爲弘昌還在拘留中，瓜生家上上下下都忙得不可開交吧。

美佐子已經做好了離婚的心理準備，只不過，她不願意這場婚姻就這樣畫下句點，至少要等到知道眞相之後再勞燕分飛。

該怎麼做才能知道眞相呢？靜待勇作的聯絡就好了嗎？但勇作前幾天在電話中的感覺和之前不太一樣。

——該不會當我不在家的時候，發生了什麼事吧？

美佐子愈想心愈慌。

當她回到瓜生家前方，一部轎車駛來她身邊停下，車門打開，下車的是見過幾次面的西方警部和織田。

西方一看見美佐子，淡淡一笑點頭致意，「聽說您回娘家了。」

美佐子只是稍稍點了個頭，心想，這個人果然什麼都知道，但她說不出口其實她等會兒拿了換洗衣物就要再回娘家去。

「請問各位今天來有什麼事嗎？」美佐子問道。

西方和織田對看一眼，然後回道：「我們是來問話的，想確認一下一個非常重要的關鍵。」西方特別強調了「關鍵」兩個字。

「你們要找誰問話呢？」美佐子問。

西方以小指搔了搔耳後，「這個嘛，能不能麻煩先聚集大家之後再說呢？」

美佐子本來打算悄悄地前往別館再悄悄地離開，看樣子是沒辦法了，她只好摁下門鈴，對講機傳來晃彥的聲音。

她壓下尷尬，向晃彥說明西方警部一行的來意後，晃彥說：「請他們進來。」

美佐子帶著刑警前往主屋，晃彥出來玄關迎接，目光對著刑警們而不是美佐子。

晃彥眼神銳利地說：「你們來，是要告訴我們弘昌可以回家了嗎？」

西方吁了一口氣回道：「那就要看待會談得如何了。」

亞耶子、園子和女傭澄江陸續到客廳集合。澄江站在牆邊，美佐子等三名女眷在沙發坐下，晃彥則是半倚著吧檯椅子。

「不好意思喔，再次打擾大家。」西方的視線掃過眾人之後，開口道：「關於這次的命案，已經出現了破案的曙光，我們今天是來報告這件事的。」

「弘昌呢？」亞耶子激動地問道。

西方朝她伸出手掌示意她稍安勿躁。「事情是這樣的。前幾天，我們專案小組收到了一封密函，上頭提到了足以證明弘昌先生不是兇手的證據。雖然目前我們無法對各位詳細說明密函的內容，不過經過我們反覆的討論，我們下了個結論，那就是密函的內容大部分是真的。」

當西方說出密函這兩個字時，瓜生家的眾人臉上都顯現出驚愕。美佐子也很訝異，究竟是誰寄出那種東西的？

「這麼說來……」亞耶子不由得開口：「就可以證明弘昌是無辜的吧？」

但西方搖搖頭，似乎不希望她抱太大的期待，「我們還沒掌握到決定性的證據，而如果無法證明基於新的觀點所做出的推論屬實，並不能斷定弘昌先生是無辜的。」

「那新的觀點是什麼？」晃彥問。

西方前進幾步，站到園子身旁問道：「園子小姐，妳在命案當天的十一點半左右，悄悄回家裡進入書房，當時十字弓就已經不見了，對嗎？」

園子用力地點了個頭。

西方露出滿意的神情，「很好。園子小姐的說詞和密函的內容以及新目擊者的證言吻合，綜合這些說法，可知兇手在十一點四十分之前去過真仙寺一趟。推算回來，兇手是在十一點二十五分左右離開這棟宅邸……」

西方說到這裡歇了口氣，一邊環視眾人的反應。美佐子也藉機偷看大家的表情，每個人都是一臉緊張神情，沒有誰的反應特別奇怪。

「但是，當天的訪客當中，卻沒有人符合這項條件。這是怎麼一回事呢？於是我們重新思考，找到了一個重大的漏洞。其實，當天非訪客的人當中，只有一個人曾離開宅邸，雖然這個人在屋外的時間很短，卻足以將十字弓交給在外頭等候的同伙了。」西方說到這，一個轉身，大步走向站在牆邊的人面前。「那個人就是妳，澄江小姐。」警部的聲音低沉。

美佐子驚訝到發不出聲，一逕凝視著澄江。澄江則是低著頭，雙手緊抓著圍裙裙襬。

「您在開玩笑吧？警部先生。」亞耶子都快哭出來了，「澄江不是會做出那種……那種事情的人的！」

「請問你有什麼證據？」晃彥問西方。

「證據啊……」西方搔了搔鼻翼，抬眼瞅著澄江說：「我問妳好了。當天，妳說待客用的茶葉不夠，於是出門買茶葉，是嗎？但是前一天妳就知道隔天會有大批客人到家裡來，卻等客人來了才慌慌張張地去買茶葉，這不是很不自然嗎？」

「這種事情很常見吧？澄江也難免會忘記事情呀。」

西方無視於亞耶子打圓場，繼續說：「怪的是，明明是那麼急著買東西，聽說妳卻沒有騎腳踏車出去，是嗎？茶葉店的老闆娘說，妳平常總是騎著腳踏車去買茶葉，爲什麼當天妳沒有騎腳踏車去呢？」

澄江緘默不語，捏著圍裙的手隱隱顫抖。

「愛騎不騎隨她高興，你管人家是騎腳踏車還是走路去的！」晃彥語帶不屑地說道。

西方還是不爲所動，「還有一點。當天妳出門的時候，拿著一只黑色塑膠袋。當天應該不是收垃圾的日子，妳爲何拿著那種東西外出？這件事是女傭水本和美小姐說的。」

澄江依舊一聲不吭。美佐子望向其他人，見園子和亞耶子無言反駁，只能默默看著事情演變，很顯然是因爲西方咄咄逼人的氣勢，讓她們也漸漸失去了對澄江的信任。她們大概也覺得，如果澄江是兇手的話，希望她能夠早點招供吧。

「看來妳是沒辦法解釋了，那就由我來說明吧。」西方稍微離開了澄江幾步，「澄江小姐是受到了某個人的指示，要她將十字弓拿出屋外。但是要出門必須有藉口，於是她故意丟掉茶葉，製造去買茶葉的機會。十字弓和箭並不是小東西，既不可能大剌剌地帶著走在路上，也不可能藏進皮包裡，所以她決定將它們放入垃圾袋中，而拿著那麼大的袋子，自然無法騎腳踏車了。」

澄江微微顫了一下。

「那麼，她的同伙是誰呢？澄江小姐離開宅邸的時間是十一點多，所以當時沒有不在場證明的人都有嫌疑。」西方說到這，直搗核心，「那個人就是UR電產的常務董事——松村顯治先生，他是瓜生派當中唯一沒有變節的人。這次的命案就是由這兩人共謀的。」

眾人都屏住了氣息，視線集中在澄江身上。

「我們費了好大一番工夫才找出你們之間的關係。」沉默至今的織田首次開口：「我們怎麼查都查不出個所以然，於是我們乾脆調查妳在這個家工作之前的生活。由於是二十多年前的事，曉得當時狀況的人幾乎都不在了，因此我們只好仰賴舊資料。」

「你們發現了什麼嗎？」晃彥以挑釁的眼神看著織田。

「發現了。我們試著調查當時松村先生的相關資料，查出他曾任電氣零件事業部的課長，而查看了當時的員工名簿之後，我們發現同一個課裡，出現了妳的名字。」織田對著低著頭的澄江說。

美佐子相當震驚，而從晃彥的模樣看來，他似乎對此事也毫不知情。

「剛才，我和當時與你們同課的人聯絡過了，他很清楚地記得妳，說妳好像和一個有妻小的男人私奔，最後被那個男人拋棄了。」

「私奔？澄江嗎？」亞耶子不由得大喊出聲。

「是人都會犯錯。」織田說：「但對妳而言，一是不方便重回原本的工作崗位，加上沒有能夠依靠的親戚，只好自己設法活下去。聽說當時如父母般照顧妳的，就是松村先生。告訴我這件事的人雖然不清楚細節，但安排妳來這裡當女傭的，應該也是松村先生吧？也就是說，他可說是妳最推心置腹的人了。」

織田說到這才閉口，四下卻籠罩在比剛才更令人窒息的氣氛中，幾乎讓人連氣都不敢喘一下。

日光燈照射下，澄江的肌膚看上去更是一片慘白，猶如蠟像般面無表情。

西方又朝她走近一步。

「請妳老實說吧，破案是遲早的問題了。妳要是不說實話，弘昌先生就無法重獲自由，妳這樣只是讓在場的大家更痛苦啊。」

他穩重溫和的嗓音，撼動了所有人的心。

6

與江島壯介告別後，勇作前往統和醫科大學。勇作心想，從壯介那得到那麼多訊息，要質問晃彥應該不難。

——不過話說回來，沒想到早苗小姐居然是實驗對象之一。

這麼一來，瓜生和晃成爲早苗的監護人，以及她住進紅磚醫院等等，許多事情就說得通了；而早苗的死肯定也和那起實驗脫不了關係。

此外，早苗有智能障礙。

那會不會是實驗的後遺症呢？早苗原本會不會是個正常的女性呢？

想到這，勇作的心中燃起一把怒火，這股憤怒是針對企業而生的。就是有企業認爲只要有錢，即便是人類的身體也能做爲研究耗材！

來到了大學，勇作混在學生當中從校門進入校園。他沒有事先和晃彥聯絡，打算毫無預警地詢問他關於壯介所言之事，殺他個措手不及。因爲勇作認爲，對付沉著冷靜的晃彥，若是不使用這種手段，根本占不了上風。

由於曾經來過，勇作一找到要去的校舍，便毫不猶豫地衝上樓梯。

一看手表，已經快中午了。昨天和前天，晃彥從十點到十二點的兩個小時左右應該都待在研究室裡。

勇作敲了敲門，出來應門的是上次見過的那名學生，記得是姓鈴木，戴著金框眼鏡的稚嫩臉龐和身上的白袍依舊很不搭調。

「啊……」鈴木好像想起了勇作，當場半張著嘴。

「瓜生老師呢？」

「他今天還沒來。」

「請假？」

「不知道耶，」鈴木偏著頭答道：「他沒有打電話來說要請假。」

看來今天堵不到人了。

「這樣啊……。那我可以在這裡等等看嗎？」

「好的，請便。」鈴木說著敞開研究室的門。

勇作客氣地走進一看，研究室裡還有其他兩名學生，坐在各自的書桌前。他們一看到勇作，一臉狐疑地向他點頭致意。

鈴木向同學解釋勇作的來意，兩人才恍然似地重重點頭。

勇作在上次坐過的簡陋待客沙發坐下，鈴木前往水槽旁煮開水，一邊洗起了咖啡杯，似乎是打算泡即溶咖啡請勇作喝。

「那起命案大概會如何收場呢？」鈴木從瓶子裡舀出咖啡粉，委婉地問道。

「不曉得，目前還很難講。」勇作打馬虎眼。

「我聽說瓜生老師的弟弟被逮捕了啊？他眞的是兇手嗎？」

「這還不確定，目前還在聽取案情的階段而已……。哎呀，眞是不好意思。」

鈴木將即溶咖啡端了過來。勇作喝了一口，有一種令人懷念的滋味。

見鈴木欲言又止，或許是不好意思問太多吧，他老實地回到了自己的座位。其他兩名學生也自顧自面對書桌，沒有瞄向勇作。

勇作環顧室內，看到牆上到處貼著看不懂的圖表，也包括了腦部的各種切面圖。

「我這樣問可能很怪，」勇作對著三名學生開口了。三人幾乎同時抬起頭。「你們知道『電腦』這兩個字嗎？電氣的電，大腦的腦。」

「您指的是 computer 吧？」一名小臉的學生說，身後的兩人也點頭。

「那麼，『電腦式心動操作』呢？」

「電腦式……什麼？」

「字是這樣寫的。」勇作拿粉筆在一旁的黑板角落寫下「電腦式心動操作」。

三人都偏起頭，不知其意。

「沒聽過耶。」

「我也不知道，那到底是什麼？」

「沒什麼，」勇作拿板擦將字擦掉，「是很久之前的事情了，也難怪你們不知道。」

他說著回到沙發，拿起咖啡杯。

學生們繼續回頭做自己的研究時，鈴木突然開口：「對了，您之前問過我那天午休有沒有看到瓜生老師，是吧？」

「嗯。你說午休時沒看到呀？」

「是的。關於那件事，」鈴木顯得有些尷尬，接著浮現害羞的笑容，「昨天我發現，那段時間，老師他確實是待在研究室裡。」

「怎麼說？」

「您請看這個。」鈴木從自己的桌上拿起一張紙，遞給勇作。

那是電腦的列印紙，上頭印著幾個片假名的小字，好像是書名，而紙張留白的部分，以紅色鉛筆寫著：

「鈴木　請在明天之前蒐集好以上的資料　瓜生」

「我們大學有一套搜尋文獻資料的系統，只要輸入關鍵字，就能找出相關的文獻或資料並查出大綱。老師他那天以電腦列印出這些資料的標題。我回研究室的時候，這張紙就放在我的桌上。」

「可是那未必是在午休時間列印出來的吧？」

「肯定是的，因爲這裡有記下時間。」

鈴木指著列印紙的右邊，那裡除了日期，確實還印著「12:38:26」，意謂在十二點三十八分二十六秒開始列印。

勇作開始感覺到輕微的耳鳴，不，那並不是耳鳴，而是耳朵聽見自己的心跳聲。他潤了潤唇問道：「這確實是瓜生老師的字嗎？」

鈴木重重地點了個頭。「我想是他的字沒錯。雖然有點潦草，但仔細看就會發現，那其實是很漂亮的字跡。」

勇作將列印紙還給鈴木，手禁不住開始顫抖。

瓜生晃彥有完美的不在場證明。如果他十二點四十分左右還待在這所大學裡，就絕對不可能犯罪。

——那麼，小美看到的那個背影是誰呢？

勇作癱坐在沙發上，這時西裝外套裡的呼叫器響起，他手忙腳亂地按掉鈴聲。學生們一臉驚訝。

「方便借用一下電話嗎？」

「請用。外線請撥0，由總機轉接。」

勇作按照操作打電話回島津署，接電話的是渡邊警部補。

「你馬上回署裡來！」渡邊說。
「發生什麼事了嗎？」勇作問。
「好消息，破案了。內田澄江招供了。」

7

織田警部補開始覺得松村顯治可疑，是在和勇作一起到UR電產總公司會客室見他的那次。織田很在意松村當時隨口說的一句話。

當時織田和松村針對這起命案展開攻防戰，松村曾說：

「即便有掩護，也絕對不可能欺近須貝社長身邊的。……兇手肯定是躲在墳墓後方瞄準社長的背後放箭，你們還是朝著這個方向偵辦比較實在吧。」

重點在於「墳墓後方」這幾個字。

「當我聽到這幾個字，我心想，這個人大概沒看新聞吧。因新聞播過好幾次，都說我們根據現場發現的腳印研判，兇手可能是從墓地的圍牆外瞄準須貝正清的。松村身為常務董事，不太可能搞不清楚社長遇害的命案相關消息，那麼他為什麼會說出那種話呢？是單純地記錯嗎？那時我突然想到，說不定這個人說的才是實情，他會不會是基於某種原因知道了眞相，卻一時不小心說溜了嘴呢？後來署裡收到密函，一看內容，我更驚訝了，因為說不定我們原本認為兇手射箭時留下的腳印，其實只是在藏十字弓時所留下的，這麼一來，實際射箭處就可能不是我們以爲的圍牆外了。而且考慮到命中率，就像松村所說，當然要從鄰近的墳墓後方瞄準須貝正清才是明智的抉擇。我之所以開始懷疑松村，就是在那個時間點。和命案無關的人是不可能知道眞相的，所以我懷疑這個人，就是兇手。」

當天晚上的調查會議上，織田洋洋得意地如上報告。那是勇作第一次聽到這番推論，沒想到眞給織田說中了。

總而言之，是織田這番推論，使得警方轉而集中調查松村的不在場證明以及松村與澄江的關係。

根據前去UR電產請松村顯治來警署一趟的刑警說，松村顯治幾乎毫無抵抗，想必他早知道會有這麼一天。他只有與刑警一同離開公司前，打了通電話給鄰居，請對方代爲安頓他飼養的貓。「如果您能收養牠是最好了，但如果不方便的話，麻煩您幫忙向環保局聯絡。……是，眞的很抱歉造成您的困擾。……是，一切就麻煩您了。」

他似乎是向對方說自己必須離開家好一陣子。松村顯治孤家寡人一個，沒有妻兒，也沒有兄弟。

松村進入偵訊室後，便爽快地全部招認了，反倒讓偵訊官覺得有些掃興。負責偵訊的刑警說：「他在我問話之前就全招了。」

松村說，他的殺人動機有二。一是他無法忍受瓜生家一手建立的UR電產淪爲須貝的囊中物，二是瓜生派當中唯一沒變節的他肯定會遭到須貝的迫害，他只好先下手爲強。

「還有，」松村笑著說：「那個男人是瘋子，不能讓瘋子掌權。」

刑警問：「他哪裡瘋了呢？」

松村挺胸回答：「他應該今後才會發瘋，所以我這麼做是在防止他傷及無辜。」

西方警部的上司紺野警視認爲，基於這個回答，說不定需要讓松村接受精神鑑定。

至於松村犯罪的過程，幾乎都和專案小組推測的一樣。計畫殺害須貝正清的他，看準前社長七七當天瓜生家裡會聚集許多人，想到可以拿瓜生家的十字弓當凶器，這麼一來，警方應該不會懷疑到他頭上；另一方面，剛好老交情的澄江就在瓜生家裡幫傭，於是松村決定說服她，讓她幫忙把十字弓拿出屋外。

松村一再強調：「她沒有任何責任。」他騙澄江說，他想讓認識的古董商看看那把十字弓，希望澄江偷偷拿出來，而澄江只是聽他的話照做而已。因此，當她得知命案發生的當下，應該就曉得是松村犯案，但是她知情不報，松村認爲她是基於彼此的交情不便揭發，而且她相信松村遲早會去自首，才會隱瞞至今。

然而，偵訊澄江的刑警卻得到了迥然不同的口供。澄江說，她是聽到松村的殺人計畫之後，決定助他一臂之力的，因爲這樣，當她得知弘昌遭逮捕時，才會那麼過意不去。

「我一想到松村先生的恩情，就覺得自己絕對不能向警方告發，因此痛苦不堪。可是一考慮到弘昌少爺，我不得已只好說了出來。」

警方現階段還沒決定採信誰的供詞。松村在曉得澄江承認犯案後，堅稱是自己騙她將十字弓拿出來的，這番供詞確實有不自然的地方；另一方面，澄江也不太可能在聽了松村的殺人計畫之後，還會爽快地答應幫他的忙。

至於那封密函，松村說是他寫的。他說他是爲了救弘昌，才會想在不讓警方識破的範圍內寫出眞相。警方愼重起見，要求松村背出密函的內容。雖然幾個細節有出入，但大致應該可判定確實是松村所寫。

「給你們警方添麻煩了。」松村顯治坦承一切，道完歉後，問了偵訊官一個問題：「刑警先生，我應該是死刑吧？」

偵訊官回答：「應該不至於吧。」

松村微笑著說：「是嗎？那麼，我還有第二人生嘍。」

偵訊官事後向大家報告，當時松村的模樣，簡直像個即將參加入學典禮的小孩子，眼神充滿期待。

8

殺人案是解決了，但是對勇作而言，什麼都還沒解決。專案小組解散當天，他撥了通電話給瓜生晃彥。

「該說辛苦你了嗎？」晃彥在電話的那一頭說。

「關於這次的案件，我根本毫無貢獻。」勇作說完，話筒傳來意有所指的笑聲。

勇作壓抑住想回嗆的情緒，冷冷地說：「我有話想跟你說。」

「嗯。」晃彥說：「和你聊聊也好。」

「我去你家吧。幾點方便？」

「我們挑別的地方見面吧。」

「有推薦的地方嗎？」

「有個絕佳的地方，我想和你約在眞仙寺的墓地。」

「墓地？你是認眞的嗎？」

「當然。五點在眞仙寺的墓地，如何？」

「好。我不知道你想耍什麼花樣，不過我奉陪。五點對吧？」

勇作再次確認時間之後，掛上了話筒，接著偏起頭心想，這傢伙怪怪的。

辦公室裡，勇作正在寫報告，一旁一名年輕刑警將那把十字弓和箭收進箱子裡打算外出，勇作於是問他：「那個要怎麼處理？」

「我要拿去還給瓜生家。用來犯案的箭和瓜生弘昌處分掉的箭，由我們保管做爲證據，但是這把十字弓有藝術品的價值，得還人家才行。」

「那邊那支箭呢？」

「這是與案件無關的第三支箭，是案發隔天在瓜生家書房裡找到的。」

勇作這才想起的確有那麼一支箭。這麼說來，眞的存在命中注定的偶然啊！毒箭明明只有唯一一支，而一開始弘昌隨機拿走的並不是毒箭。如果弘昌帶走的是毒箭，松村射出的就會是無毒的箭，那麼須貝正清說不定就不會死了。

——站在松村的立場來看，該說是他運氣好嗎？

勇作稍微思考了一下，但這問題似乎很難下結論，於是他決定不要想太多。

「那把十字弓和箭，我替你拿去瓜生家還吧。」

「咦？真的嗎？」年輕刑警顯得喜出望外。

「嗯，我正好有點事要出去。」

於是年輕刑警毫不客氣，笑容滿面地將箱子搬到勇作的桌上，連聲道謝。

距離和晃彥碰面，還有好一段時間。勇作之所以接下還弓這項雜務，是因爲他猜想說不定能夠見到美佐子。聽說她昨天回瓜生家了。

勇作抵達瓜生家，走近大門，手伸向門鈴，但在摁下之前，他的目光捕捉到正在大門另一頭清掃庭院的美佐子。

「少夫人。」勇作低聲喚她。第一次她沒聽到，勇作又叫了一次。

她抬起頭來看到勇作，不禁輕呼一聲。那一瞬間，勇作心頭一凜，因爲美佐子的面容非常耀眼動人。

「請進。」美佐子說。勇作從側門進入，美佐子馬上察覺他手上的箱子。「那是什麼？」

勇作說明箱子裡面裝的東西。美佐子一想起那椿命案，神情還是免不了沉了下來。

「它們又回到這裡了。」勇作壓低聲音說。

美佐子隱隱露出苦笑。「你也知道，澄江小姐不在了，所以我想我得幫點忙做做家事才行。」

「是嗎，」勇作仔細地端詳美佐子，「妳是個好媳婦。」

美佐子搖頭，「你別取笑我了，我哪是什麼好媳婦。」

「我是眞的這麼認爲。」

「別說了。倒是……」美佐子往主屋的方向看了一眼之後，稍微將臉湊近勇作問道：「那件事，後來怎麼樣？你有沒有查到什麼？」

「嗯……，我忙須貝的命案忙得焦頭爛額，而且後來發現那些舊資料和命案沒有關係，也就沒什麼機會調查下去……」勇作知道自己講得呑呑吐吐的，還不敢正視美佐子的眼睛，因爲他不能夠讓美佐子曉得壯介的祕密。

不過意外地美佐子並沒有深究，反而是拜託他：「那你如果查出什麼，要告訴我哦。」

「我會的。」勇作回道：「那我該走了，這個箱子放哪裡好呢？」

「你放這裡就好，我待會兒再搬進去。」

於是勇作將箱子放在腳邊，接著打開蓋子說：「形式上還是要請妳確認一下箱子裡的東西，方便嗎？」

「好的。不過一想到這東西被用來殺人，就覺得很可怕啊。」美佐子說著蹲下來瞄了箱內一眼，接著拿起箭說：「這個是？」

「這是沒用過的第三支箭，聽說放在木櫃的最下層，之前我們警方曾借來參考用。」

「噢，那支啊。」她邊說邊盯著箭，但旋即偏起頭「咦」了一聲。

「怎麼了嗎？」

「呃……，說不定是我記錯了，但是，這支箭的羽毛不是應該有一根快掉了嗎？」

「有一根快掉了？」勇作接過箭一看，三根羽毛都緊緊地黏在箭尾，「這不是黏得好好的嗎？」

「是啊，眞奇怪。」美佐子依舊一臉狐疑，「我記得我看到這支箭的當時還在想，這支箭大概是因爲一根羽毛快掉了，才會單獨被收在不同的地方。是我記錯了嗎？」

她邊說邊將箭放回箱中。勇作看在眼裡有個錯覺，彷彿她的纖纖玉指和那支金屬箭交纏在一起。

那一瞬間，像是有一股微弱電流倏地在他體內奔竄，他全身起了雞皮疙瘩，冷汗直流。

「哎呀，你怎麼了？」美佐子回頭看到他的臉色，嚇了一跳。

「不，沒什麼。」他勉強出聲，「那我先告辭了，還有事要處理。」

「嗯……。你會再跟我聯絡嗎？」

「我會的。」

勇作勉強穩住腳步走出大門，但一踏出門口，他就像是滿弓之箭登時射出似地，拔足狂奔。

終章

墓碑一面沐浴在夕照下，染成一片朱紅。勇作大步走在夕陽餘暉下，腳踩上泥土發出的聲響，消逝在沁涼的晚風中。

瓜生晃彥正站在瓜生家族的墳前，兩手插在褲子口袋，眺望著遠方的天空。然後似乎是聽見了腳步聲，他轉頭看向勇作。

「你很慢哦。」他微微露出微笑。

勇作默默朝他走去，在距離他幾公尺的地方停下腳步，凝視著他說：「因爲我來之前，去鑑識了一樣東西。」

「鑑識？」

「嗯。去確認一件重要的事。」勇作慢慢說出口：「就是箭尾的羽毛。」

晃彥的表情只僵住了幾秒鐘，旋即恢復成原先的平靜，眼角甚至浮現了微笑，「然後呢？」

「美佐子還記得，」勇作說：「她看到那支另外收藏的箭當時，箭尾有一根羽毛快掉了。可是，那支箭之所以另外收藏，並不是因爲這個原因。那一支正是毒箭。也就是說，弘昌拿走的和澄江小姐交給松村的，都不是毒箭。」

晃彥一語不發，似乎打算先聽勇作說完再做反應。

「但是松村射中須貝正清的卻是毒箭沒錯。爲什麼會發生這種事呢？可能的原因只有一個，那就是在松村將十字弓和箭藏在這處墓地的圍牆外之後，有人將無毒箭換成了毒箭。」

勇作說到這，做了一個深呼吸。他看見晃彥微微點頭。

「那個人可能是知道松村的計畫，而來到墓地這裡觀察情形的。當他發現十字弓和箭，知道箭上沒毒時，他慌了。因爲光是被一般的箭射中，死亡率非常低。於是他拿著那支無毒箭，急急忙忙趕回瓜生家，偷偷溜進書房，將手上的箭換成毒箭。當他要從後門離開時，被瓜生美佐子夫人看見了。」

或許是聽見美佐子的名字後不知該做何反應，晃彥只有這一瞬間低下了頭。

「換完箭之後，他發現了一件事，那就是他在這段時間內沒有不在場證明，於是他打電話到工作場所附近的套餐店，點了正好在自己回去時會送到的外賣。因爲如此，他才會不得不點自己討厭的蒲燒鰻魚。」勇作繼續說：「這就是須貝命案的眞相。」

勇作說完後，晃彥依舊沉默了好一陣子，一下看著腳邊，一下望向夕陽。

「原來如此。」好一會兒之後，他終於開了口：「原來是蒲燒鰻魚露了餡，不過你記得還眞清楚啊。」

「那當然，」勇作應道：「只要是你的事，我全都記得。」

晃彥吁了一口氣，「我該爲這一點感到高興嗎？」

「看你怎麼想嘍。」勇作聳聳肩。

「關於換箭一事，你有證據嗎？」

「只要調查一下實際用來殺人的箭就曉得了，我剛才親眼確認過了，那支箭箭尾的三根羽毛當中，有一根有以接著劑黏合的痕跡，我想那大概是瞬間接著劑吧。」

「這樣啊。再加上美佐子的證言，這一點說不定就能當作鐵證了吧。」晃彥嘆了一口氣。

但勇作說：「不，她什麼都還沒發現，知道這件事的，只有我。」

「你不告訴警方嗎？」

「告訴警方也沒意義吧，我想光是確認這一點，恐怕不足以成爲殺人證據，畢竟實際射箭的人是松村，而不是你。」勇作盯著晃彥的眼睛，靜靜地說：「是你贏了。」

晃彥別開臉，眨了好幾次眼，然後看著勇作說：「聽說你去找過我岳父了？」

看來江島壯介已經告訴晃彥，勇作去找過他了。

「嗯。不過，我還有很多事情想不通。」

「我想也是。」雙手插口袋的晃彥抽出右手，將劉海往上撥，「你知道上原博士在諏訪療養院待過嗎？」

「知道。」

「那麼，我就從那裡說起吧。」晃彥環顧四周之後，挑了瓜生家族墳邊的一處石階坐下，「腦醫學學者上原博士待在諏訪療養院時，遇見了一個非常有趣的病患案例。那名患者的側頭部中了槍，但一般生活起居幾乎沒問題，唯獨對特殊的聲響和氣味會產生極度敏感的反應，而那些反應五花八門，有時是露出恍惚的神情，有時是嗤嗤地笑，有時發作情形嚴重還會大吵大鬧。博士對這名患者進行許多檢查之後，發現他側頭部的神經線路出了問題，一旦受到某些外來刺激，那部分神經線路就會產生異常電流。於是博士提出了一個假設，他認為那部分的神經線路具有控制人類情感的功能，而這名患者可能是因為槍傷而產生異常電流，刺激了那部分的神經線路。為了確認這點，博士刻意對他施加電流刺激，觀察他的反應，結果發生了意想不到的事情。」

勇作吞了一口口水，這全是超乎他想像的事。

「那名患者變得有點怪異。」晃彥說。

「病情惡化了嗎？」

「那倒不是，變得怪異的是他的行為。他說他喜歡博士。」

「什麼？」勇作訝異不已。

「那名病患本來話不多，卻在接受實驗的過程中變得饒舌，並且開始說出那種話，最後他甚至說，只要是博士說的話，他一定全部遵從。實驗結束後過了好一段時間，這名患者才恢復了平靜，還說他不太記得實驗當時發生的事，這下博士也不必傷腦筋該怎麼拒絕他的示愛了，因為這名男性患者的性傾向其實是很一般的。」

「他為什麼會說出那種話呢？」

「博士刺激患者的那部分神經是主管情感的，這點無庸置疑。此外，博士發現這名病患每當聽到某種特別頻率的聲響，也會出現相同的反應。也就是說當博士讓他聽那種聲響時，他就會一直以爲自己是愛著博士的。」

勇作搖了搖頭，這種事眞是匪夷所思。

「博士將這起病例與實驗內容整理成一份報告，並下了一個結論：他認爲如果運用這項實驗技術，將可控制人類的情感。然而，即使這是一項劃時代的發現，這份報告卻幾乎不曾見過光，因爲當時戰爭剛結束，沒有能夠正式發表的場所，況且上原博士也必須將心力投注在自家醫院的重整上。就這樣過了幾年，瓜生工業社長瓜生和晃，也就是我的祖父去找博士，說他對博士先前的研究成果非常感興趣。」

「我不懂，爲什麼一介製造業的社長會對那種東西感興趣？」勇作說出了心中長期以來的疑問。

「要解釋這一點，就必須先說明瓜生工業這家企業的文化。瓜生工業原本是一家專門做精細加工的公司，戰爭期間因爲軍方的命令，負責製造武器的精細零件。因爲這層關係，我祖父和某位政界人士搭上了線。這名政界人士似乎是隻老狐狸，不知道從哪弄來上原博士的報告，而跑來找我祖父商量。他認爲如果能將精細零件植入人類腦中，就能從外部傳送電波至腦部，進而控制人類的情感。如果能做到這點，就能讓任何人成爲間諜……」

勇作聽得瞠目結舌。居然有人在打這個算盤。「戰敗之後，馬上就有人想到那種事情嗎？」

「這就是著眼點的不同了。他們的說法是這樣的：無論怎麼研究，也不可能立刻實現這件事，但是只要當下開始累積基礎研究，將來總有一天會開花結果，到時候，征戰的對象就是全世界了。」

「他們的思想有毛病啊。」勇作不屑地啐道。

「沒錯，但是我祖父參與了那項計畫。他像是著了魔，幻想透過科學的力量操控人類。於是他與上原博士取得聯絡，讓博士在瓜生工業內展開研究，那就是名爲『電腦式心動操作方式』的研究。爲了這項研究，博士找來七個貧困的年輕人，進行人體實驗。總之，應該說我祖父和上原博士都瘋了。」

「這麼說來，那項研究是在政府的協助之下進行的嘍？」

晃彥皺起眉，輕閉雙眼搖了搖頭。「這我就不清楚了，我祖父並沒有留下這方面的資料或證據，表面上是以一家企業的名義透過極機密的方式進行研究。」

「這樣啊……。那麼研究後來怎麼樣了？」

「就某種程度而言，研究算是成功了。博士確定可經由電流刺激實驗對象控制情感的神經，操控實驗對象的意志和情感的變化。博士緊接著試圖製造出一種症狀，讓實驗對象能夠像他之前在諏訪療養院遇到的那名患者一樣，對某種特定聲響產生反應。但這項實驗進展得並不順利，實驗對象沒有出現預期的反應，而且就在博士反覆實驗的過程中，發生了一件意想不到的事情——七名實驗對象當中，竟有四人逃跑了。」

「那部分我聽說了。」那四人之中，包含了江島壯介。

「他們原本就是行蹤不定的人，要找出他們並不容易，再說這項實驗也不能讓世人知道，於是博士姑且利用剩下的三人繼續實驗，後來終於找到了讓他們產生敏感反應的特殊條件。博士等人欣喜若狂地取得數據後，便將這三人的腦部恢復原狀，但沒想到這竟是一個陷阱。」

「陷阱？」

「嗯。博士自以爲將實驗對象的腦部恢復原狀了，其實並沒有成功。三名實驗對象當中死了兩人。」晃彥神情痛苦地說。

勇作屏住氣息，「爲什麼會死呢？」

「不知道，至今仍是個謎。」

「三人當中死了兩人……，那麼剩下的一人呢？」

「命是保住了，但智力明顯降低，退化到幼兒程度。」

「智力降低、幼兒程度……，那個人，該不會是……」勇作欲言又止。

晃彥點頭，一邊從外套內袋拿出勇作的筆記本說：

「那就是日野早苗小姐。」

太陽逐漸西沉，彩霞也即將消失。

「犧牲了那麼多人，我祖父他們好像這才清醒，決定凍結那項研究，將之前的數據彙整成一本資料夾，一份由上原博士保管，另一份收在瓜生家的保險櫃中，那項研究於是成了永遠的祕密，只不過事情並沒有因此而落幕。負責研究的相關人員不放心逃跑的四個人，你可能已經聽我岳父說了，他們的腦中就像是被人埋了顆炸彈，必須設法處理才行，而首先該做的就是找出他們四人。這是一件很困難的工作，不過在機緣巧合之下，實驗小組找回了其中三人，上原博士當時還健在，負責檢查他們的狀況。那本資料夾當中，也收有記錄他們三人身分和當時症狀的資料。」

「而三十年後，有個男人想奪取那份極機密的資料夾，是吧？」勇作說。

晃彥聽了，露出苦笑。「須貝正清的父親也參與了當年的研究，但是在研究計畫遭凍結之後，他父親似乎還想暗自重新展開研究，他們父子怪異的程度眞是不相上下。我祖父死後、我父親還健在時，他們無從下手，那或許可說是瓜生家和須貝家的角力關係吧。我想恐怕是須貝正清的父親命令他要由須貝家的人重新展開那項計畫，他們非常執著，所以當他們看到我父親倒下，實權又將回到自己的手中時，便一步步地著手準備。」

「須貝正清於是從瓜生家偷走了資料夾，卻遭到了意想不到的抵抗，是嗎？」

「當我知道資料夾落入他的手中時，馬上和松村先生聯絡，因爲我方必須透過各方面研擬善後措施。」

「松村的立場是什麼？」勇作問。

「當年計畫展開時，他剛進公司不久，擔任技師，在實驗上負責電流相關工作。他是目前僅存曾經親眼目擊實驗情形的少數人之一，聽他說那簡直不是人幹的事，他每次眼睜睜看著實驗對象因爲實驗而人格大變，都很想逃走，可想而知當他知道有人因實驗而死亡時，打擊有多大。後來他罹患了神經衰弱，過了好一陣子才恢復，他現在依然對自己曾參與那項實驗感到後悔不已。」

勇作心想，松村當時應該還是年輕人，所以會出現那樣的反應也是理所當然。剛才晃彥也說過，上原博士和瓜生和晃都瘋了。

「你們是誰提出要殺害須貝的？」勇作問。

晃彥一聽，斷然否認，「沒有誰先提出來，我們倆從不曾談到那種事，只不過，我們心裡想的是同一件事。」

「於是你們共謀殺害他，是嗎？」

「共謀的是松村先生和澄江小姐。澄江小姐也從松村先生那兒聽說了瓜生家的祕密，也明白整件事的嚴重性。我其實很不希望將她捲入這件事當中。」晃彥一臉遺憾地蹙起眉頭。

「你原本是想怎麼做？」勇作問：「你一開始就打算殺掉須貝吧？」

「當然，」晃彥說，「那份資料夾絕對不能交給那個男人，連讓他看也不行。」

「爲了不讓他重新展開那個瘋狂的研究嗎？」

「那也是原因之一。更重要的是，不能讓須貝知道目前還有三名受害者活著。要是他知道了，一定會去找他們的。我們瓜生家有義務保護那三人的生活。」

「況且，其中一人是你的岳父。」

「不光是這樣，那三人當中的一個，現在已經成了政壇上舉足輕重的大人物。要是須貝知道那個人的腦中依舊存在控制情感的線路，不知道會採取怎樣的行動。」

「政壇？」勇作聽到這兩字，想起了江島壯介的陳述。計畫逃亡的帶頭者好像叫做席德，而目前的以智囊聞名全國的某政壇派系大老，也叫席德。

晃彥察覺勇作發現了什麼。

「這是極機密。因爲是你，我才說的。」晃彥低聲說。

「我知道。總之，你是因爲這個原因，才決定殺須貝的，是吧？」

「因爲這是解決問題唯一的方法了。」

「然後凶器就是用十字弓嗎？」

晃彥噗哧笑了出來，「怎麼可能，我原本打算用手槍下手的。」

「手槍？」

「那也是我父親的遺物之一，但沒人知道他擁有一把槍。我想，手槍最適合當凶器了，於是我來到這裡勘察現場，卻發現早已藏著家裡那把十字弓和箭。我心想，大概是松村先生藏的吧，如果有人替我動手，那也不賴。但是當我發現那支箭不是毒箭時，我慌了，剩下的就一如你的推理。」

「松村知道是你換箭的嗎？」

「不，他應該到現在還不知道吧。」晃彥回道：「因爲他一心以爲三支箭都有毒。」

「原來如此……」勇作低喃著，然後突然想到一件事。「那封密函……該不是你寄的吧？」

晃彥神情尷尬地搔了搔人中，「爲了救弘昌，我只好那麼做。我事前曾告訴松村先生，我想寄那種密函給警方，他說他無所謂，還說自己如果因爲那封密函而被捕，那也只有認命了。」

勇作這才明白爲什麼松村會那麼乾脆地認罪，原來他打一開始就有了覺悟才下手的。

「當你一得知須貝正清遇害，馬上去了須貝家，是吧？是爲了奪回資料夾嗎？」

「是啊，還有另一個目的，就是沒收留在須貝家的資料。」

勇作心下明白，所以須貝正清的父親留給他的那本黑色封面筆記本才會不翼而飛。

「我弄清楚須貝正清遇害的始末了，也能夠理解你們不得不那麼做的理由。」

晃彥緩緩眨眼，輕輕點了點頭。

「不過，你還沒說到重點。」勇作說。

「我知道，」晃彥說：「早苗小姐的事，是吧？」

「我祖父去世後，接任社長的是須貝正清的父親忠清。他企圖讓那個計畫在自己手上復活，然而他手邊卻沒有研究數據，於是他看上了唯一的生還者早苗。他認爲如果聘請學者調查她的腦部，應該就能夠掌握那起研究的各種相關知識。」

「這麼說來，那天晚上，須貝他們是想抓走她嗎？」

「好像是。他們大概是認爲，要抓走低智商的早苗只是小事一樁，加上想隱瞞那個實驗計畫的上原博士應該也不會張揚，沒想到早苗卻抵死不從，結果就……」晃彥沒有說下去。

「原來如此……」

勇作咬緊了牙根。原來早苗是想逃離陌生男人們，才會從窗戶跳下。勇作記得很清楚早苗有多膽小，一想到這，他的心中湧起無限不甘，眼眶登時熱了起來，已經好久不曾這樣了。

「這個還你。」晃彥遞出筆記本，「長年的疑惑解開了吧？」

勇作收下筆記本，看著封面的文字──「腦外科醫院離奇死亡命案調查紀錄」，心想，自己或許再也不會翻開這本筆記本了。

「還有，我想告訴你一件關於早苗小姐的事。」晃彥的語氣有些嚴肅。

「什麼事？」

「我剛才說過，早苗小姐在動完腦部手術之後智力開始退化，但其實她的身體在智商退化之前就有了變化。」

「變化？什麼意思？該不會是……」

「她懷孕了。」晃彥說：「似乎是和其他實驗對象懷的小孩，她本人並不打算墮胎，所以實驗當時正在待產。懷孕第六個月時，她開始出現精神異常的情形，到了第八個月，她的智力明顯開始退化。實驗相關人員慌了手腳，因爲在這種情況下，就算孩子生下來也無法養育，不過事到如今他們也束手無策了，不得已之下，只好安排讓她生產。她產下的是男嬰。」

「早苗小姐有小孩……」

勇作想起了一件事。早苗總是抱著一個娃娃，將那娃娃當成自己的小孩。

「那個孩子後來怎麼樣了？」

晃彥先是別開視線，隔了一會兒才回道：「被人領養了。一名實驗人員的妻子因爲體弱多病無法生產，他於是領養了早苗小姐的孩子。上原博士在出生證明上動手腳，讓那個小孩以親生骨肉的身分入籍；加上那名實驗人員的妻子長期住在療養院裡，所以對外只要說是她在療養院裡生的，親戚們也就不會起疑了。這件事，在實驗人員當中，也只有當事人和當事人的父親以及上原博士知情。」

「當事人和當事人的父親？」勇作聽到這曖昧的說法，表情變了，「這話什麼意思？

實驗人員當中的父子檔，不就只有瓜生和晃與瓜生直明嗎……」
勇作看著晃彥，驚訝得不知該說什麼，「是……你嗎？」
「我高二的時候，知道了這一切。」
「是嗎……」
勇作不知道還能說什麼了。眼前的男人身體裡流著和早苗相同的血液，想到這裡，他心中不由得萌生一種類似嫉妒的奇妙情緒。
「對了，那本筆記本裡寫到，你去早苗小姐的墳前祭拜過？」晃彥指著勇作的手邊問。
「只去過一次。」
「你記得那座墓在哪嗎？」
「不記得了，後來父親沒再帶我去，我早就忘了。」
這時晃彥從石階起身，朝向瓜生家族的墓說：「早苗小姐就在這下面。」
「咦？」勇作嚇了一跳，「不會吧？不是這種墓呀。」
「這裡五年前重建過，她就在這下面沒錯。因爲是我的親生母親，我父親將她葬進了這裡。」
勇作走近墳墓，抬眼環顧四周。當年看到的情景是這幅模樣嗎？之所以覺得四周應該更遼闊，肯定是因爲自己當時年紀還小。

勇作回過神來，發現晃彥正盯著自己看，他不由得向後退了一步。

「你不覺得這是很不可思議的緣分嗎？」晃彥問他。

「緣分？」

「你和我啊，你不覺得嗎？」

「當然覺得呀，」勇作回道：「不過，知道事情的來龍去脈之後，也就不覺得那麼不可思議了。你的身世如此，而我又一直對早苗小姐的死心存疑問，我們兩個會扯在一起，也是理所當然的。」

「不，不止那樣吧？撇開我的事不談，為什麼你會對早苗小姐的死那麼執著呢？」

「那是因為……，她對我而言是個很重要的人，再說，這也是我父親生前相當在意的一起命案。」

「可是，為什麼早苗小姐會那麼吸引你呢？而令尊又為什麼會獨獨對那起命案感到遺憾呢？」晃彥連珠砲似地發問。

勇作懶得想，用力搖頭說：「你想說什麼？」

「你到她墳前祭拜一事，」晃彥說：「你父親那本筆記本寫到，你們父子倆曾到她墳前祭拜。可是很奇怪，我聽我父親說，只有領養早苗小姐的小孩的人，才知道她埋在瓜生家族的墓裡。」

「……什麼意思？」

「也就是說，能到她墳前祭拜的，只有領養了她小孩的人家。」
「你是想說，只有你們家的人有權利去祭拜她嗎？」
「不是的。會有我們家族以外的人去祭拜她並不奇怪，畢竟……」晃彥做了一個深呼吸，繼續說：「畢竟，早苗小姐生下的是一對雙胞胎。」
勇作無法立即理解這句話的意思。
不，他能理解，但應該說是事情來得太突然，他無法相信自己聽到的事。
「你說什麼……」勇作呻吟道。
「早苗小姐生下了一對雙胞胎。其中一人由瓜生直明收養，另一人則是由一對夫婦收養，那對夫婦的妻子患有不孕症，他們也是在上原博士的協助下，讓孩子以親生骨肉的身分入籍。由於早苗小姐的兩個小孩是異卵雙胞胎，不像一般的雙胞胎長得一模一樣。」
晃彥的聲音鑽進了勇作的耳裡，他感覺腳下彷彿裂開一個大洞。
「你說什麼？」勇作又問了一次。
晃彥沒有回答，只是不斷地點頭。
倆人沉默了好一會兒，風從腳邊拂過。
這樣一切都說得通了。勇作心想，那麼熱中查出早苗命案眞相的興司，之所以會在和瓜生直明談過話後放棄調查，一定是因爲當時瓜生直明告訴了興司，早苗正是勇作的親生母親。恐怕當時瓜生直明是拜託興司什麼都別問，停止調查就是了。

勇作看著晃彥，晃彥也看著勇作。

——原來……，難怪……

其實，勇作早在第一次遇見晃彥時，就知道自己爲什麼無法喜歡這個人、爲什麼莫名地討厭他了。

因爲，他們兩人太像了。

勇作總覺得自己和他很像，卻不願承認，他無法忍受自己像誰，或誰像自己。

朋友當中，也有人說他們兩人長得很像，每當那種時候勇作都會大發雷霆，久而久之就沒人說他們長得像了。

「高二那一年，我得知自己有一個兄弟，但我並不知道他是誰。沒想到居然是你。」嘆著氣的晃彥感觸良多地說道。

「我讓你的想像破滅了嗎？」

「不，你很適合。」晃彥的用詞很微妙，「事實上，第一次見到你的時候，我就有種特殊的感覺，不過大部分是嫉妒就是了。你和我年紀相仿，擁有的事物卻和我截然不同。你有自由，能夠隨性而活，還有一種討人喜歡的氣質。」

「話是這麼說，但你不是比我富有嗎？」

聽到勇作這麼一說，晃彥臉上的笑容瞬間消失。他低下頭，之後又微笑著抬起頭說：

「被家境富裕的家庭收養比較好嗎？」

「我是那麼認爲啊。」

勇作說著，一邊想起自己生長的環境，其實他對自己從小在那個家庭裡長大，並沒有任何怨言。

「你知道我們的父親是誰嗎？」勇作試探性地問。

「知道是知道，但他的下落不明。他是逃亡的四人當中，始終沒被找到的那一位。」晃彥回道。

「他是個怎麼樣的人？」

晃彥猶豫了一會兒才說：「他就是那名中國孤兒。」

「中國人啊……」勇作看著自己的手掌，原來自己的身體裡流著外國人的血液。勇作想起，早苗總是哼唱著外國歌曲。

「我父親告訴我所有事情之後，對我說：『瓜生家的人必須從各方面贖罪。雖然對你很過意不去，但我希望在我死後，你能接下我肩上的重擔。正因如此，我才會讓你從小接受各種英才教育。』於是我對他說：『既然如此，我要用我自己的方式去做。我要念腦醫學，將受害者恢復原樣給你看。』我的最終目的是去中國尋找生父，親手治好他。」

「所以你才會去念醫學……」

又解開了一個謎。眼前這個男人之所以想當醫師，果然不是鬧著玩的。

「可是這樣不是很奇怪嗎？你也算是受害者吧？爲什麼你得贖罪？」勇作問。

晃彥一聽，像是看到了什麼炫目的東西似地瞇起了眼睛，「這和自己身上流著何種血液無關，重要的是，自己身上背負著何種宿命吧。」

「宿命啊……」

這兩個字在勇作的腦中迴蕩，他也對自己剛才的心態感到羞恥，居然會嫉妒晃彥被瓜生家收養。晃彥因爲這個宿命，失去了孩童的天眞，甚至必須犧牲掉大半人生。自己爲什麼會羨慕站在這種立場上的他呢？

「我全都懂了，」勇作低喃道：「看來是我輸了。我果然怎麼都贏不了你。」

晃彥笑著揮揮手，「沒那回事，你得到了美佐子的心呀。那一塊，我是輸得一敗塗地了。」

「她啊……」勇作眼前浮現美佐子的面容，那是十多年前的她。這時，勇作突然想到，「你和她結婚，也是贖罪的一部分嗎？」

晃彥一聽，神情變得有些嚴肅，「的確我是因爲想贖罪才有機會遇見她，就如同我父親長期以來所做的一樣，我只是基於補償受害者的想法和她碰面，但是，」他搖了搖頭，「我並不是爲了贖罪或是同情她才和她結婚的，我沒有權利扭曲她的人生。」

「但是她很苦惱，」勇作說：「她很想了解你，你卻拒絕讓她了解。你不願意對她敞開心胸，連房門也上了鎖。」

「我完全沒有要拒絕她的意思。」晃彥說完，微微笑了，眼中有著無限的落寞，「坦白說，我本來以爲我們會相處得更融洽、能夠在不讓她知道瓜生家的祕密的情況下帶給她幸福的。」

「原來也有你辦不到的事情啊。」

晃彥的笑容中浮現出一抹苦澀。「我也很希望能夠和美佐子心意相通。和她在一起的時間愈久，我的這個念頭就愈強，可是，我沒有自信在這種心情之下，自己還能夠繼續守住瓜生家的祕密。我害怕自己會想要得到解脫，而對她說出一切，所以我之所以把房門上鎖，不是爲了讓她進不去，而是爲了防止自己逃到她身邊。」

「所以你上的是心門的鎖……」

「但生性敏感的她似乎輕易地就發現了我有所隱瞞。對她，我只有舉雙手投降了，眞的是進退兩難啊。」晃彥說著還眞的微微舉起雙手。

「那麼，你打算怎麼辦？」勇作問：「不是前進，就是後退，你總得選一個。」

晃彥霎時垂下眼，再度抬頭時，目光筆直地盯著勇作說：「看來已經瞞不下去了吧？」

勇作點點頭。

「嗯，我打算慢慢向她解釋。」晃彥說道。

「這樣很好。」

勇作想起了剛才在瓜生家大門口見到的美佐子。她會選擇回到瓜生家，肯定是感受到了晃彥的決心；而她之所以看起來耀眼動人，一定也是這個原因。

勇作知道，美佐子的心再也不會向著自己了。

「一敗塗地呀……」勇作低喃道。

「什麼？」晃彥問。

「沒什麼。」勇作搖搖頭，望向遠方。

四周籠罩在暮色之中，勇作於是高舉雙臂說：「太陽已經下山了呢，那我們也差不多該走啦。」

晃彥點頭。

勇作剛走了幾步，突然停下腳步回頭問：「可以再問你最後一個問題嗎？」

「什麼事？」

「先出生的是誰？」

黑暗中，晃彥微微笑了。

勇作耳邊傳來晃彥帶點戲謔語氣的回答：「是你。」

（全文完）

解說　凌徹

以宿命為名

＊內文涉及小說情節，未讀正文者請勿閱讀

出道於一九八五年的東野圭吾，寫作生涯已經堂堂邁入二十週年。他的創作能量充沛，二十年的時間，已經累積了五十多部作品。

早期的東野圭吾作品具有濃厚的本格風味，代表作莫過於他拿下江戶川亂步獎的《放學後》。在充滿寫實色彩的亂步獎得獎作中，《放學後》顯得格外與眾不同。沿襲著傳統本格的形式，當時的他會被視爲本格推理作家，完全不令人意外。

這幾年來，由於作品不斷地被翻譯引薦，臺灣讀者對他不再陌生之後，自然很清楚地知道，東野圭吾絕非獨沽本格推理一味。他的創作量驚人，種類繁多，風格更是多樣化，相較於初期的本格作風，差距不可謂不大。

倘若作家的創作風格，不是突然間的改變，而是逐漸累積的結果，那麼我們是否能夠在他的哪一部作品中，發現轉變的痕跡？

發表於一九九〇年的《宿命》，似乎正可以回答這個問題。

和倉勇作與瓜生晃彥是從小便認識的同學，但除了同學關係，他們更是在各方面都互相競爭的宿敵。畢業之後，勇作當上警察，而晃彥則成爲腦神經外科醫師，兩人之間似乎再也沒有交集。然而，UR電產的社長須貝正清遭到十字弓的射擊而死亡，意外地讓兩人再次碰面。從殺人事件中所得到的種種線索，都將矛頭指向前社長的兒子晃彥。在命運的捉弄下，這一對宿敵分別以搜查者與嫌疑犯的身分，展開宿命的對決。

從故事的發展看來，《宿命》仍然謹守在本格的範圍中。現在事件的發生，背後有著過去事件的陰影，關係者不在場證明的檢討，以及殺人詭計的實行方式，這些要素都帶有本格風味。儘管如此，在某一個要素上，《宿命》卻有著與傳統本格截然不同的處理方式。那就是偵探。

縱觀東野圭吾的作品，會發現他極少起用系列角色。儘管他的小說數量龐大，但名偵探卻往往不在他的構圖之中。歸根究柢，這也正是他的創作理念之一。

推理小說中的偵探，說穿了就是解謎者。推理小說的謎團必須解開，而最傳統的解謎形式就是繼承愛倫坡的作法，創造出一名神探，讓神探根據線索以智慧將眞相解明。無論神探的個性如何古怪，相貌多麼俊美，都必須以解謎爲最重要的任務。

排斥系列偵探的東野圭吾，在他的作品中，理性解謎者的色彩變得極淡，表現在《宿命》中的，就是和倉勇作。身爲兩名主要角色之一，身分又是警察，勇作當然應該肩負起解謎者的責任，然而他所扮演的卻絕非解謎者，事情的發展永遠超乎他的能力與想像，他所能做的就只是搜查與傾聽，當他遇到得知眞相的人時便被告知謎底，如此而已。這樣的角色，與理性解謎的偵探當然有著非常大的差距。

讓主角成爲非解謎者角色的東野圭吾，已經將故事從傳統本格那種「主動型的眞相解明」，轉化爲「被動型的眞相告知」。既然如何解謎不是重點，形式就不必拘泥在傳統本格的邏輯解明，神探自然也不需要存在。如此一來，東野圭吾愈來愈偏離本格推理的道路，不但是可以理解的，甚至可說是必然的結果。

《宿命》中的另一個特色，在於事件的數量。長篇推理常會描寫連續殺人事件，因爲多重的事件可以讓謎團倍增，而事件之間的交互影響，更是讓故事複雜化的重要利器。然而東野圭吾卻只安排一起殺人事件，故事並不複雜，感覺上也就單薄許多。當然，除了發生在現在的須貝命案，小說中同時穿插了過去的早苗命案，但是仔細檢討的話不難得知，對於故事中大多數人而言，眞正重要的只有須貝命案。找出殺害須貝的兇手也就夠了，過去的事件並不會對現在的人造成影響。如果是這樣，那麼早苗命案的意義何在？

勇作的出現在此時起了重大的作用。脫離解謎者角色的勇作，對於解謎並沒有太大的貢獻，然而正因爲他存在，才使得早苗的死亡出現意義，並得以與須貝命案相連結，由此牽扯出隱藏在黑暗中的眞相。試想，若是沒有勇作，殺害須貝的兇手最終還是會現形，殺人動機也會以警方所認定的解釋加以說明。有兇手，有動機，在法理上已有了交代，事件似乎已經解決。

但是勇作使得過去與現在發生關聯，事件的全貌得以浮上檯面。眞相潛藏在別處，而這個眞相，絕不是表面上所見的那麼膚淺。我們可以看到，這種作法在六年後的《惡意》中，發揮得更爲淋漓盡致。

只有事件，只有動機，只有兇手，只有詭計，對東野圭吾來說是不夠的。對他而言，除了這些構成推理小說的要素之外，絕對還有試圖想要描寫的事物。而這個解答，正如預期，就在書名中。

勇作與晃彥從小時候認識時就強烈地意識到對方，而且彼此之間絕非抱持好意，因此競爭無法避免，必然需要一較高下，是名副其實的宿敵關係。有競爭當然就有勝負，而勇作始終都是晃彥的手下敗將，永遠無法贏過他。這樣的關係，就像是被宿命所操控，無論是對勝者或是敗者而言，必然都明顯感受到宿命的存在。

晃彥的妻子美佐子，也是被命運之繩操控的人。自從父親發生意外以來，難以想像的好運就持續降臨在身上，從家境、工作到婚姻，常人難以得到的幸運，卻是美佐子不須刻意強求就能自然到手的。對此，美佐子總是不得不感受到命運之繩的強烈羈絆。

人是渺小且軟弱的，無法獨自生存下去，必須生活在團體社會裡。但由於種種力量關係的牽絆，人總是感到無力，因此對於那些發生在自己身上卻又無法掌控的事，便給了它一個名稱——宿命。這種想法若是推衍到極端，就會認爲人生都是在宿命的支配下發生，自由意志是不存在的，人的力量也無法加以改變。所謂的宿命，就是如此嚴酷的存在。

那麼，宿命眞的是這麼難以解釋嗎？的確，人都很渺小，但是個體之間仍然有著差異，而差異也就造成強者與弱者的出現。當強者以權勢財力對弱者做出支配，並且不讓弱者注意到強者的存在時，對弱者而言，那和宿命並沒有什麼不同。甚至可以這麼說，對弱者而言，那其實就是宿命。

人爲的操控或許可爲宿命做出解釋，但宿命絕非以如此理性的說明就足以涵蓋。眞正的宿命，來自於人最根本的本質，而那才是故事的最終眞相。

在小說裡，晃彥這麼說著：「這和自己身上流著何種血液無關，重要的是，自己身上背負著何種宿命吧。」

不否認宿命的存在，更以宿命存在爲前提，了解自己背負著什麼樣的宿命，並做出相應的事。東野圭吾透過晃彥做出這樣的結論，精確地傳達出宿命論對人的影響。這個結論是重要的，因爲我們都很清楚，這樣的人，絕不在少數。

在二〇〇四年，《宿命》被改編爲電視單元劇，兩位靈魂人物勇作與晃彥，分別由柏原崇與藤木直人飾演。距離小說的出版已經十五年，但故事卻不見陳舊，仍然具有現代感。或許正如勇作在故事中的體認——無論何時，人總是繞著相同的問題打轉；雖然希望行動是經由自己的支配，卻又期待冥冥之中的力量能夠指引方向。只是決定論若是存在，未來的一切都早已注定，那麼人們的所作所爲又有何意義？

人們總是如此一面懷疑，一面過活。無論多久，人們都還是會煩惱著這樣的問題，因為那是最神祕難解卻也最切身相關、足以影響一生的事。

是的，那就是宿命。

本文作者介紹

凌徹，一九七三年生，嗜讀各類推理與評論，特別偏愛本格。

國家圖書館出版品預行編目資料

宿命／東野圭吾著；張智淵譯. -- 四版. - 台北市：獨步文化：家庭傳媒城邦分公司發行，2017〔民106〕
面； 公分. --（東野圭吾作品集；06）
譯自：宿命
ISBN 978-986-5651-90-9（平裝）

861.57 100027757

東野圭吾作品集06 宿命

原著書名／宿命
原出版社／講談社
作者／東野圭吾
翻譯／張智淵
責任編輯／詹凱婷（四版）
編輯總監／劉麗真
事業群總經理／謝至平
榮譽社長／詹宏志
發行人／何飛鵬
出版／獨步文化
城邦文化事業股份有限公司
115台北市南港區昆陽街16號4樓
電話：(02) 2500-7696 傳真：(02) 2500-1951
發行／英屬蓋曼群島商家庭傳媒股份有限公司
城邦分公司
115台北市南港區昆陽街16號8樓
讀者服務專線：(02) 2500-7718; 2500-7719
24小時傳真服務：(02) 2500-1990; 2500-1991
服務時間：週一至週五上午09：30-12：00；下午13：30-17：00
讀者服務信箱E-mail：service@readingclub.com.tw
劃撥帳號／19863813
戶名／書虫股份有限公司
香港發行所／城邦（香港）出版集團有限公司
香港九龍土瓜灣土瓜灣道86號順聯工業大廈6樓A室
電話：(852) 25086231 傳真：(852) 25789337
E-mail: hkcite@biznetvigator.com
馬新發行所／城邦（馬新）出版集團【Cite（M）Sdn. Bhd.（458372U）】
41, Jalan Radin Anum, Bandar Baru Seri Petaling,
57000 Kuala Lumpur, Malaysia.
電話：+6(03)-90563833 傳真：+6(03)-90576622
電子信箱：services@cite.my
售價／360元
Printed in Taiwan
美術設計／高偉哲
排版／陳瑜安
印刷／中原造像股份有限公司
□2017年3月四版
□2024年7月10日四版七刷

獨步文化 APEX PRESS

廣告回函
北區郵政管理登記證
台北廣字第000791號
郵資已付，免貼郵票

115 台北市南港區昆陽街 16 號 8 樓

英屬蓋曼群島商家庭傳媒股份有限公司
城邦分公司

請沿虛線對摺，謝謝！

獨步文化 APEX PRESS

書號：1UE006Z　書名：宿命　編碼：

請於此處用膠水黏貼

獨步文化 APEX PRESS

讀者回函卡

謝謝您購買我們出版的書籍！

請費心填寫此回函卡，我們將不定期寄上城邦集團最新的出版訊息。

姓名：＿＿＿＿＿＿＿＿＿＿ 性別：□男 □女

生日：西元＿＿＿＿年＿＿＿＿月＿＿＿＿日

地址：＿＿＿＿＿＿＿＿＿＿

聯絡電話：＿＿＿＿＿＿＿＿ 傳真：＿＿＿＿＿＿＿＿

E-mail：＿＿＿＿＿＿＿＿＿＿

學歷：□1.小學 □2.國中 □3.高中 □4.大專 □5.研究所以上

職業：□1.學生 □2.軍公教 □3.服務 □4.金融 □5.製造 □6.資訊

□7.傳播 □8.自由業 □9.農漁牧 □10.家管 □11.退休

□12.其他＿＿＿＿＿＿＿＿

您從何種方式得知本書消息？

□1.書店 □2.網路 □3.報紙 □4.雜誌 □5.廣播 □6.電視

□7.親友推薦 □8.其他＿＿＿＿＿＿＿＿

您通常以何種方式 書？

□1.書店 □2.網路 □3.傳真訂購 □4.郵局劃撥 □5.其他

您喜歡閱讀哪些類別的書籍？

□1.財經商業 □2.自然科學 □3.歷史 □4.法律 □5.文學

□6.休閒旅遊 □7.小說 □8.人物傳記 □9.生活、勵志 □10.其他

對我們的建議：＿＿＿＿＿＿＿＿＿＿

請於此處用膠水黏貼